DÉSIRÉE RIEDEL

Genja

Die Geheimnisse des Rats

novum pro

Dieses **Buch ist** auch als
e-book
erhältlich.

Bibliografische Information
der Deutschen Nationalbibliothek:

Die Deutsche Nationalbibliothek
verzeichnet diese Publikation in
der Deutschen Nationalbibliografie.
Detaillierte bibliografische Daten
sind im Internet über
http://www.d-nb.de abrufbar.

Alle Rechte der Verbreitung,
auch durch Film, Funk und Fernsehen,
fotomechanische Wiedergabe,
Tonträger, elektronische Datenträger
und auszugsweisen Nachdruck,
sind vorbehalten.

Gedruckt in der Europäischen Union
auf umweltfreundlichem, chlor- und
säurefrei gebleichtem Papier.

© 2025 novum publishing gmbh
Rathausgasse 73, A-7311 Neckenmarkt
office@novumverlag.com

ISBN 978-3-7116-0516-0
Lektorat: Christiane Lober
Umschlaggestaltung, Layout & Satz:
novum Verlag

www.novumverlag.com

Druckprodukt mit finanziellem
Klimabeitrag
ClimatePartner.com/16547-2311-1001

För min Dad.
Danke, dass du mech emmer onderstötzt hesch.

Inhaltsverzeichnis

Prolog	9
Kapitel 1	11
Kapitel 2	26
Kapitel 3	30
Kapitel 4	40
Kapitel 5	47
Kapitel 6	52
Kapitel 7	71
Kapitel 8	76
Kapitel 9	80
Kapitel 10	84
Kapitel 11	85
Kapitel 12	97
Kapitel 13	108
Kapitel 14	127
Kapitel 15	139
Kapitel 16	142
Kapitel 17	153
Kapitel 18	157
Kapitel 19	166
Kapitel 20	174
Kapitel 21	182
Kapitel 22	195
Kapitel 23	207
Kapitel 24	215
Kapitel 25	223
Kapitel 26	236
Kapitel 27	246
Kapitel 28	249
Danksagung	252

Prolog

Eine kleine, rundliche Frau redete ungeduldig auf ihren Mann ein, der aussah, als hätte er gerade einen Geist gesehen. Als sich die Starre langsam verzog und der Mann wieder zu sich kam, klang er sehr aufgeregt. Sofort erzählte er seiner Frau von seiner Vision. Die Worte kamen ihm viel zu schnell über die Lippen, sodass seine Frau Mühe hatte, ihn richtig zu verstehen. Doch an seinem Tonfall konnte sie erkennen, dass es sich um etwas Gutes handelte, und so zog sie ihn gleich zu den restlichen Mitgliedern des Stammes. Als die zwei auf die Gruppe trafen, verstummten die Gespräche sofort. Jeder wusste: Wenn Senjothis die Gruppe betrat, stand den Leuten etwas Schlimmes bevor. Sie warteten gespannt, bis Senjothis ihnen die Neuigkeiten überbrachte. In den Gesichtern der Leute stand Angst geschrieben, denn wenn Senjothis einmal unter die Leute ging, verbreitete er die Nachricht einer Krankheit, eines Unfalls oder einer miesen Ernte. Doch heute war es anders. Als Senjothis auf die Gruppe zuging, hatte er dieses außergewöhnliche und seltene Lächeln im Gesicht. Die Gesichter der anderen blieben angespannt, doch sie schienen weniger ängstlich. Senjothis fing an, von seiner Vision zu berichten. Dieses Mal war seine Stimme ruhig, jedoch immer noch voller Freude und Hoffnung. Er berichtete der Gruppe, die gespannt an seinen Lippen hing, von seiner höchsteindrucksvollen Vision. Als er mit seinem Bericht fertig war, staunten die Leute. So etwas Wunderbares hatte bis heute noch keiner prophezeit. Als sie die Nachricht ein bisschen verdaut hatten, kamen die Fragen: wann sich die Prophezeiung erfülle, ob das stimme, wer die Personen seien und so weiter. Senjothis beantwortete die Fragen wie immer ausweichend. Er konnte weder sagen, wann noch wo, wie oder wer die Prophezeiung erfüllen werde. Doch er wusste, dass sie sich erfüllen würde, und da seine Visionen immer der Wahrheit entsprachen und sein Wort unter dem Stamm viel galt, glaubten auch alle anderen aus seinem Volk an die Prophezeiung, die alle mit Hoffnung erfüllte.

Senjothis' Worte gingen von Generation zu Generation und wurde von allen erzählt. Jeder glaubte daran und wenn es jemandem schlecht ging, wurden sie wieder und wieder erzählt. Gab es etwas Schlimmes, weckte er mit seinen Worten Hoffnung. Die Leute hofften und hofften und glaubten auch in schlechten Zeiten daran, dass es besser werde. Doch als Jahrzehnte vergingen, ohne dass etwas passierte, geriet Senjothis' Prophezeiung in Vergessenheit. Die Leute glaubten nur noch an das, was sie sehen oder anfassen konnten, und so wurde diese Nachricht nur noch als Geschichte weitererzählt. Doch mit der Zeit wurde auch diese Geschichte zu langweilig, um sie zu erzählen, und so geriet sie schlussendlich ganz in Vergessenheit. Zum Glück gab es einen jungen Herrn, der die Prophezeiung in seiner Ursprungsform aufschrieb und so für seine Nachkommen bewahrte.

Kapitel 1

„Guten Morgen", murmelte ich schlaftrunken, als ich mich neben Ben an den Frühstückstisch setzte.

„Guten Morgen, Schatz", meinte meine Mom, als sie mir wie immer sachte durchs Haar strich und ein Glas Saft vor mich stellte.

„Hey, Lee, bist du schon gespannt auf den Neuen?", fragte mich Ben oder auch Bene, mein bester Freund und Mitbewohner.

„Nicht wirklich", antwortete ich schulterzuckend. Ich verstand einfach nicht, wieso alle nur noch diesen Neuen im Kopf hatten, und das seit zwei langen Wochen! Genau seit dem Zeitpunkt, als unsere Englischlehrerin verkündete, dass wir einen neuen Schüler bekämen. Die ganze Schule spekulierte darüber, wie er aussähe und ob er einer von uns wäre, also ein Senja. Senja war unsere Bezeichnung für Leute, die spezielle Fähigkeiten besaßen. Die Menschen bezeichneten unsere Fähigkeiten in ihren Märchen und Geschichten als Hexen, Zauberer oder Wicher. Wir (mein Vater Leo, meine Mutter Vivienne, mein bester Freund Benjamin und seine Eltern Thomas und Charlotte) wohnten in einem süßen Haus in einem kleinen Dorf namens Rosewood. Hier lebten Senjas friedlich neben den Menschen. Um korrekt zu sein: Mein Vater Leo und Charlotte, Bens Mutter, waren auch ganz gewöhnliche Menschen, die nur durch Zufall von unserer Welt erfahren hatten. Sie hatten sich ineinander verliebt und waren seit dem Zeitpunkt ein Teil dieser Welt, meiner Welt. Wir gingen normal mit den anderen Menschen zur Schule. Jedoch besuchten wir noch Zusatzkurse wie Kräuter- & Trankkunde oder Fly & Switch.

„So, können wir los?", fragte ich ungeduldig.

„Jetzt auf einmal doch Sehnsucht nach der Schule oder dem Neuen?", winselte Ben.

„Haha", ich stupste ihn leicht und gab meinen Eltern einen Kuss.

An der nächsten Kreuzung wartete Lea schon ungeduldig auf uns. Wir waren Freunde, seit sie vor sechs Jahren nach Rosewood gezogen war. Sie war fünf Zentimeter kleiner als ich, also einen Meter achtundfünfzig, doch mit ihrem großen Mund und den geraden feuerroten Haaren nahm sie jeder ernst. Sie war immer gut aufgelegt, und jeder mochte sie. Sie hatte so eine kleine süße Stupsnase, mit der ich sie ab und zu aufzog. Zudem war sie auch eine Senja, jedoch gehörte sie zu den Inferior, was so viel bedeutete wie, dass in ihrer Familie die Magie nicht so stark war wie bei Noblies. Noblies waren Senjas, die aus einer alten Familie stammten, bei der die Magie stark verbreitet war. Bene und ich gehörten zu den Noblies, obwohl ein Teil unserer Eltern menschlich war. Ich denke, das ist darauf zurückzuführen, dass unsere Vorfahren die mächtigsten Senjas gewesen waren, und auch heute noch wurde unsere Familie sehr geschätzt. Meine Mutter und Tom waren sogar die Vorsitzenden des Senja-Rates, und das musste wirklich was heißen!

„Hey, Lee, hey, Bene", sagte Lea und zog mich in ihre Arme.
„Was hast du nach unserem Badeausflug am Sonntag noch so gemacht?", wollte ich von Lea wissen.
„Nichts Besonderes, nur Lernen, Lernen, Lernen."
„Haha, kenn ich. Habe auch den Rest vom Sonntag damit verbracht, mir die scheiß Zauberformeln und Pflanzen einzuprägen", meinte Connor, der zu uns gestoßen war. Connor war Benes bester Freund seit Ewigkeiten und auch ein Noblie Wir hatten zusammen im Sandkasten gespielt, zusammen schwimmen gelernt und waren seit eh und je alle in derselben Klasse. Connor war wie ein Bruder für mich. Er war mittelgroß, ein bisschen fester und hatte kurzes blondes Haar. Gegenüber Mädchen war er meistens ein wenig zurückhaltend und schüchtern, doch wir verstanden uns gut.

Als wir in unser Klassenzimmer kamen, waren alle bereits da, auch die, die sonst immer zu spät waren. „Wahrscheinlich wollten sie den Auftritt des Neuen nicht verpassen", dachte ich ironisch lachend.

Wir setzten uns auf unsere Plätze, wobei ich leider zuvorderst an der Tür sitzen musste, da Lea und ich in der letzten Stunde die Mixturen zum Singen und Tanzen gebracht hatten, weil uns die üblichen Tränke zu langweilig gewesen waren. Da hatte unsere Lehrerin beschlossen, dass wir nun in allen ihren Kursen getrennt sitzen sollen. Leider.
„Guten Morgen zusammen", begrüßte uns Mrs Greenwoods, die von uns wie immer ignoriert wurde, bis der Gong erklang und sich alle scheppernd auf ihre Plätze begaben.

Der Neue war noch nicht da, und so begann Mrs Greenwoods mit dem heutigen Deutschprogramm. Dann nach endlosen zehn Minuten klopfte es an der Tür, und unser Rektor spazierte ins Klassenzimmer, den Neuen im Schlepptau.
„Hallo zusammen", murmelt der Rektor und war auch schon wieder weg. Er hatte wie immer viel zu tun und nahm sich keine Zeit für Plaudereien, die nicht unbedingt sein mussten.
„Guten Morgen, Dominic", begrüßte unsere Lehrerin den Neuen.
„Hallo", antwortete er und musterte unsere Klasse gelangweilt.
„Hallo", schmachtete Nora ihn an. Sie war die Oberzicke unserer Klasse und meinte, sie sei die Größte und Beste. Doch sie hatte nicht einmal eine Ahnung, dass Senjas existierten.
„Du kannst dich gleich selber vorstellen", meinte Mrs Greenwoods, an Dominic gewandt.
„Ich bin Nick, komme aus Nevada und wohne seit gestern hier."
Oje, nicht so Einer... Was dachte er sich eigentlich? Stellte sich als Nick vor und grinste mich jetzt auch noch so schamlos an. Durch seinen Blick verunsichert, senkte ich schnell den Blick und konzentrierte mich auf mein Gekritzel, das plötzlich viel interessanter zu sein schien. Ich zeichnete gerne, vor allem Phantasiefiguren und -geschöpfe.
„Möchtest du noch etwas sagen?", fragte Miss Greenwoods. Als er nur den Kopf schüttelte, deutete sie auf den freien Platz neben mir. Scheiße, das hatte ich vergessen. Seit Mia nicht mehr in unsere Klasse ging, war das der einzige freie Platz in unserem

Klassenzimmer, und so setzte sich Nick wohl oder übel neben mich.
Er hatte sich nicht mal richtig hingesetzt, da klingelte sein Telefon. „Sorry", meinte er und versorgte sein Handy. Unsere Lehrerin sah ihn streng an und fuhr mit ihrem Programm fort. Ich versuchte, mich auf ihre Stimme zu konzentrieren. Doch das klappte nicht.
„Kannst du bitte aufhören, meine Zeichnungen so anzustarren!", zischte ich Nick zu.
„Die sind gut", meinte er unbekümmert und zog mir meine Zeichnungen weg, um sie sich genauer anzusehen.
Als ich ihm gerade meine Meinung eintrichtern wollte, merkte ich, dass mich alle anstarrten. „Was habe ich verpasst?", fragte ich Bene in Gedanken. Eine unsere Fähigkeiten ist Gedankenkontrolle, was uns auch erlaubte, miteinander zu kommunizieren. Diese Fähigkeit besaßen jedoch sehr wenige. In unsere Klasse waren es nur Bene und ich.
„Mrs G. fragte dich gerade, ob du Nick alles zeigen könntest", antwortet er mir.
„Wieso ich?", fragte ich genervt.
„Weil du seine Pultnachbarin bist und mit ihm das Deutschprojekt machst, so könnt ihr euch kennenlernen", meinte unsere Lehrerin.
„Ich wollte das Projekt aber mit Lea und Ben machen!", rief ich empört aus.
„Das geht jetzt nicht mehr, da die Klasse mit Nick genau aufgeht", meinte Mrs Greenwoods ruhig.
Es klingelte. Zum Glück. Ich wollte nicht länger hier sein. Ich riss Nick meine Zeichnungen aus der Hand, die er immer noch mit scheinbar großem Interesse musterte, und packte meine Sachen zusammen. Er sah mich nur an.
„Wie heißt du überhaupt?"
„Nora", „Irina", „Lea", ... stellten sich meine Mitschüler vor. Ich nutzte diesen Moment, um mich aus dem Staub zu machen.

„Was hast du gegen ihn?", fragte Ben, als er mich einholte.
„Nichts, er nervt mich halt."

„Ja, so hat es ausgesehen."
„Können wir das Thema wechseln? Habt ihr schon eine Idee, was ihr machen wollt?", fragte ich gleich weiter.
„Ja, Connor und ich machen was über Motoren. Sein Vater arbeitet ja in einer Werkstatt."
Anscheinend wollte er das Projekt nicht allein mit Lea machen und hatte sich jetzt mit Connor zusammengetan. Somit würde Lea ihr Projekt wohl mit Alexandra machen. „Tönt cool", meinte ich.
„Ist es auch. PS: Da kommt dein Nick", meinte er lachend.
„Er ist nicht mein Nick!", rief ich. Vergeblich versuchte ich mich hinter Bene zu verstecken.
„Hi, ich bin Ben, und das ist meine beste Freundin Lee", stellte Bene uns vor, als Nick vor uns zum Stehen kam. Ich hasste ihn dafür.
„Freut mich, Nick."
„Zeigst du ihm alles?", rief ich, während ich mich wieder aus dem Staub machte. Sie schauten mir mit diesem sehr komischen Blick hinterher. „Es tut mir leid, sie ist normalerweise nicht soo ..." hörte ich Bene noch zu Nick sagen, bevor ich um eine Ecke bog.

Vor dem Klassenzimmer für die nächste Unterrichtsstunde traf ich auf die anderen. Natürlich schwärmten alle von Nick, wie toll seine Haare seien, wie muskulös er sei, wie er wohl küsse? ... „Oje, wie kann man bloß so reden!", dachte ich beschämt. „Okay, es stimmt, er sieht nicht schlecht aus. Er hat dunkles Haar, das wild von seinem Kopf absteht, und wunderschöne blaue Augen, in denen man versinken könnte und die einem an Wasser und Strand denken lassen und die Ewigkeit. Aber so reden? Niemals", musste ich dann doch zugeben.
„Und wie findest du ihn?", fragte mich Lea.
„Weiß nicht, kenne ihn ja kaum", wich ich ihrer Frage aus. Doch die Mädchen ließen nicht locker.
„Du bist doch direkt neben ihm gesessen", „Er hat sicher etwas gesagt," „Wie roch sein Parfüm?"
„Weiß ich doch nicht! Habe nicht an ihm gerochen", schrie ich fast.

„Was ist los mit dir? So empfindlich hast du noch nie reagiert", fragte mich Lea, während die anderen sich wieder auf ihr Lieblingsthema „Nick" konzentrieren.
„Ich weiß es nicht", sagte ich erschöpft und ließ mich von ihr in den Arm nehmen. Ich wusste es wirklich nicht, was mich verrückt machte. Normalerweise benahm ich mich normal. Ich konnte mit Typen sprechen und Spaß haben, ohne auszuflippen. Doch jetzt ... Ich hatte keine Ahnung, und ich musste noch das Deutschprojekt mit ihm machen. Ich wollte gar nicht daran denken.

Der restliche Morgen verlief zum Glück ereignislos. Wir hatten diverse Fächer, und fast konnte ich Nick vergessen, aber nur fast, denn die ganze Schule hatte von Nick erfahren. Alle redeten über ihn. Lauter Gerüchte und Halbwahrheiten machten die Runde. Die Leute erzählten von Ex-Freundinnen, von Partys und sogar vom Gefängnis. Langsam machte mich das wahnsinnig. Ich war mit Mia auf dem Weg zur Cafeteria. Sie hatte zwar kein Deutsch mehr mit mir, dafür noch die „S"-Fächer.
„Warst du schon in seinem Kopf?", fragte sie mich, während sie neben mir her schlenderte. Sie war eine von acht Personen, die wussten, dass Ben und ich diese Fähigkeit besaßen.
„Nein, wieso sollte ich?", fragte ich. Warum kam sie auf die Idee, es interessiere mich, was er dachte, oder dass ich einfach so in die Privatsphäre von anderen eindringen würde? Denn das tat ich definitiv nicht mehr.
„Um zu sehen, was stimmt und was nur erfunden ist", antwortete sie.
„Hmm, interessiert mich nicht wirklich."
„Tatsächlich? Ich wünschte, ich wäre so wie du ..."
„Wieso das?"
„Es nervt, sich so schnell zu verlieben ..."
„Kann ich verstehen ..." Mia war eines dieser naiven Mädchen, die alles glaubten und in jedem nur das Beste sahen, was sie so süß und liebenswert machte. Sie war zierlich und hatte seit zwei Wochen kurzes blondes Haar. Mia hatte es abgeschnitten, um

nicht immer als das kleine süße Mädchen zu gelten. Was leider nicht so ganz klappte, denn sie war immer noch das kleine süße Mädchen, jetzt einfach mit einer richtig coolen Frisur. Wir waren seit dem Kindergarten befreundet und standen uns ziemlich nahe, jedoch nicht ganz so nahe wie Lea und ich.

Wir setzten uns an unseren üblichen Tisch. Bene und Connor saßen schon dort. Lea und Alessia stießen wenige Minuten später hinzu. Alessia war das Austauschmädchen aus Europa, und Lea hatte sich als ihre Babysitterin verpflichtet, da sie unbedingt mehr über Paris, die Stadt der Liebe, wissen wollte. Natürlich wollte sie auch Französisch lernen, damit sie alle diese angeblich süßen Jungs da verführen konnte. Wir anderen fanden das irgendwie lustig, so typisch Lea. Alessia war sehr nett. Sie war riesig groß und erstaunlicherweise nicht ganz so dünn, wie man sich große Ladys so vorstellte. Die Mädchen wollten sich unbedingt weiter über Nick unterhalten, was mir zu viel war, darum setzte ich mich auf die andere Seite des Tisches, wo Connor gerade über den Mathelehrer motzte. Klang besser als Nick. Also schloss ich mich an. Nach einer Weile wechselten sie zum Thema Motoren, womit ich nicht sehr viel anfangen konnte. „Ich gehe noch kurz in die Bibliothek, bis später", teilte ich den Boys mit.

„Bye-bye", sagten sie fast monoton, zu sehr in ihr jeweiliges Thema vertieft.

Auf dem Weg in die Bibliothek stolperte ich fast über Nicks Schuhe. „Hey, Lee", grinste er mich an. Er saß am Boden mitten im Gang und studierte den Stundenplan.

„Hey", antworte ich ihm, als ich mich wieder gefasst hatte.

„Süß, aber ein bisschen tollpatschig", hörte ich seine Gedanken. Ich konnte nichts dafür, seine Gedankensprache war so laut, was komisch war. Fast so, als wollte er, dass ich das mitbekäme, denn im Deutschunterricht hatte ich seine Gedanken nicht wahrgenommen. Ich konnte nicht einmal seine Präsenz spüren. Und auch jetzt konnte ich seine Präsenz nur ganz fein wahrnehmen und hörte auch keine Gedanken mehr. Ich ignorierte ihn und wollte weiterlaufen.

„Zeigst du mir jetzt die Schule?", fragte er schon fast unschuldig.
„Sicher", antwortete ich möglichst souverän und cool. Gelang mir jedoch nicht ganz. Er stand auf und schulterte seinen Rucksack.

„Hier sind die Toiletten, da findest du einen Aufenthaltsraum für die Zwischenstunden und hier die Chemielabore."
„Wofür ist Lee die Abkürzung?"
„Leandra."
„Schöner Name."
„Danke."
Auf dem Weg zur Bibliothek liefen wir an einer Gruppe Schüler vorbei, die sofort verstummten. „Passiert dir das öfters?", spottete ich.
„Ja, dir nicht?", antwortet er, als gäbe es nichts Normaleres.
„Nicht wirklich."
„Sollte es aber." Eine Pause entstand.
„So, hier ist die Bibliothek. Ich muss kurz noch ein paar Bücher zurückgeben."
„Okay." Wie selbstverständlich lief er weiter neben mir her. Ich ignorierte das und ging zu den Kunstbüchern und durchstöberte die Regale. „Worüber wollen wir eigentlich unseren Deutschvortrag schreiben?", fragte er.
„Weiß nicht, was interessiert dich?"
„Kunst."
Ich verdrehe nur die Augen.
„Glaubst du mir nicht?"
„Nicht wirklich." Ich war richtig erstaunt, als er mir einige Künstler, deren Bilder und die Geschichten der Bilder erzählen konnte. „Um ehrlich zu sein, interessiere ich mich nicht für die klassische Kunst. Ich finde Graffiti viel cooler."
„Dachte ich mir schon." Als ich ihn erstaunt ansah, deutet er auf das Buch in meinen Händen: „Geschichte des Graffitis".
„Okay, erwischt", sagte ich, während ich leicht errötete.
„Machen wir das Projekt über Graffiti?", wollte er wissen, während er meine Rötung ignorierte, was nett von ihm war.

„Klar, wieso nicht?" antwortete ich. Ich gab meine Bücher zurück und lieh mir das Graffitibuch aus. Nick wartete unterdessen auf mich. Der Gong ertönte.
„Scheiße, ich habe die Zeit völlig vergessen.", rief Nick. „Oje, ich muss ans andere Ende ..."
„Was hast du?"
„Bio bei Herr Trottme", antwortete ich.
„Ich auch."
„Wirklich?!"
„Das erstaunt dich?"
„Ja, aber lass uns gehen!", rief ich hektisch, während ich losstolperte.
Bio bei Herrn Trottme war ein S-Fach, in dem wir nicht nur Bio, sondern auch Kräuter- und Trankkunde durchnahmen.
Als wir ankamen, setzte ich mich auf meinen üblichen Platz neben Bene. „Wusstest du, dass er auch in diesem Kurs ist?", fragte ich ihn.
„Hast du seine Aura nicht gesehen?", fragte er zurück.
Jetzt sah ich es auch: Ein leichtes Goldschimmern um seine Iris verriet ihn als Senja. Doch da war noch etwas anderes, Bläuliches, was ich noch nie gesehen hatte, und dieses Blaue hatte nichts mit seiner Augenfarbe zu tun. Nick grinste mich offensichtlich an. Ertappt wandte ich den Blick ab und konzentrierte mich auf Bio. Heute lernten wir etwas über die Heilkräuter. Während des Unterrichts erwischte ich mich immer wieder dabei, wie meine Gedanken zu Nick wanderten. „Wie konnte ich das nicht erkennen?", wunderte ich mich. Nun wollte ich wissen, was es sich mit seiner Aura auf sich hatte. Ich versuchte, seinen Geist unter meinen Mitschülern auszumachen, was nicht schwierig war, denn ich kannte sie alle. Früher hatten Bene und ich uns einen Spaß daraus gemacht, die Köpfe der anderen zu durchforsten. Doch irgendwann war es zu peinlich gewesen, alles zu wissen. Ich fand Nicks Bewusstsein, doch er hatte eine Riesenbarriere aufgestellt. Komisch, so etwas hatte ich noch nie gesehen ...
Den Senjas wurde beigebracht, ihre Gedanken von den anderen abzuschirmen, jedoch war ich bis jetzt bei jedem durchgekommen, sogar bei Mr Liali, unserem Gedankentrainer, der uns das

Abschirmen beigebracht hatte. Ich ließ es sein und konzentrierte mich wieder auf den Unterricht.

Als Bene und ich nach Hause kamen, war es erstaunlich still in unserem Haus. Normalerweise lief das Radio, und meine Mutter und Charlotte saßen beim Kaffee. Doch heute war niemand hier. Ich dachte mir nichts dabei und holte mir einen Schokoriegel.
„Möchtest du auch einen?", fragte ich Bene.
„Ja, gerne."
Ich warf ihm den Schokoriegel zu und machte mich auf den Weg in unser Zimmer. Er folgte mir.
„Zuerst Fly and Switch?"
„Ja, besuchen wir den Eiffelturm?", fragte er.
Fly and Switch war unser Lieblingsfach, da es Spaß machte, den Ort in wenigen Sekunden zu wechseln. Ich verstand zwar nicht ganz, wieso das Fach Fly and Switch hieß, da wir nicht auf Besen flogen wie Harry Potter oder Bibi Blocksberg. Rein theoretisch würde das schon funktionieren. Man müsste dem Besen bloß den richtigen Spruch sagen, und dann könnte man sich draufsetzen und losfliegen. Ich stelle mir das zwar ziemlich unbequem vor, dann schon lieber den fliegenden Teppich wie bei Aladin.
„Eiffelturm klingt gut", meinte ich.
„Wir brauchen noch ein Bild", erwiderte er.
„Der Anhänger sollte doch auch reichen."
„Ja, wenn du wieder in Vegas landen möchtest ..."
Das letzte Mal, als wir den Anhänger einer ägyptischen Figur benutzt hatten, waren wir in einem Hotel in Vegas gelandet. „Okay, okay." Ich startete den PC und suchte Bilder des Eiffelturms. „So, es kann losgehen", meinte ich voller Vorfreude.
Wir konzentrierten uns auf das Bild. Der Trick war, sich alle kleinen Details genau einzuprägen. „Et nienko ego", murmelten wir, während wir uns an den Händen fassten und uns weiter auf den Eiffelturm konzentrierten. Wenige Sekunden später befanden wir uns im freien Fall neben dem Eiffelturm. „Et nienko ego", schrie ich und stellte mir die oberste Plattform

des Eiffelturms vor. Bene fest umklammert, rasten wir weiter dem Boden entgegen. Jetzt wäre ein Besen sicher besser, dachte ich ironisch. „Et nienko ego", versuchten wir es nun gemeinsam.
„Puu, das war knapp ...", sagte Bene und ließ mich langsam wieder los.
„Oh ja, nur noch vier Meter, und wir währen mit Vollgas in den Boden gerast", sagte ich atemlos.
„Das nächste Mal sollten wir uns zuerst genau überlegen, wo wir landen wollen", murmelte Bene, auch noch ein bisschen blass im Gesicht. Ich stellte mich ans Geländer und genoss die wunderbare Aussicht über die Stadt. „Das nächste Mal müssen wir auch abklären, welche Zeit unser Ziel hat. Die Menschen dürfen uns nicht sehen", meinte Bene, als er sich zu mir gesellte. Wie selbstverständlich legte er einen Arm um mich und zog mich an sich. Erst jetzt merkte ich, dass ich fror.
„Ja, sollten wir. Ich will nicht vor dem Rat landen."
„Ich auch nicht, obwohl ich es schon witzig fände, was unsere Eltern sagen würden", spottete Bene.
Thomas, Benes Vater, und meine Mutter waren die Vorsitzenden des Rates. Sie waren für die Ordnung bei den Senjas und den Schattenweltlern zuständig. Als Schattenweltler bezeichneten wir alle anderen Wesen dieser Welt, die nicht menschlich oder ein Senja waren. Doch ich konnte mir nichts unter den Schattenweltlern vorstellen, da wir dieses Thema erst im nächsten Jahr durchnehmen würden und unsere Eltern uns bei diesem Thema erfolgreich auswichen. Ich hatte auch nur von diesem Wesen erfahren, als ich in einem der Bücher meiner Mutter gelesen hatte. Als sie das mitbekommen hatte, hatte sie es mir gleich weggenommen und weggesperrt.
„Hmm", meinte ich nur und wandte mich wieder den Lichtern der Stadt zu. „Hast du die Mathesachen dabei?", wollte ich von Bene wissen.
„Ja, hier." Eine Riesentasche stand plötzlich am Boden.
„Du hast eine Tasche gepackt, bevor wir gingen?" Neugierig machte ich mich ans Öffnen derselben. Unsere Schulsachen, eine

Decke und eine Thermoskanne kamen zum Vorschein. „Nicht wirklich, ich habe die Sachen bloß herbeigewünscht."
„So was könnte ich nicht", meinte ich. Leider konnte ich den Hauch Neid in meiner Stimme nicht verbergen.
„Ist nicht besonders schwierig, du musst dir bloß die Gegenstände vorstellen und sie dann in Gedanken in die Tasche versorgen, und wenn du das hast, musst du sie nur noch herbeizaubern", versuchte er, mich zu beruhigen.
„Bei dir tönt das alles so einfach", motzte ich.
„Los, ich zeig es dir", meinte er und setzte sich neben mich. „Darf ich?", fragte er und deutete auf meinen Kopf.
„Sicher", erwiderte ich, ohne nachzudenken, denn vor ihm hatte ich keine Geheimnisse. Ich verringerte den Schutz um meine Gedanken, um ihn hereinzulassen.
„Schön aufgeräumt", spottete Bens Stimme in meinem Kopf.
Ich ignorierte diese Bemerkung. „Also was soll ich machen?", dachte ich. Nun musste ich die Worte nicht mehr aussprechen.
„Denke an die Sachen, die du gerne hier haben möchtest", kam die Antwort.
Ich konzentrierte mich auf meine Haarbürste, bis ich jedes kleine Detail sehen konnte.
„Gut, und jetzt die Tasche. Stell dir vor, wie du die Bürste in deinen Rucksack versorgst."
Ich konzentrierte mich weiter auf die Bürste, und zusätzlich versuchte ich mir vorzustellen, wie die Bürste in meinen Rucksack glitt. Doch sobald ich den Rucksack sah, verschwand die Bürste. Ich versuchte es noch einmal. Doch es passierte das Gleiche. Sobald ich die Bürste in allen Details sah und mich dem Rucksack zuwandte, verschwand die Bürste. Ich gab auf. Das brachte nichts!
„Hey, Lia", hörte ich Bens beruhigende Stimme. So hatte er mich als Kind genannt, da er Lee nicht hatte aussprechen können oder weil Lia im besser gefallen hatte, ich weiß es nicht. „Los, ich zeige es dir."
Was meinte er damit? Ich sah ihn nur fragend an. Er deutete auf seinen Kopf, da verstand ich: Ich sollte in seinen Kopf und ihm zusehen, wie er es machte. Das hatte ich seit einer Ewigkeit

nicht mehr getan. Früher hatten wir uns immer nur in unseren Köpfen unterhalten; und dann eines Tages, als Bene eine Freundin gefunden hatte, hatten wir aufgehört. Ihre Beziehung hatte zwar nur einige Wochen gedauert, doch wir ließen es bleiben. Was mich angeht, erzähle ich ihm immer noch alles. Doch bei ihm weiß ich es nicht. Solange es nichts an unserer Freundschaft ändert, stört mich das auch nicht. Vorsichtig suchte ich nach seinem Bewusstsein. So leicht wie immer drang ich in selbiges ein.
„Also versuch, meinen Gedanken zu folgen", hörte ich seine Gedankenstimme. Er konzentriert sich auf unser Zimmer, stellte sich jedes Detail vor. Unsere Betten, seinen Schrank, die Tür zu meinem Ankleidezimmer/Schrank, unsere Pulte und die Haarbürste, die wie immer in meinem Regal lag. Er bewegte sich auf die Bürste zu, nahm sie in die Hand und machte sich auf den Weg zum Rucksack, der achtlos in der Ecke stand. Vorsichtig legte er die Bürste in diesen hinein. Dann stellte er sich den Rucksack vor, wie er sich auf den Weg zu uns machte. „Veniat ad me!" Unsanft wurde ich zur Seite gedrückt. „Sorry", meinte Bene, als ich mich mit einem Satz vor der Ankunft meines Rucksackes retten musste.

„So machst du es also. Du versuchst, nicht nur die Gegenstände zu sehen, sondern auch die Umgebung."
„Ja, es ist wie eine Erinnerung. Und nun versuch du, den Rucksack mit der Haarbürste wieder hierherzubringen. Ich verstehe zwar nicht, wieso du jetzt eine Haarbürste brauchst, denn deine Haare sehen toll aus." Als er das sagte, erkannte ich, dass er den Rucksack mit der Bürste wieder zurück an seinen Platz gebracht hatte.
„Okay, ich versuche es", sagte ich voller Zuversicht. Ich stellte mir unser Zimmer vor, wie Bene es zuvor gemacht hatte: So versuchte ich, mich an unser Zimmer zu erinnern, wie es zuletzt ausgesehen hatte. Da war die Bürste. Langsam bewegte ich mich auf diese zu. Ich nahm sie in die Hand, fühlte sich an wie immer. Ich drehte mich um und suchte nach dem Rucksack. Wo war er bloß? Dann sah ich ihn, er lag griffbereit auf meinem Bett. Mit der Bürste in der Hand ging ich darauf zu, öffnete den Rucksack und legte die Bürste vorsichtig hinein. Ich stellte mir vor, wie

sich der Rucksack auf den Weg zu uns machte, und murmelte: „Veniat ad me." Wie erwartet, stand der Rucksack jetzt neben mir.
„Gut gemacht", lobte mich Bene.

Nach dem Nachtessen lass ich noch ein bisschen in dem Graffiti-Buch, das ich heute ausgeliehen hatte, später ging ich hinunter, um meinen Eltern Gute Nacht zu wünschen. Als ich ins Büro von Tom und meiner Mom kam, stand sie vor den Heilkräutern und versuchte, ihre Verbrennung am Arm zu verbergen.
„Was ist passiert?", fragte ich erschrocken.
„Ach, nichts, habe mich nur an der Herdplatte verbrannt", meinte sie mit schmerzverzerrtem Gesicht.
„So schlimm?"
„Ja, so schlimm."
Ich sagte nichts mehr und nahm ein paar Kräuter aus dem Regal. Natürlich glaubte ich ihr das mit der Herdplatte nicht, doch Betteln und Motzen brachten bei ihr nichts. Wenn sie nichts sagen wollte, sagte sie auch nichts. Meistens erzählte sie es mir dann irgendwann. Wie selbstverständlich mischte ich die Kräuter mit der Baldrianbutter.
„Wo hast du das gelernt? Das lernt man erst im letzten Schuljahr", fragte meine Mom erstaunt.
„Du weißt ja, dass ich nichts vergesse, was ich jemals gelesen habe", antwortete ich ohne weitere Erklärung. Ich musste diesen Trank wohl in einem der vielen Bücher gesehen haben, die ich bis jetzt verschlungen hatte. Vorsichtig trug ich die stinkende Mixtur auf ihre Wunde auf. „Das sollst du alle zwei Stunden auf deine Wunde streichen, dann sollte deine Wunde in zwei Tagen wieder okay sein", sagte ich zu ihr, als ich die Hände wusch.
Sie lächelte mich an und meinte: „Ja, Chef."
Ich wünschte ihr eine gute Nacht und suchte meinen Vater. Wie immer war er mit seiner Musikanlage beschäftigt. Doch heute wirkte er irgendwie besorgt und aufgebracht. Als ich ihn fragte, was los sei, wich er mir aus und meinte, ich solle schlafen gehen. Seine Reaktion erstaunte mich, denn sonst sprach er mit mir

über alles, also fast. Nachdenklich machte ich mich auf den Weg nach oben.
„Gute Nacht, Lee", wünschte mir Tom, als ich an ihm vorbeiging, und gab mir einen Kuss aufs Haar.
„Gute Nacht, Tom", antwortete ich abwesend.

Als ich dann im Bett war, konnte ich nicht einschlafen. Mich ließen die komische Wunde meiner Mutter und das Verhalten meines Vaters nicht in Ruhe. Also erzählte ich Bene von meinen Sorgen.
„Hmm, das ist speziell, mein Dad hat auch so eine komische Wunde, und meine Mutter hat geweint, als ich ihr Gute Nacht wünschte", erzählte mir Bene.
„Sicher auch von der Herdplatte?!"
„Ja, so ungefähr".
Wir diskutierten noch eine Weile, bis wir beide einschliefen.

Kapitel 2

In den nächsten Wochen fiel mir nichts Besonderes mehr auf, und ich vergaß den Vorfall schon fast. In der Schule war es ruhiger geworden, und nur noch vereinzelt wurde von Nick gesprochen. Ich widmete meine Zeit der Schule und dem alljährlichen Silvesterball. Ich hatte es geschafft, Nick davon zu überzeugen, dass wir schneller vorankämen, wenn jeder seinen Teil erledigen würde und wir dann am Schluss die Präsentation zusammen übten. Er war von meinem Vorschlag nicht gerade begeistert, doch er hatte keine Wahl.
„Hey, Lee, wie weit seid ihr mit den Vorbereitungen für den Silvesterball?", wollte Mia von mir wissen. Wie jedes Jahr fand dieser Ball bei uns zu Hause statt, und Lea, Bene und ich waren mitten in den Vorbereitungen. Es waren jetzt noch knappe vier Tage bis dahin.
„Wir haben das Motto, die Getränke und das Essen bereits organisiert. Jetzt müssen wir noch die Einladungen gestalten und versenden und uns um die Deko kümmern", antwortet Lea an meiner Stelle.
„Soll ich euch bei der Deko helfen?", bot sich Mia an.
„Sicher, wir können jede Hilfe gebrauchen, meinte Bene.
„Dann komme ich auch und helfe euch", schloss sich ausgerechnet Nick an.
„Nein, das ist nicht nötig, du hast bestimmt anderes zu tun nach der Schule", versuchte ich, ihn doch noch umzustimmen. Ich hatte mich in den letzten Wochen bemüht, ihn und alles, was mit ihm zu tun hatte, zu ignorieren – was mir zu meinem Bedauern nicht so gut gelang, da wir in Deutsch nebeneinandersaßen und sich Bene zu seinem Freund entwickelte.
„Kein Problem, ich habe Zeit", meinte er nur achselzuckend und mit diesem Lächeln, bei dem der Rest der Schule weiche Knie bekam. Ich grinste zurück und zog Lea, die wie angewurzelt dastand, mit mir.
„Was ist mit dir? Hast du dich jetzt auch in diesen Idioten verliebt? Reicht es nicht, dass alle anderen auf ihn stehen?", schnauzte ich sie an, als wir außer Hörweite waren.

„Beruhig dich. Ich stehe immer noch auf Connor. Doch dieses Lächeln ... Ich weiß echt nicht, wieso dich das so kalt lässt."
„Sein Lächeln wirkt brutal arrogant, und er fühlt sich, als wäre er der Größte und Beste."
„Jetzt hör aber auf! Er wollte nur höflich sein und uns helfen", wollte sie mich umstimmen.
„Ist ja gut, er darf uns helfen", ließ ich mich genervt umstimmen.

Am Nachmittag hatten wir frei. Es stand eine kurzfristige Lehrerkonferenz an, und so trafen Lea, Bene, Connor, Mia, Nick und ich uns bei uns zu Hause, um die Deko für unseren Wintermaskenball vorzubereiten.
„Was möchtet ihr trinken?", fragte ich in die Runde.
„Eistee ist okay", kam die Antwort.
„Warte, ich helfe dir", meinte Nick und folgte mir in die Küche.
„Im Kasten über der Spüle sind die Gläser", erklärte ich Nick, als ich den Eistee aus dem Kühlschrank nahm.
„Wieso bist du so gemein zu mir?"
„Was?!", antwortete ich perplex. Mit dieser Frage hatte ich nicht gerechnet. Der Krug mit Eistee wäre mir beinahe aus der Hand geflogen, hätte Nick ihn nicht im letzten Moment vor dem Aufprall gerettet. Er hatte sich so brutal schnell bewegt, denn noch vor einem Hundertstel hatte er am anderen Ende der Küche bei den Gläsern gestanden, dessen war ich mir sicher. Er stand jetzt nur noch wenige Zentimeter von mir entfernt, und ich konnte seinen Duft riechen, diesen wunderbaren Duft nach Mann und Freiheit.
„Wieso verhältst du dich nur in meiner Nähe so komisch?", fragte er nochmals.
„Wo bleibt ihr mit dem Eistee? Ich verdurste gleich", rief Mia von draußen.
„Wir kommen", rief ich zurück und entfernte mich schnell von Nick und seinem unwiderstehlichen Parfüm. Ich war froh, ihm nicht antworten zu müssen.

Nach zwei Stunden hatten wir alle Schneesterne aus Pergamentpapier ausgeschnitten, die Plastikschneeflocken an eine Kette gehängt und auch die restlichen Sachen fertig. Ich musste zugeben: Nick war eine große Hilfe, er hatte eine ruhige Hand und viel Geduld mit den Schneeflocken. Wir amüsierten uns super über die Geschichten von Connor und Bene. Sie erzählten von ihren Jugendstreichen, bei denen ich vereinzelt auch dabei gewesen war. Auch Nick hatte einige witzige Sachen zu erzählen, die sogar ich lustig fand.

„Habt ihr auch Hunger? Lee und ich werden euch Pizza machen, wenn ihr Lust habt", schlug Bene vor.

„Klar, immer", kam es von allen Seiten.

„Sie machen die beste Pizza, die es gibt!", meinte Lea, an Nick gewandt. Bene und ich verzogen uns in die Küche.

„Er ist doch nicht so schlimm, wie du gedacht hast, oder?", fragte mich Bene.

„Hmm", antwortete ich konzentriert auf den Teig vor mir.

„Du solltest ein bisschen netter sein."

„Ich bin doch nett! Reicht es nicht, dass alle anderen ihn anhimmeln?", meinte ich trotzig.

„Du sollst ihn ja auch nicht anhimmeln, nur ein bisschen netter sein, denn er hat es nicht so leicht, wie es scheint."

„Du musst es ja wissen", grunzte ich.

Er packte mich am Arm und drehte mich zu sich. Ich musste den Kopf heben, um ihm in die Augen zu sehen. Er hatte schöne haselnussbraune Augen mit dichten Wimpern und diesem Engelsgesicht, das ich so sehr beneide. Makellose Haut mit kurzem dunkelbraunen Haar, doch nicht zu kurz. Eigentlich ziemlich perfekt, was mir komischerweise genau in diesem Augenblick auffiel.

„Ja, und du solltest das auch. Wenn du dich ein kleines bisschen weniger auf deine Wut konzentrieren würdest, würdest du das erkennen", tadelte er mich.

Dazu hatte ich nichts zu sagen. Normalerweise besaß ich eine gute Menschenkenntnis, doch in diesem Fall war ich wohl ziemlich blind. Jetzt, da ich nochmals an ihn dachte, fiel mir auch auf, dass sein Lächeln nicht immer so perfekt war und dass es ihm tatsächlich wichtig war, was ich von ihm hielt und wieso ich

mich so komisch benahm. Ich wusste es ja selber nicht. Doch ich schwor mir, mich zu benehmen, denn dieser verletzliche Blick tat mir weh, und den wollte ich nicht noch einmal sehen.
„Kann ich dich jetzt wieder loslassen?", wollte Ben wissen.
„Es tut mir leid", antwortete ich.
„Kein Problem, ist mir auch schon passiert, aber entschuldigen musst du dich bei Nick", meinte er freundlich und widmete sich wieder der Pizza.

„Bip-bip", tönte es aus unserer Küche. Ich stand auf und sah nach unserer Pizza. „So, wer möchte welchen Teil?", fragte ich.
„Stell sie doch einfach in die Mitte", meinte Mia. Sie konnte auf einmal wieder sprechen, und das, obwohl Nick dabei war. Komisch, sie konnte in der Nähe des Jungen, in den sie gerade verknallt war, nie sprechen. Ich sah sie genauer an und stellte fest, dass sie Nick nicht mehr so anhimmelte wie in den letzten Wochen. Ich musste sie bei Gelegenheit dringend fragen, was sich geändert habe.
„Vielen Dank", antwortete ich Bene, der mir gerade das Randstück mit viel Käse und Schinken reichte. Mein Lieblingsstück. Schmatzgeräusche erklangen von überall her, und ich war glücklich, dass meine Freunde hier waren und ich mich seit Wochen nicht mehr so unbehaglich Nicks wegen fühlte. Er nervte mich zwar immer noch, doch jetzt konnte ich in einem Raum mit ihm sein, ohne mich gleich aufzuregen oder sogar abzuhauen. Ich war Bene dankbar dafür, lächelte ihn an und er lächelte zurück. Nicks Blick fiel mir gar nicht auf.

Kapitel 3

„Was ziehst du heute Abend an?", fragte mich Lea aufgeregt. Heute Abend war es endlich so weit, der Silvesterball fand statt, und morgen begann das neue Jahr. Ich war schon ziemlich aufgeregt. Alle Gäste würden in Anzug oder Kleid und einer Maske erscheinen. Denn um Mitternacht würde das Licht gelöscht werden, und alle küssten jemanden. Letztes Jahr hatte ich Connor geküsst, ganz zum Missfallen Leas. Dieses Jahr, hoffte ich, würde ich jemand anders küssen, denn das Theater wollte ich nicht noch einmal erleben.

„Ich dachte, das enge schwarz-weiße Kleid, das mir meine Mutter letztes Jahr in den Ferien gekauft hat und das ich bis jetzt noch nie getragen habe", antwortete ich ihr.

„Das ist eine gute Idee, darf ich dieses Kleid anziehen?", fragte sie mit diesem sehnsüchtigen Blick auf das Kleid.

„Klar, du darfst anziehen, was immer du möchtest." Wir standen in meinem Ankleidezimmer und betrachteten all diese Kleider. Ich hatte eine Menge zu allen möglichen Anlässen wie Hochzeiten, Gartenfesten und so weiter. Meine Mutter bestand darauf, mir für jeden Anlass ein neues Kleid zu kaufen.

„Vielen Dank." Sie umarmte mich und zog das hellblaue Kleid mit den Spitzen und der Schlaufe um die Teile an.

„Wow, du siehst toll aus! Connor wird dich lieben." Sie war schon seit einiger Zeit in ihn verknallt, und auch er schien Interesse an ihr zu haben, doch bis jetzt hatte sich keiner getraut, das dem anderen zu sagen. Ich hoffte so sehr, dass das heute klappen würde. Nicht nur, weil sie mich dann nicht mehr so damit nerven würde, sondern auch, weil sie beide es verdienten, glücklich zu sein.

„Danke, aber es würde mir reichen, wenn er mich heute küssen und mal als Freundin und nicht nur als Kollegin wahrnehmen würde."

„Das wird schon", munterte ich sie auf. „Hier, deine Maske." Ich reichte Lea ihre Maske und probierte meine an.

„Wie wusstest du, dass die Maske zum Kleid passt?", fragte sie erstaunt.
„Ich habe erwartet, dass du dieses oder das weiße Kleid nehmen würdest, und diese Maske passt zu beiden perfekt und unterstreicht zudem deine Augen."
„Das stimmt", antwortet sie glücklich. Ich lächelte sie an, bevor ich sie aufforderte, das Kleid wieder auszuziehen und mir bei der Dekoration des Partyraumes zu helfen.

Die anderen waren bereits in unserem Keller und hängten die Dekoration auf.
„Lee, kannst du mir mal das Klebeband reichen?", brüllte Bene von oben herab. Er stand auf der Leiter und versucht gerade, die Deko an die Decke zu hängen.
Ich reichte ihm das Klebeband und schaute mich um. Mein Dad und Tom waren dabei, die Getränke hinter der Bar einzuräumen, und meine Mom und Charlotte dekorierten den Eingangsbereich. Ich schnappte mir die Schneeflocken und half Bene, den Raum zu dekorieren. Lea tat es mir gleich und half Connor.
„Holst du das Eis aus dem Keller?", bat mich meine Mom, als wir mit dem Dekorieren fertig waren.
„Klar, wer möchte was?", fragte ich die anderen, als ich das Eis geholt hatte.
„Erdbeere", meinte Bene.
„Klar, etwas anderes isst du ja eh nicht", spottete ich und gab ihm Vanille.
„Das ist Vanille!", schrie er entsetzt.
„Das sehe ich, aber die letzte Erdbeerglace gehört definitiv mir", meinte ich spöttisch.
„Ihr könnt doch auch teilen", meinten meine Mom und Charlotte fast gleichzeitig. Es stimmte: Früher hatten wir alles geteilt.
„Okay, denn halt", gab ich mich geschlagen. Bene grinste mich wie ein kleiner Junge an und nahm mir mein Eis aus der Hand.
Wir setzten uns alle hin und genossen unser Glace.
„Sieht toll aus", meinte Nick bewundernd, als er durch die Außentür kam. Unser Partyraum hatte zwei Eingänge: den

einen von der Straße aus und den anderen von unserem Haus aus. Auch Toiletten gab es hier, denn wir vermieteten diesen Raum auch an andere Leute.

Nick und ich hatten uns noch verabredet, um unser Deutschprojekt zu beenden. Seit dem Dekorationsnachmittag verstanden wir uns einigermaßen. Also ich begrüßte ihn auf den Fluren der Schule, und wir redeten in Deutsch ab und zu, jedoch nur übers Projekt oder die Schule im Allgemeinen. Er ärgerte mich immer noch, vor allem sein unverschämtes Grinsen, das er anscheinend nur für mich übrig hatte. So auch jetzt, er grinste mich an, und ich verdrehte die Augen und aß unsere Glace weiter.

„Hey, Nick", sage Bene, bevor er mir die Glace aus der Hand nahm und beinahe alles auf einmal aß.

„Halt! Ich möchte den Rest haben", rief ich aus.

„Hier." Bene gab mir den Rest des Eises, was nicht mehr sehr viel war. Ich stand auf und verabschiedete mich von Connor und Lea.

„Komm, wir wollen heute noch fertig werden", sagte ich zu Nick und zog ihn am Handgelenk Richtung Wohnung. Er schien ein bisschen schockiert zu sein. Das jedenfalls verriet sein Blick.

„Was hast du? Bist du aufs Maul gefallen?", fragte ich ihn ein bisschen genervt, denn auf einmal war er richtig still.

„Nichts", meinte er und fragte mich nach dem Stand unseres Projekts.

„Ich habe bereits angefangen, meine Themen auf PowerPoint zu machen, jetzt müssen wir deinen Teil noch hinzufügen und den Anfang und den Schluss besprechen", antwortete ich.

„Okay", meinte er nur. Wir gingen in Benes und mein Zimmer. Verwundert schaute er sich dort um. „Du teilst dein Zimmer mit Ben?", fragte er verwundert. Alle seine Freunde nannten ihn Ben, nur ich war bei Bene geblieben.

„Ja, wir haben das als Kinder so beschlossen und seitdem nicht geändert", antwortete ich. Jetzt war es mir fast ein bisschen peinlich. Jedoch haben wir das coolste Zimmer im Haus. Also eigentlich hatten wir das ganze Dachgeschoss für uns. Wir hatten ein Badezimmer, mein Ankleidezimmer, und jeder hatte seine Seite des Zimmers.

„Okay, lass uns anfangen." Nick setzte sich an den Computer, und ich gesellte mich neben ihn.
„Wie findest du die Folien?", fragte ich.
„Sehen gut aus, cooles Design, passt zu Graffiti", meinte er sachlich.
„Finde ich auch", stimmte ich ihm zu, doch ein bisschen verwundert über seine Sachlichkeit.
Den Rest des Nachmittages verbrachten wir damit, unseren Vortrag zu perfektionieren. Später rief meine Mutter zum Essen.
„Möchtest du mit uns essen?", fragte ich Nick auf der Treppe.
„Nein, aber danke für die Einladung", meinte er und verabschiedet sich von meinen Eltern, Bene und seinen Eltern.
„Ich bringe dich noch zur Tür", meinte ich. „Kommst du heute Abend auch?", wollte ich noch von Nick wissen, bevor er ging.
„Natürlich, wenn man eine Einladung zum wichtigsten Ball des Jahres bekommt, muss man ja praktisch hingehen", meinte er lächelnd.
„Schön, dann bis später; und Anzug und Maske nicht vergessen!"
„Wie könnte ich ...", spottete er und gab mir einen Kuss auf die Wange, bevor er verschwand.
„Er hat mich geküsst? Wieso hat er mich geküsst?", dachte ich verwundert. Ziemlich verwirrt setzte ich mich an den Esstisch. Es fühlte sich richtig gut an, und ich konnte seine weichen Lippen immer noch auf meiner Wange spüren, dort, wo er mich geküsst hatte.
„Hey, möchtest du auch essen oder nur verträumt im Raum herumstarren?", fragte mich mein Dad.
„Hä? Was?" Erst jetzt merkte ich, dass mich alle anstarrten, meine Mom und Charlotte lächelnd, mein Dad, Tom und Bene eher fragend oder leicht amüsiert.

Punkt sieben Uhr klingelte es an der Tür. Lea stand leicht zitternd draußen. Es war kalt, und heute Morgen hatte es sogar zu schneien begonnen.
„Komm rein!" Schnell zog ich sie ins Warme und schloss die Tür hinter ihr.

„Bist du schon aufgeregt?", wollte sie wissen, während sie die Jacke und den Schal abzog.
„Ähm, nein, wieso sollte ich?", fragte ich sie erstaunt.
„Weil du heute evtl. Nick küssen wirst?"
„Wieso sollte ich Nick küssen?", fragte ich leicht genervt. Ich konnte nicht aufhören, an diesen Kuss zu denken. Wie würde er wohl küssen, wenn ein Kuss auf die Wange schon so berauschend war? Ich hatte sie, gleich nachdem Nick gegangen war, angerufen, um ihr von diesem berauschenden Kuss zu erzählen.
„Weil du schon wieder diesen verträumten Blick draufhast."
„Was für einen Blick? Und wieso soll ich den küssen wollen? Der nervt mich nur mit seinem arroganten Auftreten und ..."
„Beruhig dich", fiel sie mir lachend ins Wort.
„Wieso lachte sie bloß so?", dachte ich genervt. Wir gingen aufs Zimmer.
„Hey, Bene", begrüßte Lea ihn.
„Hey, Lea", antwortete er ihr. „Würde es dir etwas ausmachen, wenn du dich unten bereit machst?", wollte ich von Bene wissen. In solchen Situationen war es ein bisschen doof, dass er ein Junge war oder dass wir ein Zimmer teilten.
„Klar", stimmte er zu und stand von seinem Bett auf. Er war gerade dabei gewesen, ein Magazin über Autos und Motoren zu lesen.
„Danke", antwortete ich und gab ihm einen Kuss auf die Wange. Lea und ich verzogen uns ins Ankleidezimmer. Als die Kleider perfekt saßen, gingen wir ins Badezimmer und machten uns fertig für die Party.

„Seid ihr so weit?", rief Bene von unten.
„Jaaa, wir kommen gleich", rief ich zurück. Ein paar Minuten später schritten wir die Treppe hinunter.
„Wow, ihr sieht bezaubernd aus", bewunderte Bene uns. Er sah aber auch nicht schlecht aus in seinem schwarzen Anzug und der weißen Maske. Ich gab ihm meine Hand und drehte mich dann einmal um die eigene Achse, damit die anderen meine Hochsteckfrisur bewundern konnten. Meine Mom gab Lea die Hand, und sie drehte sich ebenfalls.

„Ihr seht fabelhaft aus", sagte meine Mutter und gab mir einen Kuss.
„Wunderschön, meine kleine Prinzessin", meinte mein Vater stolz und holte die Kamera.
Charlotte und Tom standen eng umschlungen in der Ecke und sahen uns glücklich an. Als mein Vater wiederkam, machten wir ein Dutzend Bilder: einmal alle, einmal nur Lea und ich, einmal nur Bene und Lea, einmal nur Bene und ich, dann noch mit den Eltern und so weiter. Zuletzt hatte ich jedoch ein Foto mit jedem und in allen möglichen Kombinationen.

Die Musik lief ziemlich laut, als wir die Treppe hinunter in den Partyraum gingen. Der größte Teil der Leute war bereits anwesend. Jetzt, da es dunkel war, sah alles noch viel besser aus. Alles glitzerte und glänzte im Discolicht. Wir stürzten uns in die Menge und tanzten zu den verschiedenen Beats.
„Hast du Lust, mit mir zu tanzen?", fragte eine Stimme hinter mir. Es war Bene. Er sah heute besonders gut aus in seinem schwarzen Anzug und seiner schwarz-weißen Maske, die an den Rändern mit schwarzen Federn verziert war.
„Sehr gerne", sagte ich und gab ihm die Hand. Wir tanzten zu einem Lied von Rihanna. Plötzlich verlangsamte sich die Musik. Bene zog mich zu sich, und wir tanzten eng umschlungen.
„Wie findest du die Party?", schrie er mir fast ins Ohr, um die Musik zu übertönen.
„Ich finde es toll. Alles passt perfekt", schwärmte ich.
Er lächelte mich an und fragte: „Lust auf Salsa?"
„Natürlich!" In diesem Augenblick konnte ich mir nichts Besseres vorstellen, als mit Bene Salsa zu tanzen. Wir besuchten einmal in der Woche einen Tanzkurs, wo wir alle möglichen Tanzstile übten. Ich liebte es, zu tanzen und meinen Körper zur Musik zu bewegen, und Bene war der perfekte Tanzpartner. Er konnte führen wie kein anderer.
Sobald ich zugestimmt hatte, wechselte die Musik. Die meisten Leute verließen jetzt die Tanzfläche und sahen Bene und mir zu. Ich nahm die anderen nicht mehr wahr. Ich versank vollkommen im Tanz, und so verging die Zeit wie im Flug.

„Soo, Leute, holt euch ein Glas Champagner und sucht euch jemanden zum Küssen, denn in zehn Minuten startet der Countdown", tönte es aus dem Mikro.
Bene und ich hörten zu tanzen auf und verließen die Tanzfläche.
„Wen wirst du küssen?", fragte ich Bene, als ich mein Glas Champagner entgegennahm.
„Hmm, weiß nicht, du?", antwortet er.
„Ich lasse mich überraschen", meinte ich zwinkernd und machte für die anderen Platz. Ich sah mich in der Menge um und erkannte fast jeden. Da waren Mia, Lea mit Connor, meine und Benes Eltern, Nora und ihr Gespann und auch einige, die ich nicht kannte. Neugierig suchte ich nach dem Bewusstsein der Personen, die ich nicht auf Anhieb kannte. Wow, Noemie hatte sich wirklich gut gemacht. Sie trug ein champagnerfarbenes Kleid mit einer Elfenmaske, die sie auch wie eine Elfe wirken ließ. Ich hätte sie vorhin nicht erkannt, aber ich dachte, das war gewollt: den Prinzen küssen, ohne erkannt zu werden, wie in Cinderella. Lächelnd sah ich mich weiter um.

„Zehn – neun – acht – sieben – sechs – fünf – vier – drei – zwei – eins", klang der Countdown aus den Lautsprechern. Bei „zwei" schloss ich die Augen, und das Licht wurde gelöscht. Wer mich wohl küssen würde? Um mich herum standen Bene, Connor, Simon und Leo. Dieser Kuss war unbeschreiblich, süß, fordernd und doch sanft. So war ich noch nie geküsst worden. Auch als das Licht wieder anging, küssten wir uns weiter. „Wer ist er wohl, und wo hat er so brutal gut küssen gelernt?", fragte ich mich. Langsam lösten wir uns voneinander. Ich getraute mich noch nicht, die Augen zu öffnen. Wollte ich wirklich wissen, wer er war und dann evtl. enttäuscht werden? Doch ich wollte es wissen! Langsam öffnete ich meine Augen. Ich sah in die Augen eines Unbekannten, es war weder Bene noch Connor noch Simon und auch nicht Leo. Dann dämmerte es mir. Nick! Es war Nick, der mich so unfassbar zärtlich und liebevoll geküsst hatte. „Du?", fragte ich noch ein bisschen baff und mit weichen Knien von diesem wirklich unfassbar romantisch-schönen Kuss.

„Wen hast du erwartet?", wollte er wissen.
Das konnte nicht sein. Wie konnte so ein arrogantes Arschloch und die größte Nervensäge so gut küssen? Ich musste hier raus, weg von ihm. Ohne ihm zu antworten, rannte ich zur Tür hinaus. Draußen angekommen, rannte ich einfach weiter. Wohin ich wollte, wusste ich nicht. Ich wusste nur, dass ich wegmusste, weg von ihm. Schwer keuchend, kam ich wieder zum Stillstand. Ich konnte nicht mehr. Auf dem alten Spielplatz gelandet, setzte mich auf die quietschende Schaukel.

Er sah soo süß aus in seinem schwarzen Anzug und seiner grünlichen Maske, die seine Augen noch mehr betonten, und erst dieser Kuss ... „Denk bloß nicht dran!", ermahnte ich mich streng. Ich wollte nicht an ihn und diesen Kuss denken, doch ich konnte einfach nicht anders. War ich jetzt in ihn verknallt? Nein, das durfte nicht sein. Ich konnte mich doch nicht in einen Arsch verlieben, oder doch? Oder war er gar kein Arsch? Stellte ich ihn bloß als Arsch hin, um mich nicht mit meinen Gefühlen für ihn beschäftigen zu müssen und mit dem Menschen, der hinter meinen Vorurteilen steckte?
„Da bist du ja!" Ich kam nicht dazu, diesen Gedanken weiter nachzuhängen, denn dieser Arsch stand gerade vor mir und sah mich mit seinem süßen, besorgten Blick an. „Ich habe dich bereits überall gesucht", meinte er besorgt.
„Tja, jetzt hast du mich ja gefunden", antwortete ich trotzig.
„Ja." Er setzte sich, ohne zu fragen, auf die Schaukel neben mich.
„Wieso warst du so schnell weg?", wollte er von mir wissen. Am liebsten wäre ich jetzt aufgestanden und wieder weggerannt. Doch an seinem Blick erkannte ich, dass er mir überallhin folgen würde, bis ich ihm eine zufriedenstellende Antwort gegeben hätte. Ich seufzte. „Ist es wegen des Kusses?"
„Nein!", schrie ich fast.
„Was dann?" Jetzt schrie er.
„Ich weiß es nicht!", schrie ich zurück.
Er küsste mich. Ich stieß in weg und schrie ihn an, wieso er mich schon wieder küsse und wie er auf die Idee komme, dass er mich

einfach küssen könne. Er erwiderte nur, dass es einen Versuch wert gewesen sei und er mich in Zukunft in Ruhe lasse. Mit dieser Antwort war ich auch nicht zufrieden. Ich wollte nicht, dass er mir aus dem Weg ging. Doch ich wollte auch nicht, dass er mich küsste. Doch dann küsste ich ihn. Ich musste seine Lippen einfach noch einmal auf meinen spüren und seinen Mund mit meiner Zunge erforschen. Nach einer halben Ewigkeit, was sich jedoch nur wie wenige Sekunden anfühlte, löste er sich von mir.
„Ich versteh dich nicht."
„Ich verstehe mich auch nicht", meinte ich und kuschelte mich an ihn.
„Magst du mich nun oder nicht?"
„Irgendwie schon", erwiderte ich und stellte mich auf meine Zehenspitzen, um ihn noch einmal zu küssen. Doch er ließ mich nicht.
„Du kannst mich nicht einfach küssen."
„Das hast du doch auch mit mir gemacht, zweimal sogar", widersprach ich trotzig und sah ihm stattdessen in die Augen, in denen ich hätte versinken können. Diese Augen musterten mich und suchten nach einer Antwort.
„Stimmt, weil ich dich mag, aber bei dir weiß ich nicht, ob du mich auch magst, und ich komme einfach nicht in dein Bewusstsein, um es herauszufinden."
Trotzig stieß ich ihn von mir.
„Was habe ich jetzt schon wieder falsch gemacht?"
„Du wolltest in meinen Kopf?", schrie ich. Ich schrie in letzter Zeit wirklich oft, was sonst so gar nicht meine Art war.
„Ich wollte bloß wissen, ob du mich auch liebst, weil ich dich nämlich liebe."
„Du liebst mich?", fragte ich ungläubig.
„Ja, wie kann man dich nicht lieben? Diese wunderschönen langen, lockigen braunen Haare, kombiniert mit diesen wachsamen und neugierigen Augen, die wahrscheinlich alles wahrnehmen und jedes Geheimnis aufdecken." Während er das sagte, fuhr er bewundernd durch meine Haare.

Überwältigt und gar nicht mehr wütend, stellte ich mich auf die Zehenspitzen und küsste ihn. Wir verbrachten noch eine ganze Weile draußen, bevor mir zu kalt wurde und er mich noch fester zu sich zog. Wir machten uns auf den Weg zurück zur Party.
„Hab ich dir eigentlich schon gesagt, wie wunderschön du in diesem Kleid aussiehst?"
„Nein", log ich. Er hatte es auf dem Spielplatz so manches Mal gesagt, sodass ich mit dem zählen aufgehört hatte. Doch ich konnte nicht genug kriegen.
„Du bist die Schönste", sagt er bewundernd und strich mir eine Haarsträhne, die sich aus meiner Hochsteckfrisur gelöst hatte, aus dem Gesicht, und dann küsste er mich.

„Ich habe es gewusst", meinte Lea, als ich ihr von Nick und mir erzählte.
„Ja, hast du", sagte ich glücklich und zerquetschte sie schier.
„Wo ist dein Prinz eigentlich?", fragte sie mich.
„Er steht dort bei Bene und Connor. Was ist eigentlich mit dir und Connor?", wollte ich wissen.
„Er hat mich geküsst."
„Und wie war es? Seid ihr nun zusammen?"
„Super, er küsst so, wie ich es mir vorgestellt hatte, und ja, endlich", schwärmte sie.
„Jäää, das freut mich für dich! Jetzt haben wir beide unseren ersten Freund", meinte ich und drückte sie nochmals, bevor wir zu den Jungs gingen. Wir verbrachten der Rest der Nacht mit Tanzen, Knutschen, Lachen und Feiern. Nick konnte fast so gut tanzen wie Bene, was mich freute, denn ich liebte Tanzen.

Kapitel 4

„Guten Morgen zusammen", begrüßten uns unsere Familien. Es war zwölf Uhr, und Bene und ich waren gerade erst erwacht.
„Hallo zusammen", antwortete ich gut gelaunt, während Bene nur brummte.
„Wie war die Party noch?", wollte Charlotte wissen. Sie hatten sich nach dem Knall auf den Weg gemacht, um allein noch ein bisschen zu feiern.
„Toll", schwärmte ich und erzählte ihnen von Nick und dass wir jetzt offiziell zusammen seien.
„Das freut mich für dich, Schätzchen", meinte meine Mom liebevoll, und auch die anderen schienen sich für mich zu freuen, nur Bene zeigte nicht ganz so viel Begeisterung. Ich nahm an, dass er einfach noch müde sei.
Nach dem Frühstück machten sich Tom und meine Mutter ins Arbeitszimmer davon. Normalerweise arbeiteten sie am Sonntag nie, und wir unternehmen am Nachmittag alle etwas zusammen. Meistens gingen wir ins Kino oder Hallenbad, was so eine Tradition unserer Familie war.
„Warum müssen sie jetzt arbeiten? Ich dachte, wir gehen ins Kino und sehen uns den neuen Streifen mit Tom Cruise an", sagte ich ein bisschen enttäuscht.
„Jemand muss sich ja um das Chaos mit den Schatt...", rief Charlotte aus.
Mein Dad fiel ihr ins Wort: „Sie müssen so ein Senja-Ding regeln", meinte er beruhigend, fast so, als wollte er, dass wir nicht weiterfragten.
Bene und ich warfen uns einen Blick zu. „Was war los?", fragte der meine. Er zuckte die Schultern.
„Wir können auch ohne sie ins Kino gehen", meinte Charlotte.
„Ich kann heute nicht. Ich muss noch an dem Deutschprojekt arbeiten, da morgen die Präsentationen sind", lehnte Bene ab.
„Und du, Leandra? Kommst du mit ins Kino?", fragte mich Charlotte.

„Ich würde gerne mitkommen, aber Nick hat gerade geschrieben und gefragt, ob wir etwas zusammen machen ...", sagte ich entschuldigend.
„Kein Problem; und du, Leo?", sagte sie, an meinen Vater gewandt.
„Ja, wieso nicht? Heute möchte ich nicht arbeiten, obwohl ich genügend zu tun hätte ..."
Mein Vater war Architekt und hatte ein eigenes Büro hier in der Stadt. Charlotte arbeitete in der Kita, und am Mittag half sie noch am Mittagstisch aus. Sie war sehr sozial engagiert, was sie noch viel sympathischer machte, wenn das überhaupt ging. Meine Mom arbeitete in einer Kunstgalerie in der Stadt, sie restaurierte dort die Kunstwerke und leitete dort auch Führungen. Bens Vater Tom war Archäologe und arbeitete zusammen mit meiner Mutter für das Museum in der Stadt. Er schätzte dort die Kunstwerke, und einmal im Jahr nahm er an Ausgrabungen teil. Bene und ich hatten ihn schon ein paarmal in den Ferien besuchen dürfen. Es war immer unfassbar, und wir konnten sehr viel sehen und auch einige Dinge lernen.
Es klingelte. „Ich gehe schon, es ist bestimmt Nick", rief ich und lief zur Tür.
„Hallo", begrüßte er mich fast schüchtern.
„Hey, komm doch rein, ich muss nur noch kurz meine Badesachen holen."
Er gab mir einen Kuss, bevor er hereinkam, und ich düste davon. Ich konnte es kaum erwarten, ihn nur in Badehose zu sehen.

Heute hatten sich wohl alle Menschen von Rosewood entschieden, ins Hallenbad zu gehen, denn es war ziemlich voll.
„Lass uns ins Wasser gehen", meinte ich.
Er zog mich eng mit sich, um an den vielen Leuten am Eingang vorbeizukommen. Nick hatte ein leicht braun gebranntes Sixpack, das perfekt zu seinen braunen Haaren passte, und seine Haut fühlte sich ziemlich heiß und gut an. Ich fasste ihm an die Stirn, um zu schauen, ob er Fieber habe. Seine Stirn fühlte sich genau so glühend an wie der Rest seines Körpers. „Wieso ist deine Haut so heiß?", wollte ich wissen.

„Was meinst du mit ‚heiß'?"
„Du brennst schier!"
„Ach, das … Ich habe eine höhere Körpertemperatur als andere, was nichts zu bedeuten hat", meinte er ausweichend.
Ich schaute in sein Gesicht, um nach einer Erklärung zu suchen, fand aber keine. Nick zog mich zu sich und küsste mich, und damit war alles vergessen. Wir verbrachten den Rest des Nachmittages mit Reden. Ich löcherte ihn mit Fragen, Fragen zu seiner Familie und seiner Kindheit. Denn ich wollte einfach alles wissen, und er gab mir bereitwillig Auskunft, wobei er mich die ganze Zeit anlächelte und ab und zu herzhaft küsste. Seine Mutter war eine Senja, und seinen Vater kannte er nicht. Dieser war noch vor seiner Geburt abgehauen, und Nick wusste nicht viel über ihn, nur, dass seine Mutter ihn geliebt hatte und dass er Gitarre spielte. Nick wollte seinen Vater nie finden und auch nichts über ihn wissen. Ich dachte, das komme daher, dass er nicht verletzt werden wollte. Er hatte keine Geschwister, und seine Mutter und er zogen immer umher, da seine Mutter den Job oft wechselte. Sie war eine angesehene Wissenschaftlerin und arbeitete an der Uni. Auch verriet er mir, dass er sich manchmal einen kleinen Bruder gewünscht habe, um mit ihm zu spielen. Ich erzählte ihm im Gegenzug von meiner Familie, von meiner Mutter, wie sie meinen Vater kennengelernt hatte, das war an einem regnerischen Samstag gewesen. Sie wollte zur Arbeit gehen und war wie immer ein bisschen spät dran, darum lief sie mit offenem Regenschirm durch die Straßen von New York und war in meinen Vater hineingelaufen, der gerade dabei gewesen war, ein Gebäude zu begutachten. Es war Liebe auf den ersten Blick gewesen. Er hatte sie angeschaut, und seine Augen hatten gestrahlt, hatte meine Mutter geschwärmt, als sie mir diese Geschichte erzählt hatte. Später hatten sie sich dann auf einen Kaffee verabredet, und nach einem Monat waren sie zusammengezogen. Ein Jahr später hatten sie geheiratet, und neun Monate später war ich auf die Welt gekommen.
„Wow, und sie lieben sich bis heute?", wollte Nick wissen, als ich mit meiner Geschichte geendet hatte.

„Ja", sagte ich und küsste ihn.
An diesem Tag erfuhr ich noch einiges über seine Kindheit. Ich wusste jetzt, wo er alles schon gewesen war, wo er seinen ersten Kuss bekommen hatte, und alles über seine erste Freundin. Es war eine Kindergartenbeziehung mit Händchenhalten und Küsschen auf Mund und Wange gewesen. Ich fand es amüsant, wie er mir die Geschichte erzählte, und dabei musste er immer wieder lachen und errötete manchmal auch. Ich wusste gar nicht, dass ihm jemals etwas peinlich gewesen war. Gegen Abend brachte er mich dann nach Hause.
„Vielen Dank für deine Offenheit", sagte ich zum Abschluss.
„Kein Problem. Ich danke dir, dass du mich nicht ausgelacht hast", meinte er und küsste mich ziemlich lange, was meine Knie ziemlich weich werden ließ. Er küsste so unglaublich gut.

In der nächsten Woche verbrachte ich viel Zeit mit Nick. Wir gingen spazieren, verbrachten Zeit bei mir daheim, gingen ins Kino, spielten Bowling oder Billard. Wir redeten ununterbrochen über alles Mögliche. Doch eines hatte ich mich bis jetzt nicht getraut zu fragen – jetzt war ich doch neugierig. Wir waren auf dem Heimweg von der Schule und unterhielten uns. Die anderen waren bereits vorgegangen.
„Warum kann ich deine Gedanken nicht lesen?", wollte ich von ihm wissen.
„Das Gleiche könnte ich dich auch fragen", wich er mir aus.
„Das kann ich dir sagen: Ich schirme meine Gedanken ab, aber dein Bewusstsein ist nicht greifbar."
„Das liegt wahrscheinlich daran, dass du nicht so gut bist."
Ich war wütend stehen geblieben. „Daran liegt es definitiv nicht. Ich bin bis jetzt in jedes Bewusstsein gekommen!", meinte ich.
Nick war auch stehen geblieben. „Tja, lassen wir das Thema", meinte er und lief weiter.
„Nein, wieso erklärst du mir nicht, wie du es machst?", fragte ich und lief ihm hinterher.
„Nein! Und jetzt hör auf zu betteln und versuche nie wieder, in meinen Kopf zu gelangen", schrie er und schubste mich weg.

„Was hast du? Zuerst beleidigst du mich, und dann flippst du so aus? Es war bloß eine Frage!" Ich drehte mich um und ging, nur noch wenige Schritte von unserer Haustür entfernt. Wenn er mich so behandelte, musste ich nicht bleiben! Aber wieso wich er mir bei diesem Thema aus und beleidigte mich? Ich wusste wirklich nicht, was ich machen sollte. Erst einmal schnappte ich mir das Telefon und machte mich auf den Weg nach oben. Ich war froh, dass Bene noch zu Connor gegangen war, so hatte ich das Zimmer für mich und konnte mich ungestört mit Lea unterhalten.

„Kannst du mir das erklären? Sonst ist er immer offen und ehrlich", schüttete ich Lea mein Herz aus. Ich hatte ihr soeben erzählt, wie Nick auf die Frage zu seinem Bewusstsein reagiert hatte.
„Ich weiß es auch nicht."
„Er könnte mir einfach zeigen, wie er es macht, und dann hätte sich dieses Thema erledigt. Aber was macht er? Brüllt mich an und schubst mich weg."
„Das tut mir leid", meinte Lea, und es klang so, als wollte sie direkt zu mir kommen und mich in den Arm nehmen. „Hat er denn schon einmal so reagiert?", wollte sie wissen.
„Nein! Doch, beim Hallenbad. Ich fragte ihn, wieso er so heiße Haut habe, und er ist mir ausgewichen, aber er hat sich nicht so schlimm benommen wie jetzt", erinnerte ich mich.
„Scheint so, als hätte er Geheimnisse, die er nicht teilen möchte", bemerkte sie vorsichtig.
„Ja, sieht ganz danach aus. Aber das möchte ich nicht. Ich möchte ihm vertrauen und dass er ehrlich ist", sagte ich traurig.
„Das versteh ich", meinte sie, und wir unterhielten uns noch eine Stunde länger über Jungs und insbesondere Nick, und wir rätselten, welche Gründe er dafür haben mochte, kamen jedoch zu keinem Ergebnis. Wir hätten noch länger telefoniert, hätte mich meine Mutter nicht zum Essen gerufen.

An diesem Abend konnte ich nicht einschlafen, ich konnte keine vernünftige Antwort zu Nick finden, drehte und wälzte mich im

Bett, bis ich dann nach Stunden endlich einschlief. Um vier Uhr morgens schreckte ich aus dem Schlaf. Von unten knallte und krachte es. „Was ist da los?", fragte ich Bene, der auch erwacht war. Er war gestern erst sehr spät nach Hause gekommen, weshalb er meine Tränen Nicks wegen nicht mitbekommen hatte, worüber ich auch froh war. Ich wollte zwar seine Meinung wissen, aber ich war gestern ziemlich kaputt gewesen und hatte nur noch schlafen wollen.

„Keine Ahnung, lass uns nachsehen gehen."

Wir gingen die Treppe herunter und sahen Tom, der gegen einen anderen kämpfte. Der andere formte gerade einen Feuerball, der Tom nur knapp verfehlte. Jetzt wurde Tom wütend. Er warf ein Elixier nach ihm, und der andere löste sich in Luft auf.

„Was ist hier los?", fragte ich.

„Nichts, das war bloß so ein Schattenweltler."

„Nur so ein Schattenweltler, der mit Feuerbällen unsere Wohnung verwüstet und dich beinahe verbrannt hätte", meinte Bene ironisch.

„Ja, genau", bestätigte Tom.

„Wo sind Mom, Dad und Charlotte?"

„Charlotte hat eine Schlaftablette genommen und schläft, und deine Eltern sind im Loft", antwortet Tom, während er einen Zauber wirkte, der unser Haus im Handumdrehen wieder normal erscheinen ließ.

„Was machen sie im Loft?", wollte ich wissen. Das Loft war der geheime Treffpunkt der Senja-Oberhäupter und der Stellvertreter der Schattenweltler.

„Das kann ich euch nicht sagen."

„Doch, das kannst du", widersprachen Bene und ich im Chor.

„Unser Haus wurde angegriffen. Ich finde, wir haben das Recht zu erfahren, wer das war und was er von dir wollte!", schob ich nach.

„Nein, finde …"

„Doch, Tom. Sie sollten es endlich erfahren", fiel meine Mom ihm ins Wort. Sie war mit meinem Dad ganz plötzlich in unserem Wohnzimmer erschienen.

Ich fiel ihr um den Hals. „Ist alles in Ordnung?", wollte ich von ihr wissen.
„Es geht mir gut, doch wir müssen euch etwas erzählen ..."
„Willst du es ihnen wirklich sagen?", erkundigte sich Tom.
„Ja, so können sie sich am besten verteidigen."
„Also gut", willigte auch Tom ein, und Dad verabschiedete sich. Er schien wohl zu ahnen, dass das ein Senja-Ding war und er nicht erwünscht war.

Kapitel 5

Tom machte uns Tee, und wir setzten uns an den Küchentisch, gespannt auf das, was jetzt käme.
„Möchtest du erzählen?", fragte Tom Vivienne.
„Jetzt macht schon", sagte ich ungeduldig, und meine Mom begann.
„Wie ihr wisst, gibt es die Senjas bereits seit x Jahrhunderten. Unsere Vorfahren lebten einst auf der Insel Senja in Norwegen. Sie blieben unter sich und gaben ihr Wissen von Generation zu Generation weiter. Unter ihnen lebten auch Scientes, sogenannte Wissende. Sie blieben meistens unter sich, doch wenn sie Visionen hatten, konnten sie diese nicht einfach für sich behalten, sondern teilten sie mit dem ganzen Volk. Sie prophezeiten Stürme, miese Ernten, aber auch Schicksale einzelner Personen. Und lasst mich eines klarstellen: Alle ihre Visionen gingen in Erfüllung. So auch diese. Die Scientes prophezeiten, dass sich unser Volk eines Tages über die ganze Welt verteilen werde, und so kam es. Eines Tages beschlossen einige Senjas, in die Welt hinauszuziehen, um zu sehen, ob es noch andere Senjas gebe. Doch wie die Scientes prophezeiten, gab es keine weiteren Senjas. Nein! Dafür entdeckten sie die Schattenwesen in den unterschiedlichsten Gestalten. Eine Art böser und hinterlistiger als die andere. Blutsauger, Dämonen der Hölle und Elben. Doch es gab auch Kulturen, die sich dem Dämonenjagen verschrieben hatten, um das Gleichgewicht von Gut und Böse zu wahren. In den ersten hundert Jahren, nachdem sich die Senjas in die Welt gewagt haben, herrschte auch weiterhin überall Krieg unter den Schattenweltlern. Doch in diesen hundert Jahren betraf es auch die Senjas, denn unser Volk wurde in den Krieg hineingezogen. Eines Tages beschloss ein mutiges Paar, Emilia und Valentin, sich gegen diesen Krieg zu wehren. Sie schlossen ein Bündnis zwischen den Dämonenjägern und den Senjas. Sie gründeten den Rat. Zuerst gab es viele Probleme und sogar Aufstände aufseiten der Senjas und der Demis, wie man sie jetzt nannte.

Doch nach drei Monaten sahen die Senjas ein, dass sie in der Welt ohne die Demis nicht zurechtkämen, da die Dämonen nun auch sie belästigten, und die Demis begriffen, dass die Senjas über ein Wissen verfügten, das bei der Dämonenbekämpfung hilfreich sein konnte. So halfen die beiden Kulturen einander, und Jahre später kamen die Elben hinzu. Sie hatten es satt, Krieg zu führen, und so schlossen sie sich an unter der Bedingung, dass kriegerische Auseinandersetzungen unterblieben, und sie wollten helfen, die Blutsauger zur Vernunft zu bringen, sodass nun alle Energie auf die Dämonenbekämpfung gerichtet werden konnte. Auch dieser Vorsatz liess sich Jahrzehnte später umsetzen. Die Blutsauger schlossen sich dem Bündnis an und versprachen, kein Wesen mehr, in Blutgier oder nicht, zu töten, oder sie würden hingerichtet werden. In den ersten Jahren gab es viele Hinrichtungen, doch bis heute sind es nur noch zwei in zehn Jahren. Eine Abmachung des Bündnisses war es, die Existenz des Bündnisses zwischen den Senja und den Schattenwesen geheim zu halten. Deshalb erfahren die Senjas und die Kinder der Schattenweltler auch erst davon, wenn sie alt genug sind, um in das Geheimnis eingeweiht zu werden. Dies geschieht im dritten Jahr, man erfährt auch Einzelheiten über die verschiedenen Schattenwesen, das Bündnis und die Bekämpfung der Dämonen, jedoch nur das Wichtigste. Denn das ist nun unsere Aufgabe. Die Demis sind über die Jahrhunderte ausgestorben. Doch sie leben in uns Senjas weiter. Unsere Kultur und die ihre haben sich im Laufe der Jahre vermischt. Die Kinder von Emilia und Valentin haben sich in die mächtigsten Demis verliebt, und so entstand die mächtigste Blutlinie, die bis heute in euch beiden weiterlebt."

„Also gehört unsere Familie zu den Dämonenjägern?", wollte Bene wissen.

„Jain. Vivienne und ich waren früher Jäger, sogenannte Dämonenjäger, aber seit ihr beiden auf der Welt seid, überlassen wir diese Aufgabe anderen", antwortete Tom.

„Werden wir in diesem Fall auch zu Dämonenjägern ausgebildet?", wollte ich wissen.

„Das kommt ganz darauf an. Das Dämonenjagen liegt zwar in der Familie, jedoch werden alle Senjas und Schattenweltler im dritten Schuljahr einem Test unterzogen, um festzustellen, wer als Jäger ausgebildet wird und wer nicht", antwortete meine Mom. „Jedoch gibt es auch Senjas und Schattenweltler, die bereits früher ausgebildet werden. Das passiert, wenn die Eltern bereits Jäger sind und ihre Kinder bereits in frühen Jahren ausbilden lassen. Natürlich nur, wenn sie den Test bestehen", fügte Tom an.

„Warum wurden wir nicht ausgebildet? Haben wir den Test nicht bestanden?", wollte ich wissen.

„Doch, Schatz, ihr hättet den Test bestanden. Wir wollten euch jedoch selber entscheiden lassen, ob ihr das wollt oder nicht, denn es ist eine große Aufgabe und kann auch eine enorme Last mit sich bringen", antwortet meine Mom.

„Was wollten die Dämonen nun von euch? Die kamen doch nicht einfach so?", fragte Bene. Wie ich schien auch er begriffen zu haben, dass es sich bei dem Monster vorhin um einen Dämon und nicht um einen Schattenweltler gehandelt hatte.

„Das stimmt nicht ganz. Die Dämonen wollen töten und die Welt vernichten, darum greifen sie jeden an. Doch diese hatten ein ganz bestimmtes Ziel, da hast du recht", meinte Tom.

„Seid ihr das Ziel?", wollte ich wissen.

„Wir sind immer ein Ziel, weil wir die Oberhäupter des Rats sind und sie uns die Schuld dafür geben, dass viele von ihnen sterben und wir sie immer aufhalten. Jedoch hat diese spezielle Dämonengruppe das Ziel, euch beide umzubringen", sagte Tom vorsichtig.

„Warum uns? Wir haben ihnen nichts getan!", brauste ich auf.

„Das stimmt. Es gibt jedoch eine Prophezeiung, und die Dämonen glauben, ihr wäret die Personen in dieser Prophezeiung", erklärte Mom.

„Was für eine Prophezeiung?", wollte Bene wissen.

„Es wäre besser, wenn wir das morgen in aller Ruhe anschauen. Ihr habt heute genug erfahren und braucht euren Schlaf", meinte Vivienne.

„Aber ich kann doch nicht schlafen, wenn Dämonen mich umbringen wollen!", protestierte ich, und auch Bene stemmte sich dagegen.
„Doch, könnt ihr. Leo und ich haben einen Schutz errichtet, als wir vorhin beim Rat wahren. Der sollte reichen, und zudem werden Tom und ich euch beschützen", sagte meine Mom in dem Ton, bei dem man besser nicht widersprach. Bene und ich machten uns auf den Weg nach oben.
„Werden wir jetzt auch Dämonenjäger?", fragte Bene.
„Ich weiß es nicht. Ich will aber morgen lernen, mich zu verteidigen! Und ich möchte alles über diese Schattenwesen erfahren!"
„Ich auch! Wie konnten sie das so lang von uns geheim halten?", fragte Bene.
„Das frage ich mich auch, aber ich denke, sie wollten diese Prophezeiung nicht wahrhaben und uns nur beschützen", erwiderte ich.
„Ja, aber was hat es mit dieser Prophezeiung auf sich?", rätselte ich weiter.
„Ich weiß es echt nicht", stöhnte Bene.
„Kann ich heute bei dir schlafen?", fragte ich Bene.
„Klar."
Früher hatten wir das öfters getan, wenn wir nicht einschlafen konnten, wenn wir traurig waren oder einfach so. Ich fühlte mich bei ihm sicher. Er strahlte so eine Zuversicht und Sicherheit aus, dass ich mich einfach wohlfühlte. Und das brauchte ich in dieser Nacht wirklich. Wir diskutierten noch eine Weile, bis wir in einen tiefen, traumlosen Schlaf fielen.

Wir erwachten fast gleichzeitig.
„Lass uns nach unten gehen! Ich kann es kaum erwarten, den Rest zu hören", sagte ich zu Bene.
Wir standen zügig auf und liefen die Treppe herunter. Unsere Eltern hatten das Frühstück gerade beendet, es war auch bereits dreizehn Uhr. Wir hatten nach dieser aufregenden Nacht wohl ein bisschen Schlaf nachzuholen.
„Guten Morgen", begrüßten Bene und ich die anderen im Chor.

„Hallo zusammen", kam es zurück. „Ich kenne diesen neugierigen Blick", sagte mein Vater und verzog sich in sein Arbeitszimmer. Es war Samstag, und wie immer hatte er noch zu tun. Auch Charlotte verabschiedete sich.
„Erzählt ihr uns jetzt von der Prophezeiung?", fragte ich ungeduldig.
„Setzt euch zuerst und esst was", versuchte meine Mom, uns zum Essen zu bewegen. Doch wir ließen nicht locker.
„Okay, ihr esst, wir erzählen", meinte Tom schließlich. „Also lasst mich anfangen. Diese Prophezeiung ist eine der ältesten, die es gibt. Sie wurde vor vielen Tausend Jahren von den Scientes erzählt und wurde von Generation zu Generation mündlich weitergegeben. Und wie das mit mündlichen Erzählungen so ist, ging ein Teil verloren, und ein anderer wurde hinzugedichtet. Eines Tages hat ein junger Studierender diese Prophezeiung aufgeschrieben. Danach ging sie verloren und wurde auch nicht mehr weitererzählt. Dann vor zwei Jahren kam das Schriftstück wieder zum Vorschein. Man hielt es zuerst für eine alte schöne Geschichte, doch einen Monat später fand man ein ähnliches Schriftstück auf den Geschichten der Demis. Die Kernaussagen dieser beiden Prophezeiungen stimmten überein, und so hatten wir Anlass, dieser Prophezeiung Glauben zu schenken – was auch richtig war. Uns fiel auf, dass nicht alle Dämonenverbrechen Zufall waren, wie wir bis dahin angenommen hatten. Denn sie hatten sich zu einer Gruppe zusammengeschlossen, was wir erst ab diesem Zeitpunkt bemerkten. Diese Gruppe existierte bereits früher, doch sie wächst stetig. Ab dem Zeitpunkt, zu dem wir die Prophezeiung entdeckten, konnten wir ihre Opfer einer Gruppe zuordnen, was uns auch half, die Prophezeiung besser zu verstehen. Denn wir wussten nicht, was erfunden und was wahr ist. Doch nun zur Prophezeiung, damit ihr versteht, worum es geht."
„Na endlich", dachte ich.

Kapitel 6

„Eines Tages, wenn der blaue Mond im Haus Venus steht und draußen ein heftiger Sturm wütet, wird ein Mädchen geboren werden, so mächtig, wie die Götter selbst einst waren. In ihrem Herzen werden nur Glück, Hoffnung, Vertrauen und Liebe Platz haben. Sie wird mit Mut und ihrem engsten Vertrauten die Welt von all ihren bösen Kreaturen und Dämonen befreien, und das für immer. Das Böse wird nie wieder die Chance haben, auf die Erde zu gelangen und sich zu verbreiten. Ihr engster Vertrauter ist nur wenige Tage älter und wird ihr dabei helfen mit seiner unfassbaren Stärke und seinem Vertrauen. Seine Liebe wird dem Mädchen Kraft geben, sich für das Gute und die Welt einzusetzen. Die Welt wird ein Ort voller Glück und Hoffnung sein. Die Natur wird sich erholen und zu einer unfassbaren Schönheit werden, wenn es ihnen gelingen wird, die Welt von den Dämonen zu befreien. Es werden neue Tierarten erschaffen werden, und Naturkatastrophen der Vergangenheit angehören. Doch falls das Böse das Mädchen brechen kann, wird alles schlimmer werden. Die Dämonen werden sich die Weltherrschaft unter den Nagel reißen. Die Menschen werden in Angst und Schrecken leben, falls sie noch leben, und die Natur wird von Tag zu Tag schwächer werden, bis sie nur noch ein grauer, trostloser Fleck Dreck ist, der sich nie wieder von diesem Ereignis erholen wird", endet Tom die Prophezeiung.

„Das ist alles? Ein Mädchen, das mit seinem Vertrauten die Welt retten soll?", fragte ich.

„Ja, das sind die Punkte, die sich in den beiden Prophezeiungen überschneiden", sagte Vivienne.

„Und was hat das mit uns zu tun?", wollte Bene wissen.

„Leandra ist in einer stürmischen Nacht, in der der blaue Mond im Haus Venus stand, geboren worden, und du, Benjamin, bist nur ein paar Tage älter. Zudem versteht ihr euch super und kommt aus einer mächtigen Familie, was auch eines der Kriterien ist", meinte meine Mom.

Ich fing an zu lachen.
„Was hast du?", wollte Tom wissen.
„Ich soll nur für Glück, Hoffnung, Vertrauen und Liebe in meinem Herzen Platz haben", sagte ich unter Lachtränen.
„Das ist nicht lustig Leandra!", sagte meine Mom.
„Doch, irgendwie schon", meinte Bene.
„Ihr könnt das nicht auf die leichte Schulter nehmen, die Dämonen haben in den letzten zwei Jahren alle Mädchen getötet, die an deinem Geburtstag auf die Welt gekommen sind, und nun versuchen sie, euch zu töten!", sagte Tom todernst.
„Okay, nehmen wir an, die Prophezeiung ist wahr, und wir sind tatsächlich die zwei Personen, um die es geht. Was sollen wir eurer Meinung nach tun, um die Welt zu retten?", wollte Bene wissen.
„Ihr werdet ab Montag als Jäger unterwiesen und in alle Geheimnisse des Rates eingeweiht. Zusätzlich werden die Sicherheitsmaßnahmen hier im Haus, in der Schule und in Rosewood nochmals erhöht, und es werden euch Wächter bei jedem eurer Schritte begleiten", sagte Tom.
„Und wieso erst jetzt? Ihr wusstet seit zwei Jahren von dieser Prophezeiung", wollte ich wissen.
„Weil ihr seit einer Woche die Einzigen seid, die noch infrage kommen. Wir dachten immer, die Auserwählten wären Henry und Alessia aus Köln, Deutschland, aber wie sich herausstellte, kann Alessia nicht die Auserwählte sein, da sie nicht von Adrian, meinem Halbbruder, abstammt, sondern von einem Inferio. Somit erfüllt sie die Bedingungen nicht, was nun auch die Dämonen wissen, da sie auf euch Jagd machen und nicht mehr auf Alessia", erklärte Tom.
„Warum wissen diese Dämonen überhaupt von dieser Prophezeiung und von uns?", wollte Bene wissen.
„Das versuchen wir noch herauszufinden. Doch ab jetzt wird euer Leben nicht mehr so einfach sein. Ihr müsst auf alles vorbereitet werden. Es tut mir leid. Ich habe so gehofft, dass es nicht euch treffen werde", sagte meine Mom.
„Warum seid ihr so sicher, dass ich der Vertraute bin und nicht Nick?", wollte Bene noch wissen.

„Weil du nur wenige Tage älter bist, zudem stammst du auch aus einer der stärksten Familien, und ihr vertraut euch, seit ihr klein seid", antwortete Tom.

„Und wieso nicht Nick? Er ist auch nur einige Tage älter, und er würde alles für sie tun", widersprach Ben.

„Ja, aber er stammt aus keiner mächtigen Senja-Familie, das haben wir geprüft", meinte Tom.

„Okay", gab sich Bene geschlagen.

Ich konnte es nicht fassen: Ich sollte dieses Mädchen sein. Weder war ich besonders mutig, noch hatte ich nur Liebe in mir. Das konnte ich auch beweisen, denn in den letzten Monaten war ich immer ziemlich wütend und aggressiv gegenüber Nick gewesen; das hatte wohl nichts mit nur Liebe zu tun. Aber ich wollte alles über unsere Geschichte und die Schattenweilt erfahren. Auch wollte ich Neues lernen und mich verteidigen können. Darum beschloss ich, so zu tun, als wäre ich dieses Mädchen. Was mich jedoch störte, war, dass ich mit keinem meiner Freunde darüber sprechen dürfte. Denn sie durften es erst im dritten Jahr erfahren, wie es das Gesetz vorschrieb, und auch da durften sie nicht alles wissen. Die Prophezeiung wurde in den Schulbüchern nicht erwähnt.

Ich verbrachte den restlichen Samstag damit, zu schlafen und mir Gedanken über die Prophezeiung zu machen. Gegen Abend, nach dem Nachtessen, fragte Bene mich, ob ich Lust hätte, mit ihm nach Venedig zu gehen. Er brauche Abstand, um sich Gedanken über all das zu machen und um den besorgten Gesichtern unserer Eltern zu entgehen. Sie machten sich bereits seit ein paar Wochen Sorgen, seit diesen Angriffen. Bis jetzt hatten sie es gut vor uns verborgen, doch jetzt konnten sie es nicht mehr. Sie erzählten uns, dass die Verbrennungen nicht von der Herdplatte, sondern von einem Feuerdämon stammten. Sie wurde auf dem Weg nach Hause einfach so angegriffen, zum Glück kam Tom ihr zu Hilfe, und gemeinsam bekämpften sie den Feuerdämon. Weiter erzählten sie uns, dass die Lehrer bereits über alles informiert seien und dass die Sicherheitskräfte bereits ab diesem Nachmittag, an dem wir freihatten, an der Schule seien, um uns zu schützen. Jetzt konnte ich mir auch all die komischen Bemerkungen Charlottes und Moms Fehlen erklären. Nun ergab alles einen Sinn. Natürlich willigte ich ein, mit nach Venedig zu gehen, denn ich brauchte den Abstand auch.

Dieses Mal hatten wir alles gut durchdacht. Wir landeten in den Schatten einer Gasse in der Nähe des Ufers. Keiner hatte uns gesehen. Wir beschlossen, am Ufer entlangzuspazieren, wobei jeder von uns seinen eigenen Gedanken nachhing. Ich machte mir Sorgen darüber, dass die Prophezeiung doch wahr sein könnte und dass nun das Glück der Welt von Bene und mir abhinge. Ich hatte das Gefühl, meine Mom und Tom hätten in Bezug auf Bene etwas verheimlicht. Denn sie hatten sich so einen komischen Blick zugeworfen, als Bene hatte wissen wollen, wieso sie dächten, dass er es sei und nicht Nick oder irgendjemand anderes.
„Wie geht es dir?", wollte Bene nach einer Weile wissen.
„Geht schon. Ich kann einfach nicht glauben, dass wir das sein sollen."
„Ich auch nicht."
„Wie geht es dir damit?", wollte ich nun auch von ihm wissen.
„Weiß nicht, es fühlt sich so irreal und komisch an und ..." Doch weiter kam er nicht, denn vor uns war eine komische Gestalt aufgetaucht, die uns mit Schneekugeln bewarf. Der ersten konnten wir nur mit Mühe ausweichen, und die zweite streifte Bene am Arm. „Autsch, das brennt höllisch!", schrie er zwischen zusammengebissenen Zähnen.
Wir duckten uns hinter eine Mülltonne. Der Dämon, oder was es auch war, lachte nur und kam näher. Und nicht irgendein Lachen. Nein, es klang, als würden Tausende von Seelen qualvoll sterben. Ich hatte genug. Ich konnte mir sein Gelächter nicht länger anhören. Also stand ich aus meiner Deckung auf und schrie: „Praemium!" Sobald ich die letzte Silbe ausgesprochen hatte, löste sich dieses Biest in Luft auf, als hätte es ihn nie gegeben. „Praemium" bedeutete so viel wie „Verschwinde". Ich verlor keine

Zeit, um meinen kleinen Sieg zu genießen, sondern ging zurück zu Bene. Ich fasste ihn am Arm und kurze Zeit später standen wir im Labor von Tom und meiner Mom.

„Setz dich", befahl ich Bene, der sich vor Schmerzen krümmte. Das Buch musste hier irgendwo sein. Ich hatte vor ein paar Jahren ein Buch in der Hand gehabt, wo es darum ging, wie man Wunden von Dämonenangriffen versorgte. Damals hatte ich gedacht, es sei so ein Märchenbuch. Doch als meine Mom davon erfahren hatte, hatte sie es mir weggenommen und versteckt, bevor ich es hatte lesen können. Jetzt verstand ich, wieso. Aber wo war das fucking Ding? Es war nicht aufzufinden, und um Bene schien es immer schlimmer zu stehen. Ich konnte unsere Eltern rufen, die sich noch mehr Sorgen machen und uns das F&S verbieten würden, oder ich zauberte das Buch herbei. Ich war schließlich eine Senja. Ich konzentrierte mich auf das Buch und wünschte es mir herbei, und tatsächlich tauchte es vor mir auf. Schnell schlug ich Eisverbrennungen nach. Wenige Minuten später hatte ich den Trank fertig.

„Muss das so stinken?", jammerte Bene.

Ich ignorierte ihn und strich die stinkende Mixtur auf die Wunde.

„Auu, das brennt!", schrie Ben. Schnell drückte ich ihm meine Hand auf den Mund.

„Psst, unsere Eltern dürfen uns nicht hören!", flüsterte ich.

„Kannst deine Hand jetzt wegnehmen. Ich bin leise", meinte Bene, und ich löste meine Hand von seinem Mund.

Schnell füllte ich die verbliebene Flüssigkeit in ein Plastikgeschirr ab und versorgte alles wieder an seinen Platz, sodass meine Mutter nichts bemerken würde. „Geht es wieder?", fragte ich Bene besorgt.

„Ja, das stinkende Zeug wirkt echt Wunder, danke." Er versuchte, mich anzulächeln, was nur zum Teil klappte.

„Los, lass uns gehen", forderte ich ihn auf und griff nach seinem gesunden Arm. Wir verschwanden in unser Zimmer. Ich ließ Bene schlafen und versorgte seine Wunde alle zwei Stunden mit neuer Salbe. Ich selber fand in dieser Nacht auch ein bisschen Schlaf, doch nicht allzu viel, denn ich musste schließlich Benes Wunde versorgen.

Am nächsten Morgen war ich froh zu sehen, dass sich die Wunde geschlossen hatte und nur noch eine Rötung zurückgeblieben war. „Wie geht es dir?", wollte ich von Bene wissen.
„Fühle mich wie neugeboren. Es tut überhaupt nicht mehr weh. Danke, Lee."
„Kein Problem."
„Nein, ich meine es ernst, danke. Ohne dich wären wir wohl nicht lebend aus diesem Schlamassel herausgekommen, und ohne dich sähe meine Wunde jetzt nicht so gut aus."
„Das hättest du doch auch für mich getan", antwortete ich, gerührt von seinen Worten. Ich musste ihn jetzt einfach drücken.
„Wofür war denn das?", wollte er lächelnd wissen.
„Ich mag dich einfach. Das weißt du, oder?"
„Ich mag dich auch und hoffe, das weißt du auch?"
„Klar", sagte ich und drückte ihn nochmals. Wir machten uns auf den Weg nach unten.
„Hallo zusammen! Ich hoffe, ihr habt gut geschlafen, denn euer Training beginnt nicht erst morgen, sondern bereits heute. Wir finden, ihr müsst euch verteidigen können. Denn die Dämonen greifen überall an, sogar schon in Venedig", überfiel uns Tom, als wir uns setzten.
Bene und ich warfen uns einen Blick zu. Hoffentlich merken sie nichts.
„Okay", sagte Bene und setzte sich.
Charlottes Blick war besorgt, als sie ihrem Sohn die Milch reichte und auch mein Dad schien nicht gerade erfreut zu sein. Aber wer war das schon? Ich jedenfalls freute mich auf die Stunde Verteidigung und war schon ganz gespannt, wie man diese Dämonen kaltmachte.

Nach dem Frühstück machten wir uns auf den Weg ins Loft. Bis jetzt wussten wir nicht, wo es lag. Doch es war eigentlich offensichtlich. Es war ein großes altes Gebäude inmitten des Parks. Das Gebäude wurde mit Elbenglanz getarnt, sodass es von außen wie eine Schrotthütte, völlig von Pflanzen bewuchert, aussah. Doch nun sahen wir das wirkliche Gebäude, das riesig erschien, wunderschöne weiße Säulen ragten in den Himmel, und das Gebäude war auch in einem edlen Weiß gestrichen. Doch von innen sah es noch viel beeindruckender aus. Viele Säulen ragten in den Himmel, und es gab einen schwarzen, edlen Steinboden und viele Monitore, die überall an den Wänden hingen.

„Da seid ihr ja", rief ein riesiger Kerl, als er mit großen Schritten auf uns zukam. Er hatte kurzes blondes Haar und war ziemlich breit gebaut, doch an ihm war kein Gramm Fett. Er bestand aus puren Muskeln. Also diesen Mann wollte ich definitiv nicht zum Feind.

„Hallo, Ron, das sind Leandra und Benjamin", stellte meine Mom uns vor. Tom hatte leider nicht mitkommen können, da er arbeiten musste, also als Archäologe. Er hatte seine Arbeit wohl in den letzten Wochen recht vernachlässigt und musste das jetzt aufholen.

„Hallo", begrüßten Bene und ich Ron.

„Kommt mit, ich zeige euch alles", meinte Ron und schob uns in den großen Raum, der direkt nach dem Eingang folgte. „Hier ist unsere Zentrale. Auf diesen Monitoren werden alle dämonischen Aktivitäten erfasst und die Einsatztruppen verteilt." Einige Menschen oder eher Senjas hatten sich in diesem großen Raum versammelt. Ein paar redeten miteinander, andere analysierten die Bildschirme, und andere sehen so aus, als würden sie sich kampfbereit machen. Was wohl auch so war, denn sie trugen Waffen und schienen sich zum Gehen anzuschicken. „Kommt weiter!" Ron zog uns in den nächsten Raum, der direkt hinter der Zentrale lag. Hier wurde gekämpft. Oje, das sah ziemlich hart aus. „So, wir sind hier. Die Zimmer für die Mitglieder und den Sitzungsraum seht ihr später", sagte Ron und rief einen Mann. Ein Mann mittleren Alters mit einer Narbe quer durchs Gesicht kam auf uns zu. „Hallo, ihr müsst bestimmt Lia und Ben sein", sagte der Fremde.

„Ja, das sind wir", erwiderte Bene.

„Gut, ich bin Felix, euer Trainer", meinte der Fremde.

Warum kannte er meinen Spitznamen? So nannten mich nur Bene und Nick manchmal. Ich fand das sehr seltsam, doch ich fragte nicht nach.

An diesem Nachmittag lernten wir alle möglichen Verteidigungsstrategien. Zuerst nahmen wir den Nahkampf durch, obwohl ich dachte, dass wir das bei den Dämonen nicht anwenden könnten, da diese mit Magie kämpften und nicht mit Fäusten. Doch ich sagte nichts, denn es machte Spaß, auszuweichen und dem Gegner ein Schlag zu verpassen.
„So, wir machen Pause", verkündete Felix nach einer Weile. Er war ein guter Trainer: Er lobte uns, wenn wir etwas gut machten, und zeigte uns, wie wir uns verbessern konnten.
„Ich habe Durst", meinte Bene.
„Kommt mit! Ich zeige euch, wo es Essen und Trinken gibt", sage Sandra. Sie sei bereits seit zwei Jahren Jägerin und habe schon unzählige Dämonen getötet, erzählte sie uns. Es schien ihr Spaß zu machen. Sie erzählte voller Stolz und Freude von ihren Abenteuern.
Nachdem wir uns gestärkt hatten, ging es auch schon weiter. Dieses Mal bekamen wir eine Art Messer, mit dem wir verschiedene Figuren üben mussten. Dieses Messer hatte eine leuchtende, leicht krumme 20 cm lange Klinge, die Dämonen anscheinend schon bei dem kleinsten Kratzer ziemlich schwer verletzen konnte. Denn dieses Licht war reines Engelslicht, und die Dämonen vertrugen dieses Licht nicht. Am Schluss dieses Trainings mussten wir noch gegen eine Computeranimation kämpfen, was richtig Spaß machte. Ich konnte fünf von sieben töten. Bene schaffte sogar sechs von sieben.
„Gut gemacht", lobte uns Felix noch einmal. Meine Mom war im Raum aufgetaucht, um uns abzuholen, nahm ich an. „Also dann bis morgen nach der Schule", verabschiedete sich Felix von uns. „Bis dann", antworteten Bene und ich fast im Chor. Gemeinsam mit meiner Mutter machten wir uns auf den Heimweg. Ich war total kaputt und konnte fast nicht mehr laufen. Zu Hause aßen wir noch zu Abend, wobei wir von unserem Gelernten erzählten, von den verschiedenen Techniken und dem Messerkampf. Nach dem Abendessen sank ich todmüde ins Bett. Ich kam nur noch dazu, Benes Wunde zu versorgen, die noch ein bisschen besser aussah als am Morgen und morgen wahrscheinlich gar nicht mehr

zu sehen wäre. Ich musste morgen unbedingt daran denken, Moms Kräutersammlung wiederaufzustocken, sonst bemerkte sie womöglich noch etwas. Mit diesem Gedanken schlief ich ein.

Der schreckliche Krach unseres Weckers ließ mich aus meinem wundervollen Traum aufschrecken. Ich hatte geträumt, dass ich ein eigenes Pferd besäße und mit diesem über die Wiesen galoppierte. Auch Bene schien erschrocken. Mühsam standen wir auf. Ich spürte einen heftigen Schmerz im Knie, als ich versuchte, mich aufzurichten, um mich anzuziehen. „Autsch", murmelte ich und sah nach. Ich hatte einen riesigen blauen Mond neben meinem Knie.
„Das sieht schmerzhaft aus", bemerkte Bene und holte mir eine Salbe aus dem Apothekenschrank im Bad nebenan. Vorsichtig strich er die kühle weiße Paste auf den blauen Mond. „Geht's wieder?", fragte er, als er fertig war und den Deckel wieder zuschraubte.
„Geht schon, danke", antwortete ich und zog mich an.

Wie immer wartete Lea an der Kreuzung bereits auf uns.
„Hey, Lea", rief ich und umarmte sie. Ich hatte sie echt vermisst, und das, obwohl wir uns am Freitag gesehen hatten. Dieses Wochenende kam mir rückblickend wie eine Ewigkeit vor. Wir hatten so viel erfahren und gelernt.
„Hallo zusammen. Habe dieses Wochenende fast nichts von euch gehört. Hast dich wohl mit Nick versöhnt", sagte Lea erfreut.
„Leider nicht, jedoch waren wir sehr beschäftigt", antwortete ich. Ich hatte ihn dieses Wochenende nicht wirklich gesprochen oder ihm geschrieben. Er hatte zwar versucht anzurufen, ich hatte jedoch keine Zeit. Nur ab und zu hatte ich ihm geschrieben. Ich hoffte, es würde nicht komisch zwischen uns werden.
„Warum denn das? Was habt ihr dann gemacht?", wollte Lea wissen.
Ich wusste nicht, was ich ihr antworten sollte, also antwortete Bene für mich: „Wir hatten Familienbesuch. Die kleinen Biester haben uns das ganze Wochenende auf Trab gehalten", antwortet

er genervt. So, als wären sie tatsächlich zu Besuch gewesen. Meine Cousins waren wirklich ziemlich nervig, und wir waren jedes Mal froh, wenn sie wieder gingen.

„Oh, ihr Armen", meinte Lea und drückte mich nochmals. Sie hatte mal ein solches Fest miterlebt und wollte nie mehr eines erleben. Ich fühlte mich ein bisschen schuldig dafür, dass ich ihr nicht von der Prophezeiung und von dem Jägertraining erzählen konnte, doch ich durfte nicht, was mich sehr belastete, da sie meine beste Freundin war und sie mich bestimmt unterstützt hätte. Doch ich musste ohne sie auskommen. Sicher für den Moment.

„Was hast du gemacht?", wollte ich von ihr wissen.

„Ich habe mich Samstag mit Connor getroffen, und am Sonntag habe ich für Franz gelernt", meinte sie. Franz hatte ich vollkommen vergessen, doch das sollte kein Problem sein, da wir alle Wörter im Unterricht mindestens einmal benutzt hatten.

Als wir bei der Schule ankamen, spürte ich viele neue Leute. Das mussten die Beschützer sein, von denen Tom gesprochen hatte. Es war schon komisch, dass sie niemandem außer Bene und mir auffielen. Ich schaute mich neugierig um und sah keinen, den ich nicht schon gekannt hätte. Was war hier los? Ich spürte die Präsenz einer Frau und eines Mannes. Auch Bene sah sich verwirrt um.

„Ich kann sie zwar wahrnehmen, aber nicht sehen", sagte seine Stimme in meinem Kopf. Rasch kontrollierte ich meine Sicherheitsmaßnahmen – alles okay –, und dann machte es „klick". Er war mein Schlüssel, darum konnte er so leicht eindringen.

„Sorry, es tut mir leid, das wollte ich nicht", sagte Ben und verschwand aus meinem Kopf, als er bemerkte, dass ich die Sicherheitsmaßnahmen kontrollierte.

„Es tut mir leid. Ich bin bloß erschrocken. Du bist immer herzlich willkommen, denn ich habe keine Geheimnisse vor dir", sagte ich in Gedanken zu ihm. Ich hoffe, er konnte mich hören.

„Danke", meinte Bene in meinem Kopf. „Was benutzen die, dass wir sie nicht sehen können?", fragte er.

Ich sah mich genauer um, und da sah ich sie. Er hatte längeres Blondes Haar und dunkle Augen und sie langes schwarzes

Haar. „Sie bewegen sich ziemlich schnell, sodass wir sie nur aus den Augenwinkeln wahrnehmen können", teilte ich meine Erkenntnis mit ihm.

„Ja, jetzt sehe ich sie auch. Sind das Vampire?", wollte er wissen.

„Ich weiß es nicht, könnte jedoch sein, wenn man den Geschichten der Menschen Glauben schenken möchte", meinte ich.

„Hey, was ist mit dir los? Du starrst ins Leere", fragte Lea mich.

„Sorry", entschuldigte ich mich und versuchte, mich wieder normal zu verhalten.

„Hey, Nick", begrüßte Bene Nick.

„Hallo zusammen", meinte dieser und drückte mir ein Kuss auf den Mund. Er war heute nicht mit uns zur Schule gekommen, da er noch was für seine Mutter hatte erledigen müssen. Der Kuss war mir irgendwie unangenehm, denn wir hatten uns zuletzt gestritten, und jetzt tat er so, als wäre nichts. Lea sah Connor und ging ihn begrüßen, und auch Bene verabschiedete sich.

„Nun, jetzt sind wir allein", bemerkte Nick scharfsinnig.

„Ja", meinte ich und machte mich auf den Weg zu unserem Klassenzimmer.

„Es tut mir leid", sagte Nick und lief neben mir her.

„Was verbirgst du vor mir?", wollte ich von ihm wissen.

„Es tut mir leid, das kann ich dir wirklich nicht sagen", antwortet er ziemlich bedrückt.

„Und warum nicht?", wollte ich wissen.

„Weil ich es geschworen habe. Aber du wirst es bald erfahren, das verspreche ich dir."

„Und wenn ich nicht warten möchte?", wollte ich weiterwissen.

„Dann tut es mir ehrlich leid, denn ich liebe dich wirklich. Doch diesen Schwur kann ich nicht brechen, es würde mich meinen Kopf kosten."

„Hmm", irgendwie glaubte ich ihm. Doch wollte ich eine Beziehung mit einem Geheimnis? Ich wusste es nicht und momentan hatte ich genug zu tun mit der Schule und den Zusatzkursen. „Okay, versuchen wir es. Aber ich werde in der nächsten Zeit nicht viel Zeit haben", sagte ich.

„Danke", meinte er und küsst mich. Auch dieser Kuss war unglaublich. Wie konnte ein einzelner Mensch bloß so gut küssen? Das war mir ein Rätsel.

Der Geografietest gestern war super gelaufen, und ich hatte alle Fragen beantworten können, was mich nicht wundern sollte, denn ich hatte ja dieses fotografische Gedächtnis. Doch es wunderte mich jedes Mal wieder, dass ich mich an die Antworten erinnerte und an die Umstände. Ich konnte sogar sagen, welche Klamotten die Leute getragen hatten und welcher Tag es gewesen war, an dem die Lehrer dieses Thema durchgenommen hatten. Ich war froh, dass die Schule nun vorbei war. Bene und ich hatten eine lange, anstrengende Woche hinter uns. Wir waren jeden Tag in der Schule und nach der Schule im Kampftraining, wo wir weiter Nahkampf und Glade trainierten. Glade war die Kunst, mit dem Messer oder eben dem Glade umzugehen. Zudem kam noch eine Stunde Dämonenkunde hinzu, in der sie uns beibrachten, welcher Dämon welche Eigenschaften hatte und wie man diese am besten tötete. In der Dämonenkunde lernten wir auch Sprüche und brauten Tränke, um die Dämonen zu vernichten. Es war anstrengend. Ich war jedoch froh, dass ich ein fotografisches Gedächtnis hatte, sonst hätte ich das nie in meinen Kopf gebracht. Auch Bene war froh darüber. Ich dachte, dass unser Gehirn einfach anders aufgebaut sei als andere, deshalb beherrschten wir auch die Kunst der Gedankenkontrolle und merken uns einfach alles, was uns gesagt wurde. In den Kampftechniken waren wir leider nicht so gut. Wir verstanden den Ablauf und die Ausführung der einzelnen Bewegungen, jedoch haperte es an der Ausführung. Doch nach Ende der Woche hatten wir es dann so einigermaßen drauf und freuten und auf den erholsamen Samstag, den man uns versprochen hatte, nach dieser anstrengenden Woche. Ich war erstaunt, dass ich es diese Woche noch geschafft hatte, die Kräutersammlung, die Tom und meiner Mom gehörte, aufzufüllen.

Ich lag in meinem Bett und dachte über diese Woche nach. Ich hatte Nick nur vor der Schule und zwischen den Stunden gesehen, was mich störte. Ich hätte ihn gerne öfter gesehen, um endlich hinter sein Geheimnis zu kommen. Doch ich glaubte, er hätte es mir auch dann nicht verraten, wenn ich jeden Tag gebettelt hätte. Ich hatte am Mittwoch noch einmal gefragt, und er hatte mich nur entschuldigend angesehen und gesagt, ich solle mich in Geduld üben. Also hatte ich es bleiben lassen.
„Hast du heute nicht mit Nick abgemacht?", wollte Bene wissen. Er war bereits vor zehn Minuten aufgestanden und stand jetzt vor meinem Bett.
„Ja, aber erst um dreizehn Uhr dreißig", meinte ich und wollte mich noch einmal umdrehen. Ich wollte so lang wie möglich im Bett bleiben.
„Hast du schon einmal auf die Uhr gesehen?", frage Bene weiter.
„Scheiße, schon dreizehn Uhr!", rief ich und stand hastig auf. Als ich mich fertig angezogen und mich für den Nachmittag fertig gemacht hatte, klingelte es auch schon an der Tür.

Ich war froh, dass wir uns heute bei mir trafen. Sonst wäre ich definitiv zu spät gekommen. Ich öffnete die Tür. „Hey", begrüßte ich Nick lächelnd.
„Hallo, meine Schöne", kam es von ihm zurück. Er nannte mich seit Neuestem so, und ich wusste noch nicht, ob ich das süß oder einfach nur altmodisch, peinlich finden sollte. Wir küssten uns. Er schmeckte so himmlisch, dass ich nicht genug kriegen konnte.
„Passt auf, dass ihr euch nicht gegenseitig auffresst", witzelte Bene, als er die Treppe herunterkam. Widerwillig löste ich mich von Nick.
„Haha, du bist bloß eifersüchtig!", gab ich zurück, und Bene lächelte nur.
„Komm, lass uns spazieren gehen", schlug Nick vor.
„Klar", stimmte ich zu und zog Schuhe und Jacke an. Heute schien die Sonne, und es wurde langsam wieder warm. Der Frühling machte sich bemerkbar. Es war jedoch immer noch ziemlich frisch. Nick jedoch schien die Kälte nicht zu spüren, denn er

trug seine Sommerjacke offen. „Hast du nicht ein bisschen kalt?", wollte ich wissen.
„Nein, du weißt ja: Meine Körpertemperatur ist höher als deine", meinte er und zog mich in seine Arme, wie zum Beweis.
Es stimmte: Er glühte wie immer. Jedoch fand ich dies gerade sehr angenehm, denn ich hatte ein bisschen kalt.
„Ja, dein Geheimnis", meinte ich vorwurfsvoll, doch er ignorierte diese Bemerkung, was auch besser war, sonst hätten wir uns womöglich wieder in die Haare gekriegt. Haha, ich solle nur Liebe im Herzen haben? Unwillkürlich musste ich lachen. Wie kamen die nur auf so eine bescheuerte Idee! Ich war zwar nicht bösartig, aber manchmal sehr reizbar.
„Was grinst du?", wollte Nick wissen.
„Ach, nichts", meinte ich immer noch lachend.
„Nein, jetzt sag schon!"
„Sorry, ich kann nicht! Das ist ein Geheimnis."
„Haha, du willst mich bloß aufziehen", meinte nun Nick lachend.
Nein, das war mein Ernst. Ich durfte es ihm nicht sagen, was mich traurig stimmte. „Ich würde es ihm gerne erzählen, doch das geht nicht", dachte ich.
„Komm diesen Weg", meinte Nick und zog mich weg vom Weg.
„Warum möchtest du quer durchs Unterholz?", wollte ich verwundert wissen, folgte ihm jedoch.
„Weil es auf dem Weg nicht halb so viele tolle Dinge zu entdecken gibt", meinte er und zog mich weiter. Es schien so, als würde er sich hier auskennen.
„Bist du oft hier?", wollte ich wissen.
„Ja, immer wenn ich nachdenken muss oder einfach so zum Joggen", meinte er und zog mich auf einen Stein auf einem kleinen Hügel. Von hier aus hatte man eine tolle Aussicht auf unsere Stadt. Auch konnte man von hier in die Baumkrone einiger Bäume sehen.
„Schau dort, das Eichhörnchen", flüsterte Nick neben mir.
„Wo?", wollte ich wissen. Ich sah mich um und konnte es nicht erkennen.
„Dort auf dem letzten Baum ganz links, bevor der Wald endet", meinte Nick.

„Du kannst das von hier aussehen?", fragte ich erstaunt.
„Ouu, ich vergaß ..."
„Was?", fragte ich.
„Ach, nichts ... Siehst du dort die Vögel die Äste und Zweige für ihr Nest anschleppen?", wich er mir aus und zeigte auf den Baum direkt vor uns.
Das sah ich nun auch. Ein Spatz schleppte Zweige an, und ein anderer setzte diese zu einem Nest zusammen. Es war faszinierend, diesen Spatzen bei der Arbeit zuzusehen. Nach einer Weile fragte Nick mich, ob ich Lust hätte, den kleinen Wasserfall zu sehen. Ich wusste gar nicht, dass es einen Wasserfall gab. Es gab zwar ein Bächlein, das durch diesen Wald führte. Doch Bene und ich verbrachten die meiste Zeit auf der kleinen Lichtung im Wald, die auch einen Picknickplatz und eine Grillstelle bot. Nick zog mich auf die Füße, und wir verließen unseren Aussichtsstein und liefen eine Weile in den Wald hinein.
„Autsch", rief ich. Ich hatte nicht richtig aufgepasst, und so den Stein am Boden nicht bemerkt. Ich stolperte und fiel hin.
Nick kniete sich neben mich. „Lass mal sehen", meinte er.
Ich zeigte ihm meine aufgeschürften Hände. Er wischte den Dreck ab und blies auf die Schürfung. Es war nicht besonders schlimm, es blutete nicht einmal. Doch Nick riss sich einen Streifen von seinem T-Shirt ab und band es um meine Hand. Ich war richtig gerührt von seiner Fürsorge.
„Das wäre nicht nötig gewesen", meinte ich.
„Ein ‚Danke' hätte auch gereicht", sagte er gespielt beleidigt und half mir vorsichtig auf.
„Danke", erwiderte ich brav. Ohne zu fragten, nahm er mich auf seine Arme. „Hey, lass mich herunter, ich kann selber laufen", protestierte ich. Er schmunzelte und deutete auf meine Hand. „Aber ich bin doch viel zu schwer", startete ich einen neuen Versuch. Doch er schüttelte bloß den Kopf, küsste mich und hielt mich dann noch ein bisschen fester, bevor er sich wieder in Bewegung setzte. Ich bewunderte seine anmutigen Bewegungen und seinen sicheren Schritt. Er wich jeder Pflanze aus und achtete kleinlich darauf, dass kein Ast mich berührte. „Wie schaffst du das?", wollte ich wissen.

„Was?"
„Du scheinst alles schon meilenweit im Voraus zu sehen und weichst allen Ästen und Steinen aus. Ich wäre bestimmt schon zigmal hingefallen."
Er fing an zu lachen. „Ja, darum trage ich dich ja", meinte er.
„Ich bin aber kein Tollpatsch", meinte ich vorwurfsvoll.
„Nein, das bist du nicht. Doch du kennst dich hier nicht aus – ich schon", meinte er liebevoll. Langsam hörte ich das Plätschern des Wassers so, als kämen wir mit jedem Schritt ein Stück näher.
„Kannst du schneller gehen?", sagte ich ungeduldig.
„Zu Befehl", meinte Nick und sprintete los. Er lief ziemlich schnell, und mein zusätzliches Gewicht schien ihn gar nicht zu stören. Er lief genauso sicher wie vorhin im Schritttempo. Kein Ast berührte mich, und er geriet nie ins Stocken. Wie konnte das sein? Doch ich kam nicht dazu, mir weiter Gedanken zu machen, denn vor uns tauchte eine wunderschöne Lichtung auf. Die Sonnenstrahlen, die sich zwischen den Baumkronen hindurchzwangen, spiegelten sich im Wasser, und alles glitzerte und glänzte. Es gab tatsächlich einen kleinen Wasserfall. „Wow", brachte ich ehrfürchtig hervor.
„Gefällt es dir?", wollte Nick wissen. Er stellte mich vorsichtig, als wäre ich aus Glas, auf den Boden.
„Ja, es ist wunderschön", meinte ich.
Er zog mich an der Hand noch ein Stück näher. „Siehst du diesen Felsen, wo das Wasser drüberläuft? Man kann unter diesen Felsen gehen, da gibt es eine kleine Höhle, und man kann das Wasser herabtropfen sehen", wollte Nick wissen.
Von hier aus erkannte ich nichts, also trat ich näher, und tatsächlich: Versteckt neben dem Felsen sah ich einen kleinen Eingang. Also quetschte ich mich in die Höhle, dicht gefolgt von Nick. Er legte seine Hände sachte an meine Hüfte, um mich zu halten, falls ich wieder stürzen sollte.
„Es sieht alles so schön aus von hier", meinte ich bewundernd. Die Höhle bot genau Platz für zwei kniende Teenager. Es spritzte zwar immer wieder kühles Nass vom Wasserfall zu uns herüber. Es war jedoch ein wunderbarer Augenblick. Man sah, wie die

Sonnenstrahlen ins Wasser fielen, und es war unbeschreiblich schön, vor allem mit Nick an meiner Seite, der mich stützte und mich wärmte. Ich küsste ihn, und er erwiderte meinen Kuss. Es hätte nicht besser sein können.

„Wir sollten langsam wieder aufbrechen, draußen wird es schon langsam dunkel, und deine Eltern beginnen sich sicher Sorgen zu machen", meinte Nick nach einer Weile. Er hatte recht: Die Sonne war verschwunden, und meine Eltern waren momentan recht empfindlich, Prophezeiung, Dämonen und so.

„Ach, Mann. Ich will bleiben!", trotzte ich.

Doch Nick schob mich vorsichtig aus der Höhle, und sobald wir draußen waren, nahm er mich wieder auf seine Arme. Dieses Mal protestierte ich nicht, denn so kamen wir besser vorwärts, wenn er nicht immer auf mich warten musste. Nick schritt genauso sicher aus dem Wald, wie er es vorhin bei Licht getan hatte, was mich noch mehr verwunderte, doch ich wollte nach diesem wunderschönen Tag keinen Streit anfangen. Also schwieg ich. Als wir aus dem Wald waren, wollte Nick mich immer noch nicht abstellen, und so ließ ich ihn mich nach Hause tragen. Ich kuschelte mich an Nicks Brust und genoss das unglaubliche Gefühl. Bei ihm fühlte ich mich geborgen und wie eine Prinzessin. Nicht nur, weil er mich trug, sondern weil er mich ansah, als gäbe es nur mich. Ich lächelte ihn von unten an, und als er mein Strahlen bemerkte, sah er auf mich hinunter und schenkte mir dieses unwiderstehlichen Lächeln, das meine Knie weich werden ließ. Ich erinnerte mich daran, dass ich mich über die anderen Mädchen geärgert hatte, die beim Anblick Nicks und dieses Lächelns weiche Knie bekamen und fast in Ohnmacht fielen. Und jetzt war ich eines dieser Mädchen: schon ein bisschen ironisch. Ich war froh, dass Nick mich trug, sonst wäre ich bestimmt eingeknickt. Viel zu schnell setzte er mich vor unserer Haustür ab.

„Da bist du ja!", schrie meine Mutter und riss die Tür vor uns auf.

„Wo bist du gewesen? Du weißt, dass du nicht ohne Schutz aus dem Haus darfst", meinte nun auch mein Vater, der hinter meiner Mutter zum Vorschein kam.

„Ich war bei Nick", erklärte ich entschuldigend. Es war mir peinlich, dass meine Eltern so ausgerastet waren vor Nick, denn er wusste ja nichts von der Prophezeiung. Jetzt dachte er bestimmt, ich hätte überfürsorgliche Eltern, die mir nichts erlaubten, was eigentlich gar nicht so war. Als meine Eltern jedoch Nick entdeckten, beruhigten sie sich, und der Vorfall schien wie vergessen. Meine Mutter erinnerte mich nur daran, dass ich ihr Bescheid geben solle, wenn ich mit Nick weggingen, und ansonsten solle ich eine der Wachen mitnehmen. Komisch. Ich durfte mit Nick gehen ohne Wachen, aber zu jedem anderen musste ich eine mitnehmen. Was sahen meine Eltern in Nick, das ich nicht sehen konnte? Doch ich vergaß diesen Gedanken ganz schnell wieder, denn meine Eltern hatten sich von Nick verabschiedet, und nun küsste mich Nick zum Abschied. Ich wollte ihn und diesen traumhaften Samstag noch nicht gehen lassen. Doch irgendwann löste sich Nick von mir.

„Du solltest jetzt reingehen", meinte er. Nein, das wollte ich nicht. Also küsste ich Nick noch einmal, und er ließ es zu. „Du kannst nicht genug kriegen! Wer hätte das gedacht bei dem bissigen Monster, das du am Anfang warst", meinte er liebevoll und streichelte mit der Hand über mein Gesicht.

„Haha", sagte ich und gab ihm einen kleinen Stups. Ich verstand bis heute nicht, wie ich mich so hatte benehmen können. Dann gab ich Nick nochmals einen Kuss und ging ins Haus.

„Habt ihr Lust, einen Film zu sehen?", fragte Charlotte, als wir mit dem Abwasch fertig waren. Es hatte Kartoffelauflauf und Schweinesteak gegeben. Charlotte und meine Mom hatten es zusammen vorbereitet, wie meistens.

„Ja, können wir aber noch Connor, Lea und Nick einladen?", wollte ich wissen.

„Klar", meint mein Dad und fing an, den Beamer einzurichten.
„Schreibst du Connor und ich Lea und Nick?", fragte ich Bene.
„Schon geschehen, Lea und Connor werden in zehn Minuten hier sein", meinte er zufrieden.

Ich schrieb Nick. Wenige Sekunden später kam die Antwort: „Sorry, Schatz ich kann heute Abend nicht, muss noch was erledigen. So ein Familiending. Wünsche dir viel Spaß und liebe Grüße an die anderen. Liebe dich. XO Nick."
Zuerst war ich ein bisschen enttäuscht, doch ich war ja den ganzen Tag mit Nick zusammen gewesen, und als Lea und Connor zehn Minuten später an der Tür klingelten, freute ich mich einfach auf den Familien-und-Freunde-Abend. Wir schauten uns ganze drei Filme an und verputzten zwei Tüten Chips und eine riesige Schüssel Popcorn.
Nachdem Lea und Connor gegangen waren, räumten wir noch ein bisschen auf und gingen dann ins Bett. Für Bene und mich stand morgen wieder Training an. Dieses Mal mussten wir gegen Dämonen kämpfen, die von Senjas erschaffen wurden. Ich hatte ein bisschen Respekt vor dieser Aufgabe, denn es war die erste Prüfung, die ein Jäger ablegen musste. Wir hatten zwar nicht so viel Zeit, wie die Jäger normalerweise hatten, bevor sie diese Prüfung ablegen mussten, dennoch erwartete man von uns, dass wir sie ohne Fehler meisterten, da wir schließlich Viviennes und Toms Kinder waren.

Kapitel 7

Um neun Uhr begaben Bene und ich uns auf den Weg zum Loft. Ich war noch ein bisschen nervöser als gestern Abend und zappelte herum. Ich hoffte, es würde nicht allzu schwierig werden.
„Hey, jetzt beruhig dich. Du schaffst das locker", meinte Bene aufmunternd und legte seinen Arm um mich. Ich wurde tatsächlich ruhiger und zappelte nicht mehr so sehr.
Als wir dort ankamen, waren viele Leute anwesend, die uns bei unserem Test zusehen wollen. Sie standen überall. Ich kannte die meisten nicht. Doch da waren auch Sandra und Ron, die wir anfangs der Woche kennengelernt hatten.
„Da seid ihr ja", rief meine Mutter und kam mit Tom im Schlepptau auf uns zu. Sie müssten bereits früher gehen, um noch einiges vorzubereiten. „Kommt hier entlang." Sie führte uns durch die Menschenmenge zum Kampfsaal, den ich nicht wiedererkannte. In der Mitte standen zwei Glasboxen, und rundherum war eine Tribüne aufgebaut. Die Leute kamen herein und suchten sich einen Platz möglichst nahe am Glas. Plötzlich dachte ich, ich hätte Nick gesehen, doch als ich nochmals hinsah, war er weg. Jetzt halluzinierte ich schon vor lauter Aufregung. Tom schob uns in die Mitte vor die Glasboxen. Sie wollten wohl keine Zeit mehr verlieren und gleich anfangen. Das war mir auch lieber, dann musste ich nicht mehr lange nervös sein. Tom begrüßte die Zuschauer und bat sie, sich zu setzen und ruhig zu sein. Zusätzlich wiederholte er noch einmal die Regeln, die uns letzte Woche schon hundertmal mitgeteilt worden waren. Es ging darum, dass wir nur unser Glade benutzen durften, keine Zaubersprüche und auch keine Tränke. Wir mussten auf die Schwachstellen des Dämons zielen und diesen „umbringen", bevor er uns tötete. Genauer hatten wir beide fünf Dämonen zu besiegen und durften keine Schläge von den Dämonen kassieren. Wenn wir jedoch „verletzt" werden sollten, hatten wir das Level nicht bestanden, und der Kampf wurde beendet.
„So, seid ihr bereit?", fragte uns Tom.

„Ja", antworteten wir, und ich drückte Ben noch einmal. „Viel Glück", wünschte ich ihm.

„Du kannst das!", meinte er und ging in seine Box.

Auch ich machte mich auf den Weg in meine Box. Ich war froh, dass wir gleichzeitig antreten mussten und dass ich die Leute von hier drinnen nicht sehen oder hören könnte. Ich machte mich bereit, und da tauchte auch schon der erste Dämon auf. Es war ein Glaciem, ein Eisdämon. So einer wie in Venedig. Er griff an, und ich wich geschickt aus und versuchte, in seine linke Seite zu stechen, denn das war seine Schwachstelle. Wenn man ihm circa eine Handbreite unter der linken Schulter das Messer hineinrammte, war er tot. Dort hatte er anscheinend seine Lebensquelle sitzen. Ich schnitt ihn leicht an der Seite, doch es reichte nicht aus, und er griff schon wieder an. Ich schlug einen Salto über ihn hinweg, sodass er jetzt in der Ecke stand und nicht mehr ich. Dieses Mal griff ich ihn an. Ich stach in sein Auge, und als er seine Hände hob, um sich an den Kopf zu fassen, stach ich in seine Lebensquelle und brachte ihn um. Ich hatte keine Zeit, mich über meinen kleinen Sieg zu freuen, denn sobald der Eisdämon tot war, kam der nächste Dämon. Dieser Kalon war ein bisschen schwieriger zu töten, denn er hatte seine Lebensenergie an zwei Orten, eine am Hinterkopf und eine in der Brust, da, wo bei uns das Herz saß. Er griff mich an, und ich sprang einen Salto über ihn hinweg und stach in seinen Hinterkopf, und weil ich keine Zeit verlieren wollte, drehte ich mich nach dem Salto um und stieß mit meiner Klinge erneut zu, direkt in sein „Herz". So schnell, wie er gekommen war, war er auch schon wieder verschwunden. Doch gleichzeitig tauchten zwei neue Dämonen auf. Der eine war ein schneller Läufer und der andere ein Gasdämon. Ich wusste, dass ich schnell handeln musste, denn wenn das Gas in meine Lungen eindringen würde, wäre ich gelähmt und somit so gut wie tot. Ich kannte jedoch seine Schwachstelle. Er musste zuerst zwei Minuten Luft holen, um das Gas zu produzieren. Das machte ihn zu einem leichten Ziel, doch der Läufer beschützte ihn und war, wie es der Name sagte, ziemlich schnell. Er griff mich an. Nur mit Mühe konnte

ich ihm ausweichen. Seine Schwachstelle waren die Beine. Doch wie kam ich an die heran, und das unter zwei Minuten? Jetzt hatte ich eine Idee: Ich bewegte mich ziemlich schnell im Kreis herum, mein Messer immer nach außen gerichtet. Der Dämon war zuerst verwirrt, doch er lief weiter um mich herum und engte mich immer näher ein. Das war meine Chance: Ich verringerte das Tempo meiner Drehung und drehte mich in der Hocke weiter. Da der Dämon so nahe an mich herankam, konnte ich seine Beine abtrennen. Einen war ich los. Schnell rannte ich auf den Gasdämon zu. Ich hatte noch ungefähr zehn Sekunden, bevor er das Gas ausstoßen würde. Schnell hob ich mein Messer und trennte ihm den Kopf ab. So, nur noch einen. Zuerst war ich überrascht, dass noch kein Dämon aufgetaucht war, doch dann nahm ich seine Präsenz wahr. Es war jemand hier. Diesen Dämon hatten wir in der letzten Woche nicht durchgenommen, doch ich erinnerte mich, wie meine Mom einmal mit Tom über ein Wesen gesprochen hatte, das man nicht sehen konnte. Sie erzählte ihm, dass es ein Auskundschafter sei und dass er keine Kampferfahrung habe und deshalb auch nicht angreifen würde. Also schloss ich die Augen und konzentrierte mich auf seine Präsenz. Zuerst nahm ich ihn nicht richtig wahr, doch dann konnte ich ausmachen, wo er sich befand. Ich lief auf ihn zu und stach zu. Das Wesen fiel zu Boden. Jetzt konnte man seine blaue Farbe erkennen. Doch etwas war komisch: Diese Animation verschwand nicht einfach. Nein, sie löste sich langsam in Luft auf. Hinter mir ertönte ein Geschrei. Die Glasbox wurde ausgerissen, und ein Wächter stürmte herein und zog mich aus der Glasbox. „Was ist hier los?", fragte ich meine Mutter, als ich draußen ankam. Alle Leute stürmten hinaus, alle in Kampfbereitschaft. „Das war keine Animation! Das Letzte war ein richtiger Dämon", sagte meine Mutter und zog mich aus dem Raum. Das hatte ich mir bereits gedacht.
„Sind noch mehr von ihnen hier?", wollte ich wissen.
„Das überprüfen wir. Ich bringe dich jetzt erst mal in einen sicheren Raum. Bene wartet dort bereits auf uns", antwortete meine Mom.

„Bin ich froh, dich zu sehen!", schrie Bene, als wir dort ankamen, und rannte auf mich zu.
„Warum das?", wollte ich wissen.
„Ich war vor dir fertig und kam aus der Box, und da bemerkten wir, dass der letzte Dämon bei dir nicht erschien. Doch wir konnten weder in die Box, noch konnten wir den Dämon heraufbeschwören. Zuerst dachten wir, der Strom sei ausgefallen, doch dann sahen wir, wie du den Luftdämon vernichtetest, und machten uns Sorgen, dass gleich noch mehr Dämonen hier erscheinen würden und dich umbrächten. Ein paar andere und ich wurden weggebracht. Die anderen suchten das Gebäude ab, und Vivienne und Dad versuchten, dich zu befreien", sprudelte es aus Bene heraus, während er mich schier erdrückte. Ich war auch froh, ihn zu sehen. Nach einer Stunde des Wartens kam Tom in den Schutzraum und sagte, dass alles okay sei. „Der Spion war der einzige Dämon, den wir ausmachen konnten. Wir haben den Schutzzauber verstärkt und die Sicherheitsmaßnahmen verdoppelt", meinte er.

„Gratulation!", rief Felix, als er uns sah. „Ihr habt es geschafft, das erste Level ist bestanden. Doch es wartet noch eine Menge Arbeit auf uns", fuhr er fort.
Wir durften nur eine Stunde lang pausieren, bevor es auch schon wieder weiterging. Sie zeigten uns unsere Fehler auf, und wir übten den ganzen Nachmittag daran. Zusätzlich bekamen wir noch ein dickes Buch mit allen bekannten Dämonenarten als Hausaufgabe auf. Ich war stolz darauf, den ersten Test bestanden und den Spion vernichtet zu haben. Auch auf Bene war ich stolz: Er hatte die Dämonen in Rekordzeit vernichtet und lag jetzt auf dem ersten Platz.

Zu Hause angekommen, duschte ich und legte mich sofort ins Bett. Ich war kaputt, und alle meine Muskeln schmerzten von dem Training. Meine Mutter kam später noch vorbei und sagte mir, dass sie stolz auf mich sei und dass ich das gut gemacht hätte. Auch mein Vater war begeistert, als er die Geschichte hörte. Er fand, ich sei genau wie die in der Prophezeiung, was ein Kompliment war. Von jedem anderen hätte ich das als Beleidigung aufgefasst, aber bei meinem Dad war es definitiv ein Kompliment. Ich verzichtete heute auf das Nachtessen. Denn ich hatte keinen Hunger, ich war bloß müde.

Kapitel 8

„Ich brauche eine Pause!", schrie ich und schreckte aus dem Schlaf hoch. Jetzt verfolgte mich mein Training auch noch im Traum. Dort waren wir gerade dabei, die verschiedenen Techniken und Tränke gegen die Computeranimation zu benutzen. Ich schaute zu Bene rüber, er schien noch tief und fest zu schlafen. Darüber war ich sehr froh. Ich konnte es nicht ertragen, auch noch ihm den Schlaf zu rauben. Es war vier Uhr, und morgen, also eigentlich heute, war Mittwoch. Die letzten zwei Tage waren anstrengender als die ganze letzte Woche zusammen gewesen und auch als das Training am Sonntag. Es schien so, als wollten sie unsere Ausbildung diese Woche abschließen. Wir hatten am Montag weitere zwei Levels und am Dienstag sogar drei Levels mit Bravour bestanden. Somit fehlten uns nur noch zwei Levels, und diese sollten wir morgen durchnehmen. Wir wussten jetzt alles über Dämonen, Tränke und Zaubersprüche. Was uns jetzt noch fehlte, waren die Geschichte des Rats und dessen Politik. Zusätzlich mussten wir noch in den verbotenen Künsten ausgebildet werden, um auch ja alles zu wissen, was es zu wissen gab. Wieder einmal war ich froh um mein exzellentes Gedächtnis. Ich sah auf mein Handy und sah, dass Nick noch online war. Schnell schrieb ich ihm: „Kannst du auch nicht schlafen?"
„Nein, leider nicht. Ich muss immerzu an dich denken", kam die Antwort.
Wir schrieben noch ein bisschen, bis ich einfach so einschlief.

„Es tut mir leid, ich bin einfach wieder eingeschlafen", entschuldigte ich mich auf dem Weg zum Unterricht bei Nick.
„Kein Problem. Du brauchst deinen Schlaf", meinte er. Es tönte fast so, als bräuchte er diesen nicht. Er sah wie immer aus, und dass, obwohl er nicht gerade viel geschlafen hatte. Denn soviel ich wusste, war er sicher bis fünf Uhr wach gewesen, denn er hatte gesagt, er habe noch nicht geschlafen, als ich ihm um vier

Uhr geschrieben hatte, und er war um fünf Uhr zuletzt online, aber solang es ihm gut ging, belästigte ich ihn nicht damit.
Der Unterricht war heute ziemlich öde, denn ich wusste bereits alles über diese Kräuter und Tränke, da Bene und ich das in unseren Extrastunden lernten. Ich widmete diese freie Stunde meinen Zeichnungen. Doch nach einer Stunde bemerkte Mrs Greenwoods mein Desinteresse und schickte Bene und mich zum Vertrauenslehrer. Wir machten uns auf den Weg, den Gang entlang und dann links. Ich hatte noch nie zum Vertrauenslehrer gemusst und wusste deshalb nicht, was uns erwartete.
„Da seid ihr ja!", sagte Felix, als er uns sah.
„Was ist los?", wollte Bene wissen.
„Da ihr in Kräuter- und Trankkunde bereits alles wisst, haben wir uns gedacht, ich unterrichte euch in diesen Stunden in Geschichte. So habt ihr nach der Schule Zeit, zum Training zu gehen, und danach habt ihr Freizeit", meinte Felix. „Und keine Sorgen: Euren Klassenkameraden wird gesagt, dass ihr in Kräuter- und Trankkunde weiterunterrichtet werden würdet, da ihr im Unterricht unterfordert wäret."
Ja, super. Jetzt wurden wir vor allen als Streber entlarvt. Aber egal, die meisten wussten es eh schon. Wir setzten uns Felix gegenüber, und er erzählte uns noch einmal die Geschichte der Senjas, dieses Mal einfach mit ein bisschen mehr Details. Wir erfuhren noch Namen und Jahreszahlen, aber das war es auch schon. Danach erzählte er uns etwas über Elben. Sie waren Wesen des Lichts und waren eng mit der Natur verbunden, sie blieben gerne unter sich und waren sehr weise, sie wussten viel über die Welt und die Dämonen. Von ihnen stammte auch das Buch über die Dämonen, das wir letztens hatten lesen müssen. Ein paar von ihnen lebten auch unter den Menschen. Um nicht erkannt zu werden, benutzten sie Zauberglanz, um ihre spitzen Ohren zu verbergen. Felix erzählte uns, dass die Elben gute Kämpfer seien und dass viele von ihnen deshalb Dämonenjäger seien. Es klingelte.
„So die zwei Stunden sind um, in der nächsten Stunde machen wir dann mit den Vampiren weiter", meinte Felix und machte sich genauso schnell, wie er gekommen war, wieder aus dem Staub.

Ich freute mich auf die nächste Stunde und das Thema Vampire. Denn ich fand diese Geschöpfe faszinierend und wollte gerne wissen, was der Wahrheit und was Fantasie der Menschen entsprach.

Der Rest des Tages verlief ereignislos. Die Wächter wurden auch weiterhin von keinem außer Bene, den Lehrern und mir entdeckt. Lea wollte wissen, was wir gemacht hatten, doch als ich anfing, ihr von ein paar Kräutern zu erzählen, von denen ich wusste, dass sie erst nächstes Jahr durchgenommen werden würden, meinte sie, das töne nicht sehr spannend, und erzählte mir stattdessen von Connor. Sie verstanden sich super und unternahmen sehr viel zusammen. Sie machen auch das Chemieprojekt zusammen, und so bemerkte sie nicht, dass ich in letzter Zeit so wenig Zeit für sie hatte. Auch Nick hatte Verständnis dafür, dass ich fast keine Zeit für ihn erübrigen konnte. Ich war jedoch froh, dass ich ab heute wieder ein bisschen mehr Zeit hatte.
Das Training heute war nicht sehr streng, was wahrscheinlich daran lag, dass wir mittlerweile alle Tricks kannten und dass sich unsere Muskeln daran gewöhnt hatten. Auch die Lektion über die verbotenen Künste war nicht besonders anstrengend, denn wir mussten nur die Regeln durchlesen und auf unser Leben schwören, diese Künste niemals jemandem zu verraten oder zu zeigen und sie nur im äußersten Notfall einzusetzen.
Nach dieser Lektion machten wir uns auf den Heimweg, natürlich begleitet von einem „unsichtbaren" Wächter. Dieser begleitete uns schon seit dem Abend der Wahrheit auf Schritt und Tritt. Es wunderte mich, dass er auf unserem Venedig-Ausflug nicht dabei gewesen war, so gut, wie er immer darüber Bescheid wusste, wo wir waren.
„Hast du Lust, wieder einmal zu tanzen?", fragte ich Bene.
„Das ist eine gute Idee", meinte er, und wir wechselten den Kurs Richtung Tanzstudio. Wir hatten seit der Stunde der Wahrheit, wie wir sie nun nannten, keine Zeit mehr zu Tanzen gehabt. Es war niemand mehr im Studio, und so hatten wir alles für

uns und konnten tanzen, was wir wollten. Es machte Spaß, wieder einmal zu tanzen und mich einfach gehen zu lassen. Die Hebefiguren funktionierten einwandfrei, und es war ein tolles Gefühl, wieder einmal zu schweben.

Kapitel 9

„Hallo zusammen", begrüßte uns Felix, als wir ins Loft kamen. „Hallo, Felix", antworteten Bene und ich. Wir hatten gerade wieder einen langweiligen Schultag hinter uns gebracht. Seit ich „Privatstunden" bekam, langweilte mich die Schule noch mehr als sonst, denn ich wusste das meiste schon von den Zusatzstunden. Doch das Schlimmste war: Ich musste so tun, als würde ich etwas lernen, da es ja ein Geheimnis war. Auch Bene schien im Unterricht vermehrt gelangweilt. Ihm ging es genau wie mir: Wir waren unterfordert.

„So, setzt euch, dann können wir mit der Aufstellung des Rates und die Zusammenstellung fortfahren", unterbrach Felix meine Gedanken. Ich war froh, dass diese Stunde endlich anfing, denn jetzt wurde es spannend. „Das, was ich euch jetzt erzähle, werdet ihr teilweise auch im nächsten Jahr lernen, doch es gibt auch Teile, von denen nur die inneren Mitglieder oder sogar nur der Führungsrat wissen. Also müsst ihr mir versprechen, niemandem etwas davon zu berichten", meinte Felix.

Wir versprachen es. „Votes maneret in cubiculo", murmelten Bene und ich. Dies war ein Zauber, um zu verhindern, dass jemand das Gesprochene mithören konnte.

„Die Gemeinschaft besteht, wie ihr wisst, aus Senjas, Demis, Vampiren und Elben, und da alle ein Stimmrecht im Rat haben möchten, gibt es verschiedene Unterteilungen. Es gibt die Führung, den sogenannten innersten Kreis mit zwei Oberhäuptern, wie euren Eltern, den inneren und den äußeren Kreis. Die Führung, also der innerste Kreis, besteht aus fünf Personen, die jeweils eine Spezies vertreten. Da es jedoch nur noch sehr wenige ‚reine' Demis gibt, haben die Senjas zwei Sitze, die Vampire einen Sitz, die Elben einen Sitz, und der letzte Sitz gehört der Führungsperson der Jäger. Somit haben alle ein Stimmrecht und können so ihre Gemeinschaft vertreten. Im inneren Kreis sitzen jeweils fünf auserwählte Personen von jeder Gruppe. Diese werden jedes Jahr neu gewählt und haben die Aufgabe, die Führung zu unterstützen und ihre Ideen einzubringen. Auch sind sie die Stimme ihrer Spezies. Zuletzt haben wir den äußeren Kreis. Hier werden alle Vampire, Senjas, Elben, Demis und Jäger aufgenommen, wenn sie ein gewisses Alter erreichen und einen Test bestehen", meinte Felix.

„Was für einen Test?", wollte Ben wissen.

„Wie ihr wisst", das schien wohl sein Lieblingsspruch zu sein, „gibt es Ende der dritten Oberstufe den Jägertest. Jedoch gibt es nicht nur den Jägertest, sondern auch noch einen Senjatest. Auch die anderen Jugendlichen der Schattenwesen müssen einen Test absolvieren, aber dazu später mehr. In diesem dritten Schuljahr nehmt ihr die Geschichte der Senjas grob durch, ihr besitzt Grundkenntnisse in jeder Materie, also in jedem Schulfach, und nun ist es an uns, herauszufinden, wer als Jäger geeignet ist und wen wir in die Geheimnisse einweihen können und wen nicht. Für den Jägertest wird die körperliche und geistige Gesundheit der Personen getestet. So können wir am Schluss sehen, wer für diese Aufgabe geeignet ist und wer nicht. Wenn man für diese Aufgabe geeignet ist, bekommt man eine kurze Einführung in die zukünftigen Aufgaben und die Dämonen, danach kann man sich dafür oder dagegen entscheiden. Wenn man sich dagegen entscheidet, wird das Wissen über Dämonen und die Jäger wieder gelöscht, und die Person lebt wie gewohnt weiter. Sie kann dann noch den Senjatest absolvieren. Wenn sie das aber nicht will, wird sie nicht weiter als Senja ausgebildet und nirgends beteiligt. Für den Senjatest muss man einen Fragebogen ausfüllen mit Fragen zur Zukunft und zu Interessen. Somit finden wir heraus, wer sich für die Gesellschaft der Senjas einsetzen möchte und kann und wer nicht. Wenn man den Test besteht, bekommt man einen Einblick in die Aufgaben eines Senjas, und dann kann man sich wieder dafür oder dagegen entscheiden. Wenn man sich dafür entscheidet, wird man in den verschiedenen Materien weitergeschult und kann sich später auch auf ein Fach spezialisieren. Man kann Lehrer werden oder in die Politik einsteigen oder auch nur helfen, wenn man gebracht wird, zum Beispiel bei einem Schutzzauber. So kann man ein normales Leben führen und ist trotzdem integriert und kann sich verteidigen", schloss Felix seine Erzählung.

„Was ist mit den Leuten, die den Test wegen schlechter geistiger Gesundheit nicht bestehen?", wollte ich wissen.

„Je nachdem, wie krank diese Menschen sind, wird ihre Magie blockiert, und sie führen ab da ein komplett menschliches Leben", antwortete Felix.

„Gab es auch schon Leute, die ihre Magie für das Schlechte eingesetzt haben?", wollte Ben wissen.

„Ja, die gab es leider. Diesen Leuten wird die Magie auch entzogen, und sie müssen auch als Menschen leben", meinte Felix traurig. Es schien fast so, als würde er jemand persönlich kennen.

„Welche Themen werden in welchem Kreis besprochen, und wer entscheidet?", wollte ich weiterwissen.

„Das ist eine gute Frage. Grundsätzlich ist der äußere Kreis nur dabei, wenn Infos an die Gemeinschaft gehen oder wenn jemand neu aufgenommen wird. Der Rat hält monatlich eine Sitzung für alle ab, hier gibt er bekannt, was gelaufen ist, im letzten Monat, welche Themen aktuell sind, und berichtet einfach über das Neueste. Der innere Kreis ist bei den meisten Sitzungen dabei und darf Ideen einbringen. Der innere Kreis und die Führung entwickeln zusammen Strategien, um die Probleme zu beseitigen. Jedoch haben die fünf Vorsitzenden zuletzt die Entscheidung zu treffen und die Aufgaben zu verteilen und zu koordinieren. Die Vorsitzenden führen ihrerseits Treffen durch, um alles zu planen und zu verteilen. Auch haben sie alle Informationen, die sie jedoch nicht immer mit dem inneren Kreis teilen. Sie führen diese Gemeinschaft und sind dafür verantwortlich, dass alles einwandfrei funktioniert. Die Vorsitzenden werden wiederum von den Oberhäuptern geleitet, die die Sitzungen koordinieren und Streits schlichten. Zusätzlich zum inneren und äußeren Kreis gibt es Speziesgruppen. Das bedeutet: Jeder, der in den äußeren Kreis eintritt, gehört zu einer Speziesgruppe wie zu einer Partei. Es werden Treffen mit den Vertretern des inneren Kreises abgehalten, und man kann Vorschläge für Verbesserungen oder Projekte einbringen, die dann weitergegeben werden. Hier ist es jedem freigestellt, ob er mitmachen möchte oder nicht", schloss Felix seinen Bericht.

„Warum mussten wir uns dem Test nicht unterziehen?", wollte Bene wissen.

„Ihr habt beide Tests vor zwei Jahren absolviert und mit Bravour bestanden. Ihr wurdet aber nicht in die Geheimnisse eingeweiht oder gefragt, ob ihr einsteigen möchtet, denn eure Eltern wollten nicht, dass ihr jetzt schon einsteigt und eure Jugend nicht mehr genießen könnt. Also wurde euch gesagt, das sei eine Schulprüfung", antwortete Felix.

Ich erinnerte mich, wie froh ich damals war, dass ich diesen Test bestanden hatte.

„Boa, schon so spät!", rief Ben aus, als er auf die Uhr sah. Tatsächlich, es war bereits neunzehn Uhr, und es gab bei uns in dieser Sekunde zu Abend.

„Wenn ihr keine Fragen mehr habt, dürft ihr gehen", meinte Felix großzügig.

„Was meinst du: Fly & Switch?", fragte ich Ben.

Ohne zu antworten, nahm er meine Hand, und in der nächsten Sekunde standen wir auch schon in unserem Wohnzimmer. Wie ich es vorausgesagt hatte, waren unsere Eltern bereits am Essen.

„Hallo, wie war euer Tag?", wurden wir begrüßt.

Wir setzten uns, und Bene antwortete: „Langweilig und unterhaltsam zugleich." Diese Aussage traf perfekt auf den heutigen Tag zu.

Kapitel 10

Nun war eine Woche vergangen seit dem ersten Test und dem kleinen Anschlag im Loft. Bene und ich hatten am Freitag endlich alle sieben Levels bestanden. Wir wussten jetzt alles über die Dämonen, unsere eigene Geschichte und die Politik. Was mich erstaunte, war, dass wir sogar Leute bei allen möglichen Geheimdiensten hatten – was mich eigentlich nicht hätte verwundern sollen, denn so waren wir auf dem Laufenden und konnten die Menschen besser vor den Dämonen beschützen. Leider war Felix am Freitag krank, und so fiel der Extra-Unterricht über Vampire aus; und da niemand sonst Zeit hatte, schlossen wir unsere Ausbildung mit dem Versprechen, dass wir das mit den Vampiren bald erfahren würden, mit Bravour ab. Wir waren die Ersten, die die Ausbildung so schnell absolviert hatten. Nun waren wir gespannt, wann wir auf unseren ersten Einsatz durften, aber vorher mussten wir noch den Schwur leisten, um in die innere Gesellschaft aufgenommen zu werden, und ich vermutete, es würde noch eine Weile dauern, bis wir zu unserem ersten Einsatz dürften, denn meine Mom mochte nicht, dass wir uns in Gefahr begaben. Auch Tom war dieser Meinung, obwohl er das nicht so offensichtlich sagte wie meine Mom. Und wenn man Charlotte fragen würde, würde sie sagen: „Auf keinen Fall! Mein Sohn soll sich nicht dieser Gefahr aussetzen." Mein Dad jedoch fand, ich müsse das einmal erleben, um im Ernstfall auch etwas bewirken zu können. Doch da er kein Senja ist, hatte er in diesem Fall nicht sehr viel zu sagen. Doch ich war froh, dass er so dachte und mich unterstützte.

Kapitel 11

In den nächsten Wochen war es ziemlich ruhig, wie vor einem heftigen Sturm. Nirgends auf der Welt gab es Dämonenangriffe, und Bene und ich führten beinahe wieder unser altes Leben mit Ausnahme des Kampftrainings, das nun zweimal in der Woche stattfand, um uns fit zu halten. Meine Freizeit verbrachte ich mit Lea, Nick, Bene und Connor. Wir hatten viel nachzuholen, und so störte uns die Dämonenpause nicht. Die Frühlingsferien rückten immer näher, und wir planten, in unser Ferienhaus in Italien zu fahren. Unsere Eltern waren damit einverstanden, wenn sie und ein paar Wächter auch mitkämen. Wir hatten nichts dagegen, und so machten wir uns am Freitag nach der Schule auf den Weg.
„Yeah endlich Ferien!", begrüßte mich Lea, als ich ihr und ihrem Riesenkoffer die Tür öffnete.
„Hallo", erwiderte ich und half ihr, den Koffer in den Gang zu tragen. Hinter ihr kam Connor herein. Auch auf seinen Lippen war ein Lächeln zu sehen.
„Hey", hieß ich auch ihn willkommen und ließ ihn herein. Ich schloss die Tür hinter ihm und bot den beiden etwas zu trinken an. „Charlotte und Tom sind noch nicht ganz fertig, und Bene ist noch kurz duschen gegangen", meinte ich.
„Schatz, hast du mein blaues Top gesehen?", tönte es aus dem Schlafzimmer meiner Eltern.
„Ich geh kurz nachschauen. Könnt ihr die Tür öffnen, wenn Nick kommt?", fragte ich, an Lea und Connor gewandt.
„Natürlich", meinte Lea. Sie hatte in den letzten Wochen nicht bemerkt, dass ich fast keine Zeit mehr hatte und ihr nicht mehr alles erzählte wie früher, denn sie war verliebt und erzählte immer von Connor und was sie zusammen erlebten. Ich war froh, dass sie es nicht bemerkte, denn ich hatte so schon ein schlechtes Gewissen, dass ich Geheimnisse vor allen hatte.

„Hey, meinst du das Top, das hier liegt?", fragte ich meine Mom, als ich ihr Schlafzimmer betrat.

„Ja, danke", meinte meine Mom und hob das Top vom Boden auf.
„Schafft ihr das auch alleine?", fragte mein Dad.
„Sicher", antwortete meine Mom und gab ihm einen Abschiedskuss. Er lächelte sie an und ging.
Sie schienen noch genauso verliebt wie eh und je, was mich sehr freute. Ich dachte schon, sie hätten sich auseinandergelebt wegen des Chaos mit den Dämonen, aber das war anscheinend nicht der Fall.
„Was soll ich noch mitnehmen? Lieber den kurzen Schupp hier oder lieber das Seidenkleid?", wollte meine Mom wissen. Sie war zwar meine Mutter, doch sie war auch meine Freundin, mit der ich über alles reden konnte und die mir immer mit Rat und Tat zur Seite stand und umgekehrt. Sie fragte immer mich um Rat und nicht Charlotte, denn wir standen uns einfach näher. Ich dachte, das liege daran, dass Charlotte manchmal eifersüchtig war auf meine Mom, da sie Tom schon ihr ganzes Leben lang kannte und sie befürchtete, dass er mehr für meine Mutter empfände als für sie – was sicher nicht stimmte, denn Tom liebte Charlotte über alles und schätzte meine Mutter einfach als beste Freundin und Vertraute.
„Das Seidenkleid", antwortete ich.
„Okay", meinte meine Mutter und packte es in den Koffer.
„Eine doofe Frage; aber wie weit seid du und Nick euch schon gekommen?", wollte meine Mutter wissen.
„Wir küssen uns", meinte ich.
„Und was ist mit Petting?", wollte sie wissen.
„Ja, das auch", sagte ich wahrheitsgetreu. Ich konnte das Wort nicht ausstehen, geschweige denn aussprechen, und so war ich froh, dass sie es getan hatte.
„Gut, aber ihr passt auf? Du weißt, dass ...", fing sie an und ich unterbrach sie:
„Ja, wir passen auf. Ich bin aufgeklärt worden. Danke", meinte ich. „Gut, ich bin froh, dass wir das Thema nicht durchgehen müssen. Habt ihr schon an Sex gedacht?", wollte sie weiterwissen. Sie war ein bisschen neugierig, genauso wie ich. Mich störten diese Fragen nicht, denn sie war nicht nur meine Mutter, sondern, wie gesagt, auch meine Freundin, und da Lea noch nie Sex hatte und

mir somit nicht helfen konnte, musste ich mir meine Antworten halt bei ihr besorgen.

„Jain, wir haben mal kurz darüber gesprochen. Doch ich denke, wir werden es in diesen Ferien tun", vertraute ich ihr an.

„Ich wusste, dass dieser Tag kommen würde. Bitte versprich mir, vorsichtig zu sein und ein Kondom zu benutzen", meinte sie.

„Ja, klar", antwortete ich, und so war das Thema gegessen.

Wir machten uns auf den Weg zurück ins Wohnzimmer. Mittlerweile hatten sich alle mit ihrem Gepäck im Wohnzimmer eingefunden. Nur Nick fehlte noch.

„Ihr könnt euch ruhig bereits auf den Weg machen. Ich werde mit Nick dann nachkommen", meinte ich zu den anderen. Er hatte mir vorhin geschrieben, dass er sich verspäten würde.

„Okay, ich werde Charlotte, Lea und Connor ins Ferienhaus bringen und bin dann gleich wieder zurück, um dich und Nick mitzunehmen", meinte Tom.

„Ich warte bei ihr", bot sich Bene an.

Alle waren einverstanden, und so machten sie sich auf den Weg, mein Vater mit meiner Mutter und der Rest mit Tom. Bene und ich machten es uns auf dem Sofa gemütlich.

„Freust du dich auch so auf die Ferien?", fragte mich Bene.

„Ja, und wie! Ich hatte Ferien noch nie so nötig wie jetzt, nach all diesen anstrengenden Wochen", meine ich.

„Ja, ich auch. Ich freue mich auf das Meer und meine Freizeit."

Tom war gerade wieder im Wohnzimmer aufgetaucht.

„Das ging ja schnell", bemerkte ich.

„Ja, habe sie nur kurz abgesetzt. Ich wollte euch nicht alleine lassen", meinte er. Unsere Eltern ließen uns in letzter Zeit nicht mehr aus den Augen, was ein bisschen nervte, jedoch verständlich war angesichts der momentanen Situation. Kaum hat er fertig gesprochen, erschien auch noch meine Mutter im Raum.

„Habe meine spezielle Sonnencreme vergessen", erklärte sie und verschwand im Badezimmer.

Es war bereits neunzehn Uhr, und Nick war immer noch nicht hier. „Ich schreib ihm mal", meinte ich und fing an zu tippen:

„Wo bleibst du?" Kaum hatte ich fertig getippt, erschienen in unserem Wohnzimmer ein Dutzend Dämonen. Ohne Vorwarnung griffen sie uns an. Zur gleichen Zeit war Tom aufgesprungen und attackierte die Dämonen ebenfalls.

„Bringt euch in Sicherheit!", schrie er mir und Bene zu, während er dem einen Dämon den Kopf abschlug und dem anderen auswich. Er war wirklich gut, doch es kamen immer mehr Dämonen in unser Wohnzimmer. Ich dachte gar nicht daran, Tom mit all diesen Dämonen im Stich zu lassen, und auch Bene kam nicht auf die Idee zu gehen. Ich war froh, dass ich mein Glade immer griffbereit hatte. So konnte ich dem ersten Dämon in die Nieren schlagen und dem zweiten den Kopf abtrennen. Es war sehr anstrengend, mit so vielen Dämonen gleichzeitig zu kämpfen, doch bis jetzt schlug ich mich wacker. Auch Bene bekämpfte die Dämonen mit viel Geschick und Können.

„Jetzt bringt euch endlich in Sicherheit!", schrie Tom erneut.

„Wir können dich doch nicht einfach im Stich lassen!", schrie ich zurück, während ich gerade einem Feuerball auswich und selber einen Eiszauber gegen den Feuerdämon wirkte. Kaum war dieser jedoch vernichtet, nahm ein anderer Dämon seinen Platz ein.

„Doch, ihr könnt, und ihr müsst sogar!", schrie Tom zurück.

„Nein, ich kann das nicht!", schrie dieses Mal Bene eine Antwort, während er versuchte, einer Feuerkugel auszuweichen. Ein Wunder, dass von uns bis jetzt noch keiner getroffen worden war. Doch das konnte sich jederzeit ändern. Mittlerweile war auch meine Mutter zu dem Kampf hinzugekommen. Sie hatte wohl den Lärm gehört und war uns zu Hilfe geeilt. Zum Glück hatte sie noch ein paar Elixiere mitgebracht, die sie jetzt mit voller Wucht in die Dämonenmenge schoss. Alle Dämonen im Umkreis von zwei Metern lösten sich in Luft auf. Doch wie bereits einige Male zuvor nahmen andere Dämonen ihren Platz ein.

„Achtung!", schrie ich Bene zu, der gerade noch rechtzeitig aus der Schussbahn treten konnte.

„Scheiße!", schrie er, denn der Dämon hatte ihn mit seiner Säure leicht am Arm getroffen. Ich wollte ihm zu Hilfe eilen, doch uns trennten zwei Feuerdämonen, ein Eisdämon und noch zwei weitere Wesen, die ich auf die Schnelle nicht identifizieren konnte. Ich versuchte, mich zu Bene hindurchzukämpfen. Doch ich kam einfach nicht voran.

„Bleib da stehen, Leandra! Ich werde ihm helfen", schrie Tom. Er stand nur wenige Schritte von Bene entfernt und hatte ihn innerhalb einer Sekunde erreicht. Er musste jetzt nicht nur seine eigenen Dämonen bekämpfen, sondern auch diejenigen Benes, denn sein Arm löste sich immer mehr auf.

„Scheiße, was passiert da?", dachte ich. Ich musste mich weiter auf meinen Dämon konzentrieren, sonst gab es bald keinen mehr von uns. Ich versuchte, mich an den Massenvernichtungszauber zu erinnern. Doch ich kam nicht dazu, ihn aufzusagen, denn ich musste drei Dämonen auf einmal abwehren. „Et redimit vos de monstrum", schrie ich die Dämonen in einer freien Sekunde an, und tatsächlich verschwanden alle Dämonen im Raum, was mir und meiner Mutter genug Zeit gab, um zu Bene zu eilen. Als die Dämonen verschwunden waren, machte Tom sich daran, Benes Wunde mit einer Paste einzureiben, die er plötzlich in der Hand hielt.

„Wie geht es ihm?", fragte ich.

„Er wird schon wieder", antworte Tom auf meine Frage.

„Ich denke, sie werden gleich wieder hier sein", meinte meine Mom, die sich auf den nächsten Kampf vorbereitete, indem sie die noch vorhandenen Elixiere herbeizauberte.

„Das denke ich auch", stimmte Tom ihr zu.

„Ihr müsst gehen und Hilfe holen", sagte meine Mom.

„Wieso können wir nicht alle gehen?", wollte ich wissen.

„Weil sie uns folgen werden und so in unser Versteck eindringen können, was viele Tote mit sich bringen würde", erklärte meine Mom. Sie hatte ja recht, doch ich wollte und konnte sie jetzt nicht im Stich lassen. Aber ich konnte auch nicht mehr gehen, denn so schnell die Dämonen vorhin verschwunden waren, so schnell kamen sie jetzt wieder zum Vorschein, und dieses Mal schienen es noch viel mehr zu sein als letztes Mal.

„Impugnant daemones in domum", dachte ich und versuchte, die Nachricht von den Dämonen in unserem Haus an den Rat und alle

Kämpfer zu übermitteln. Ich hoffte, das würde klappen! Denn ich hatte das Gefühl, wir hielten nicht mehr allzu lange durch. Mit Mühe wehrte ich den Schlag eines Dämons ab. Kaum hatte ich das geschafft, attackierte mich der nächste von der Seite. Wenigstens kamen sie nicht mehr von hinten, denn wir hatten einen Kreis gebildet, sodass wir uns nun gegenseitig helfen konnten. Zu meiner Rechten stand Benjamin und zu meiner Linken meine Mom und neben ihr und Bene Tom. Benes Arm sah mittlerweile wieder einigermaßen gut aus. Doch er musste immer noch sehr große Schmerzen haben, denn er verzog sein Gesicht bei jeder noch so kleinen Bewegung.

„Halte durch! Ich habe Hilfe gerufen", versuchte ich, ihm in Gedanken Mut zu machen.

„Ich kann nicht mehr", kam seine Antwort.

„Doch, du kannst! Ich brauche dich doch", gab ich zurück. Für kurze Zeit half meine Bemerkung, doch irgendwann kam der Schmerz zurück. Bene musste durchhalten. Ich brauchte ihn. Also versuchte, ich zu meinen Dämonen auch noch einen Teil seiner Dämonen abzuwehren – genau wie Tom auf der anderen Seite. Es war sehr hart und anstrengend, doch ich musste es schaffen! Ich konnte Bene nicht verlieren. Schnell wich ich einer Magiekugel aus und schob Bene gleichzeitig aus der Schussbahn. Ich hatte es geschafft, er wurde nicht schon wieder getroffen. Autsch, langsam spürte ich den Schmerz in meiner linken Hüfte. Mich hat die Magiekugel erwischt. Ich versuchte, den Schmerz zu verdrängen. Ich musste einfach, denn die Dämonen gaben nicht auf, und es wurde immer schwieriger, sie zu vernichten.

„Ut praesidium Benjamin", murmelte Tom. Kaum hatte er diese Worte ausgesprochen, war Bene auf der anderen Seite in einer Luftkugel. Er musste wohl auch bemerkt haben, dass Bene nicht mehr konnte. Ich war sehr froh, dass er jetzt in Sicherheit war, denn alle Dämonen und ihre Fähigkeiten prallten an der Luftkugel ab.

„Achtung, Leandra!", schrien meine Mutter und Tom fast gleichzeitig, doch es war zu spät. Ich war für eine winzige Sekunde

abgelenkt gewesen, und so hatte ein Dämon seine Riesenkralle nach mir ausstrecken und meinen Bauch aufschlitzen können.
„NEIN!", schrie Ben von seinem „Käfig" aus und versuchte, sich zu befreien, doch Toms Zauber war zu stark. Egal, was er versuchte, er kam nicht raus.
Ich brach zusammen. Der Schmerz zerriss mich innerlich. Es fühlte sich an, als würde die Säure mich von innen her auffressen und alle meine Organe zerstören, was wohl auch so war. Ohne Vorwarnung wurde ich aus meinem Körper gerissen. Ich spürte den Schmerz nicht mehr, doch nun sah ich das Geschehen von oben. Sobald ich zusammengebrochen war, bekam meine Mutter so einen komischen Ausdruck im Gesicht. So wild entschlossen und voller Wut hatte ich sie noch nie gesehen. Sie bekämpfte alle Dämonen gleichzeitig, doch plötzlich schien ihr eine Idee zu kommen. Zum Äußersten bereit, murmelte sie: „Transferre vis ad mea Leandra", was so viel bedeutete wie: „Ich übertrage meine Macht an Leandra."
„Nein", wollte ich schreien. Doch es kam kein Ton aus meinem Mund, denn ich schwebte immer noch oberhalb meines Körpers. Doch wenige Sekunden nachdem meine Mutter die letzte Silbe ausgesprochen hatte, zog es meine Seele wieder in meinen Körper, und der unerträgliche Schmerz kam zurück. Doch nur für kurze Zeit. Denn die Macht und Liebe meiner Mutter half mir, den Schmerz zu ertragen. Um mich herum ging das Geschehen weiter. Meine Mutter versuchte, sich mit aller Kraft gegen die Dämonen zu wehren, doch nun, da sie ihre Kraft an mich übertragen hatte, hatte sie keine Chance mehr. Tom versuchte, sie mit seinem ganzen Körper zu beschützen, was er für wenige Minuten auch schaffte. Doch ein Dämon griff Tom von hinten an. Er schleuderte eine Eiskugel nach ihm, die Tom nicht sehen konnte. Langsam sank Tom zu Boden.
„Nein!", schrie Bene unter Tränen. Er versuchte immer noch, sich aus der Luftkugel zu befreien. Doch es war zu spät.
„Ich liebe euch alle so …", weiter kam Tom nicht. Er sank zu Boden und blieb liegen.

Es fühlte sich so an, als würde die Welt stehen bleiben. Mich überkam ein Gefühl der unendlichen Traurigkeit, doch ich konnte nicht weinen, mein Körper schaffte es nicht mehr. Ich fiel in ein riesengroßes schwarzes Loch. Am Rande bekam ich noch mit, wie Nick in den Raum kam. Er begriff sofort, was los war, und vernichtete einen Dämon nach dem anderen, bis er zu mir gelangte.
Mittlerweile lag meine Mutter auch auf dem Boden, mit letzter Kraft schrie sie Nick zu: „Tu es!"
Ich wusste nicht, was sie mit diesen Worten meinte. Was sollte er tun, und wieso waren das die letzten Worte? Den sobald sie dies gesagt hatte, schlug ihr Kopf mit einem Riesenknall auf dem Boden auf, und sie starb. Es mussten bedeutende Worte sein, denn es schien so, als hätte sie auf Nick gewartet, bis sie ihm das sagen könnte. Es schien so, als hätte sie nur noch gekämpft, bis sie diese Worte hatte sagen können. Doch was bedeuteten sie? Nick schien es zu wissen, denn er nickte und rannte auf mich zu. „Halte durch", flüsterte er mir zu.
Was, dachte er, machte ich hier? Ich versuchte, ihm zu sagen, dass ich durchhalte. Doch es kam kein Ton über meine Lippen. Ich musste es schaffen! Der Tod meiner Mutter und Toms durfte nicht umsonst gewesen sein! Meine Mutter war tot! Doch meine Augen fielen zu. Ich war zu erschöpft, und die Traurigkeit breitete sich in meinem Körper aus. Ich musste durchhalten, ermahnte ich mich selber. Ich musste es mir und Bene zuliebe schaffen. Plötzlich spürte ich, wie sich Wärme in meinem Körper ausbreitete. Langsam bekam ich wieder Luft zum Atmen, das Brennen hatte aufgehört, und es fühlte sich so unglaublich an. Fast so, als würde sich mein Körper von innen heraus erholen und alle meine Kratzer und Wunden wieder zusammenflicken. Ich öffnete meine Augen.
„Du hast es geschafft."
Ich blickte in das erschöpfte, aber glückliche Gesicht von Nick. Für einen Augenblick vergaß ich das Geschehen rund um mich herum. Ich genoss es einfach, in Nicks Armen zu liegen und in Sicherheit zu sein. Doch mit einem Schlag kam die Wirklichkeit

zurück, und ich sprang auf. Ich musste zu meiner Mutter gelangen. Sie lag leblos mit geschlossenen Augen am Boden. Ich sank auf die Knie und fing hemmungslos an zu schluchzen. „Wieso hast du das getan? Wieso du? Wie konntest du nur! Wieso bist du für mich gestorben? Warum?", schrie ich und wurde wütend. Ich schlug auf sie ein und schluchzte.

Zwei starke Arme packten mich von hinten und drehten mich um. Es war Bene, der sich endlich hatte befreien können. Er nahm mich in den Arm, und wir beide schluchzten hemmungslos. Ich war froh, dass er hier war und wir das gleiche Schicksal teilten. Seine Nähe gab mir die Sicherheit, die ich jetzt am dringendsten nötig hatte, und auch er schien froh zu sein, mich zu haben. Ich konnte es nicht glauben. Sie war tot, und die Trauer schien mich von innen her aufzufressen. Doch ich konnte auch die Kraft meiner Mutter spüren, und plötzlich hörte ich ihre Stimme.

„Sei stark, Leandra! Beschütze deine Familie und Freunde. Du schaffst das! Ich glaube an dich."

„Mom, nein! Geh nicht!", schluchzte ich.

„Doch, mein Schatz, ich muss. Ich liebe euch! Vergiss das nie."

„Nein", murmelte ich, doch ihre Stimme war weg. Ich spürte nur noch ihre Kraft, und das beruhigte mich ein wenig.

Nach einer Weile, als unsere Tränen fürs Erste versiegt waren, lösten wir uns voneinander. Ich sah mich um. In unserem Wohnzimmer herrschte Chaos, alles war umgeschmissen und verwüstet. Viele Wächter und auch der Rat schienen anwesend zu sein. Sie alle versuchten, das Chaos wieder in Ordnung zu bringen. Meine Mutter und Tom waren verschwunden. Die Jäger mussten sie wohl weggebracht haben.

Felix kam auf uns zu. „Es tut mir sehr leid, was mit euren Eltern geschehen ist", sprach er sein Beileid aus.

„Danke", antworteten wir im Chor.

„Wo sind Dad und Charlotte?", wollte ich wissen. Ich hatte sie bis jetzt vollkommen vergessen.

„Sie alle werden in dieser Sekunde hierhergebracht", meinte Felix.

Lea kam auf uns zugerannt mit Tränen in den Augen. „Es tut mir so leid", schluchzte sie in meinen Hals.

„Danke." Ich konnte einfach nicht mehr weinen. Langsam löste ich mich von ihr und umarmte meinen Vater, der hinter ihr den Raum betreten hatte.

„Sie wäre sehr stolz auf dich", meinte mein Dad und drückte mich. Auch er hatte Tränen in den Augen, doch er weinte nicht. Ich denke, er wollte mir nicht noch mehr Kummer bereiten, und darüber war ich froh. Ich konnte und wollte nicht, dass alle weinten, denn Tom und meine Mom waren als Helden gestorben. Sie hatten uns geliebt und sich für uns geopfert. Ich fand, wir sollten stolz auf sie sein.

„Ich weiß", sagte ich und drückte ihn nochmals. Dann wirkte ich einen Zauber, der unser Wohnzimmer wieder normal erscheinen ließ. Ich konnte es nicht ertragen, dass alle so bedrückt wirkten. Neben mir heulte Charlotte in Benes Arme. Ich konnte sie verstehen, doch ich ertrug das Geweine jetzt nicht. Also machte ich mich auf den Weg zu Nick, der gerade mit einem der Ratsmitglieder sprach und zwischendurch immer wieder besorgt zu mir herschaute. Ich musste einfach etwas tun. Als er bemerkte, dass ich auf ihn zukam, verabschiedete er sich und kam mir entgegen.

„Hey, wie geht es dir?", wollte er von mir wissen.

„Hmm", brummte ich und ließ mich von ihm drücken. Ich konnte und wollte auf diese Frage nicht antworten, denn wie sollte es mir wohl gehen? Meine Mutter war tot! „Was ist eigentlich passiert, als ich am Boden lag?", wollte ich von ihm wissen, um mich ein bisschen abzulenken, was natürlich nicht wirklich klappte.

„Das sollten wir in Ruhe besprechen, denn es wird einige Veränderungen mit sich bringen", meinte er besorgt und gleichzeitig traurig.

„Hmm." Ich ließ es bleiben, ihn zu fragen, was er damit meinte. Denn ich war einfach zu erschöpft. Langsam verschwanden die Leute, und es wurde wieder ruhiger im Haus. Alle hatten ihr Beileid ausgesprochen und ihre Hilfe angeboten. Ich war froh, dass mein Dad die Nerven behielt und alles regelte.

Mittlerweile hatte der Rat einen neuen Schutzzauber um unser Haus gewirkt und ein außerordentliches Treffen für morgen Abend einberufen. Da sollten die neuen Oberhäupter gewählt werden, denn in dieser harten Zeit musste jemand führen, sonst endete alles im Chaos. Auch mein Dad, Charlotte, Ben und ich waren eingeladen worden, um das weitere Vorgehen zu besprechen und um die Geschehnisse von heute zu rekapitulieren. Auch Lea und Connor hatten sich widerwillig verabschiedet, nur Nick war geblieben. Er war uns noch einige Antworten schuldig.

Wir saßen alle auf dem Sofa, und Bene und ich erzählten Charlotte, Leo und Nick, was passiert war. Wir hielten es kurz, denn wir konnten Charlotte nicht jedes Detail erzählen, denn sie wirkte, als würde sie jeden Augenblick zusammenbrechen.
„Komm, ich bringe dich ins Bett", meinte mein Dad zu ihr. Er sah wohl auch, dass sie nicht mehr konnte. Widerwillig stand sie auf und ließ sich von meinem Dad ins Bett bringen.
Nachdem sie gegangen waren, übernahm Nick das Reden. Er hatte die Kämpfe in unserem Haus gehört und war sofort hereingekommen. Er hatte die Dämonen, die im Weg waren, getötet und die Zeit angehalten, um mich zu retten. Ich erfuhr, dass er ein Vampir war und dass das das Geheimnis war, dass er mir bis jetzt nicht hatte offenbaren können. Jetzt verstand ich zwar, warum er Geheimnisse hatte, jedoch immer noch nicht, wie er mich gerettet hatte. Also fragte ich ihn.
„Ich musste dich in einen Vampir verwandeln", sagte er in einem bitteren, traurigen Ton.
„Okay, und was bedeutet das jetzt genau? Bin ich jetzt kein Mensch mehr? Muss ich jetzt Blut trinken?", wollte ich wissen.
„Wir wissen noch nicht so genau, was für Auswirkungen das auf dich hat. Normalerweise bekommen Personen, die erst gerade verwandelt worden sind, einen Heißdurst und werden unkontrolliert. Sie wollen nur noch Blut und greifen jeden an. Doch bei dir ist es anders. Du bist seit zwei Stunden ein Vampir und verspürst nicht den geringsten Drang, Blut zu trinken", antwortete Nick.

Oje, ich verstand nur Bahnhof. Ich sollte jetzt ein Vampir sein? Ich fühlte mich noch genauso wie vorher, nur ein bisschen stärker. Ich war zu erschöpft, um darüber nachzudenken. „Okay, erzähl uns den Rest", meinte ich und ignorierte die Tatsache mit dem Vampir.

„In Ordnung, aber du sagst uns, wenn sich etwas ändert?", meinte er besorgt.

Bene sagte nichts. Ich denke, mein Dad und er wussten es bereits.

„Ja, und jetzt erzähl", sagte ich. Ich wollte den Rest wissen und dann schlafen gehen und alles vergessen.

„Also als ich dich verwandelt hatte, ließ ich die Zeit weiterlaufen, die Jäger kamen ins Haus gestürmt und bekämpften die restlichen Dämonen. Danach befreite ich Ben aus seinem ‚Käfig' und kümmerte mich weiter um dich, dann bist du erwacht, und den Rest kennt ihr", erzählte er.

„Wie viele sind verletzt?", wollte Ben wissen.

„Lea und Josef sind gestorben, und vier weitere haben leichte Verletzungen davongetragen", antwortete Nick. Er hielt mir eine Flasche mit Tierblut unter die Nase.

„Iiiiii, riecht das eklig!", rief ich aus.

„Du musst das trinken, oder willst du Ben in der Nacht umbringen?", meinte Nick ernst.

Ich hatte nicht die Kraft zu widersprechen, und so schluckte ich das eklige Zeug hinunter und ging ins Schlafzimmer. „Kann ich bei dir schlafen?", wollte ich von Ben wissen. Ich wollte nur noch schlafen und vergessen.

„Klar, ich möchte auch nicht alleine sein." Wir kuschelten uns aneinander und waren wenige Sekunden später eingeschlafen.

Kapitel 12

„Guten Morgen", murmelte Bene neben mir, als ich meine Augen aufschlug. Ich wollte noch nicht aufstehen, sondern die Ruhe des Schlafes nochmals genießen. Doch mit einem Schlag kamen die Erinnerungen zurück. Mom und Tom waren tot. Ich war ein Vampir und Nick auch.
„Hey, alles wird gut", versuchte Bene, mich zu beruhigen. Er hatte wohl die Veränderung in meiner Mimik bemerkt.
„Wie soll das gehen?", wollte ich von ihm wissen.
„Ich weiß es nicht, aber wir werden einen Weg finden. Wir werden zusammenhalten", sagte er beruhigend und zog mich in seine Arme. Ich vertraute seinen Worten. Ich vertraute ihm.
„Wie geht es dir?", wollte ich von ihm wissen. Doch statt zu antworten, ließ er mich in seinen Kopf. Trauer, Angst, Wut, Freude, Hoffnung, ich fand alle diese Gefühle vor. Ich konnte ihn verstehen, denn bei mir sah es genau gleich aus. Dann ließ ich ihn auch in meinen Kopf. So war es einfacher. Ich brauchte meine Gefühle nicht in Worte zu fassen. Wir verstanden uns auch so. Seine Gedanken in meinem Kopf zu spüren, vertrieb einen kleinen Teil der Leere, die in meinem Herzen entstanden war.
„Lass uns etwas essen gehen", meinte ich in meinem Kopf. Ich musste versuchen, stark zu sein. Für ihn, für meinen Dad, für meine Mom und für mich. Am liebsten hätte ich schon wieder angefangen zu weinen, doch ich riss mich zusammen.
„Ja, sonst isst du mich noch auf", machte sich Bene in meinem Kopf über mich lustig. Es war völlig unangebracht, doch es entlockte mir ein Lächeln.
Wir zogen uns an und machten uns auf den Weg nach unten. Mein Dad saß bereits erschöpft am Küchentisch.
„Hallo", murmelte ich und drückte ihn.
„Hallo zusammen", meinte er und holte uns ein Glas Saft.
„Schläft sie noch?", wollte Bene wissen.
„Ja, Charlotte ist vorhin endlich eingeschlafen", antworte mein Dad. Es schien so, als wäre er die ganze Nacht wach geblieben und

hätte Charlotte getröstet. Das erklärte auch seine Augenringe und seine Erschöpfung.

„Willst du dich nicht kurz hinlegen?", fragte ich ihn besorgt. Sein Blick verriet, dass er Nein sagen würde, doch Bene kam dazwischen.

„Du solltest schlafen gehen, wir kommen schon klar", sagte er.
„Wirklich?", fragte er.
„Ja, Dad, wir schaffen das", versicherte ich ihm.
„Danke", meinte Bene, bevor Dad ging.
„Kein Problem. Gute Nacht." Er gab mir einen Kuss und drückte kurz Benes Schulter, bevor er verschwand. Er schien besorgt zu sein, was ich verstehen konnte. Ich selbst wusste auch noch nicht, was „Vampir" bedeutete.

Mein Telefon klingelte. „Hey, Lea", antwortete ich, als ich abnahm.
„Hallo, Lee. Dürfen wir hereinkommen?", wollte sie wissen.
„Klar, ich komme euch aufmachen", antwortete ich.
Ben hatte sich schon auf den Weg zur Tür gemacht. Als Lea hereinkam, drückte sie mich fest und wollte mich nicht mehr loslassen. Ich fand es nett, dass sie sich Sorgen machte und für mich da war.

„Wie geht es dir?", wollte sie wissen.
„Es geht, ich habe noch nicht wirklich begriffen, dass sie tot sind. Irgendwie warte ich immer noch darauf, dass sie zur Tür hereinkommen und uns knuddeln", antwortete ich ihr.
„Das wird auch noch für eine Weile so bleiben", meinte Connor. Er hatte vor zwei Jahren sein Dad verloren.
„Kommt doch rein", meinte Bene und machte Platz.
„Darf ich dich auch drücken?", fragte mich Nick schüchtern, als mich Lea endlich losließ.
„Klar, warum solltest du nicht dürfen?", wollte ich wissen.
Statt einer Antwort nahm er mich in seine Arme. Seine Wärme spendete mir Mut, und plötzlich konnte ich seine Gedanken wahrnehmen: Er hatte Angst, dass ich ihm böse sei, weil er mich zu einem Monster gemacht hatte. Doch ich war ihm nicht böse. Er hatte mir das Leben gerettet. Ohne ihn und die Kraft meiner Mutter wäre ich jetzt tot. In seinen Gedanken sah ich seine Liebe

zu mir, doch auch Schuld. Schuld daran, dass ich jetzt auch verflucht war. Ich konnte das nicht so stehen lassen, denn ich nahm es völlig anders wahr, was vielleicht auch daran lag, dass ich gar nicht wusste, was das für mich bedeutete. Also verband ich meine Gedanken mit seinen. Ich wollte ihm zeigen, dass ich nicht wütend war, dass ich ihn liebte und dass ich froh war, dass er mir das Leben gerettet hatte. Er war überrascht, als er meine Gefühle wahrnahm, sah mich an und küsste mich. Ein Teil seiner Angst hatte sich gelöst, doch es gab sie immer noch. Er hatte Angst, dass ich anders denken würde, wenn ich erst alles über Vampire und mein neues Leben wüsste. Sein Kuss fühlte sich dieses Mal noch so viel intensiver an. Ich spürte seine Liebe zu mir, seine Freude, dass ich lebte, und seine Verzweiflung, dass ich nicht so sein sollte. Ich wollte diese Verzweiflung wegküssen. Ich vergrub meine Hände in seinen Haaren und zog ihn mit einem Ruck näher. Jeder normale Mensch hätte sich bei dieser Bewegung eine oder mehrere Rippen gebrochen, denn ich wendete zu viel Kraft an. Doch ihn störte es nicht. Er zog mich näher und vergrub seine Finger in meinen Haaren. Er war froh, dass er sich nicht mehr beherrschen musste, dass er mir jetzt mit seiner Kraft nicht mehr wehtun konnte. Ich genoss es, dass er jetzt er war, dass ich jetzt seine Geheimnisse kannte und wir ein ähnliches Schicksal teilten. Dieser Kuss war etwas Besonderes, Nick war er selber, und ich lernte mein neues Ich kennen. Ich spürte meine Stärke und konnte auf einmal viel mehr wahrnehmen, ich roch sein Shampoo, das ganz fein nach Zitrone und Sandelholz roch, und ich liebte es. Ich nahm den Geschmack seiner Zunge wahr, er schmeckte nach Erdbeere. Doch plötzlich schmeckte ich Blut. Sofort wich ich zurück. „Es tut mir leid", sagte ich schockiert. Ich hatte ihm mit meinen neuen spitzen Zähnen, die plötzlich da waren, in die Zunge gebissen und schämte mich. Wie konnte ich ihm wehtun?
„Hey, das muss dir nicht leidtun", meinte er und zog mich sanft in seine Arme. Ich hörte seine beruhigende Stimme in meinem Kopf. Die Wunde war anscheinend schon wieder verheilt. Ich musste langsam wissen, was ich als Vampir konnte, und ich

musste lernen, mich zu beherrschen. „Das ist ein guter Ansatz", meinte Nick in meinem Kopf.
„Lass uns zu den anderen gehen", schlug ich vor, als ich begriff, dass wir immer noch in unserem Gang standen. Ich versuchte, meine Frisur zu richten, als ich in dem Spiegel im Gang sah, wie verwuschelt sie aussahen.
„Du siehst toll aus, auch mit wuscheligem Haar", hörte ich seine Stimme in meinem Kopf.
Ich lachte. Ich sah furchtbar aus. Doch er sah so sexy und hinreißend aus wie immer mit seinem unverschämten Grinsen und seinem wuscheligen Haar. Als ich merkte, dass er das gerade gehört hatte, wurde ich ganz rot.
„Süß", meinte er nur und nahm meine Hand.

Die anderen hatten sich bereits mit Frühstück eingedeckt, als wir in die Küche kamen. Ein bisschen beschämt setzte ich mich neben Bene an den Tisch, und Nick setzte sich neben mich. Kaum hatte ich mich niedergelassen, klingelte es an der Tür. Schnell sprang ich auf und rannte hin. In einer Hundertstelsekunde war ich bei der Tür und öffnet Felix.
„Guten Morgen, Lia", antwortete er.
„Hallo, Felix. Was machst du denn hier?", wollte ich wissen.
„Ich möchte euch jetzt noch die Lektion über Vampire erteilen, und ich muss euch warnen."
Ich verstand nur Bahnhof. Warnen wovor? Dann trat ich zur Seite und ließ ihn herein. Jetzt war ich neugierig.
„Hallo, Felix", begrüßten ihn Nick und Bene.
„Du kennst ihn?", wollte ich von Nick wissen. Er nickte nur, und sein Blick verriet, dass er es mir später erklären würde.
„Hallo zusammen", sagte Felix, und an mich gewandt fragte er, ob sie Bescheid wüssten. Ich schüttelte den Kopf. Zwar wollte ich, dass sie Bescheid wüssten, doch zuerst wollte ich alles wissen.
Lea sah auf die Uhr. „Schon so spät? Wir sollten gehen, wenn wir noch Squash spielen wollen", meinte sie und stand auf.

Auch Connor erhob sich. „Tschüss", verabschiedeten sie sich, und Lea flüsterte im Vorbeigehen: „Du musst mir dann alles erzählen und auch, wieso du nun so schnell bist."
Ich nickte ihr zu, echt dankbar, dass sie ein Gespür für solche Situationen hatte. Wir setzten uns an den Tisch.
„Also was ist los?", frage Bene. Das nahm mich auch wunder.
„Ich bin auch einer der Jäger", sagte Nick.
„Was?", fragte ich erstaunt. Das hätte ich jetzt nicht gedacht, doch ich hätte auch nie gedacht, dass er ein Vampir sei.
„Ja, mein Vater ist ein Vampir und ein Jäger, und er ließ mich früh ausbilden. Es tut mir sehr leid, dass ich es dir erst jetzt erklären kann."
„Hmm", murmelte ich. Ich konnte ihn verstehen, doch ich war auch wütend, dass er mich wegen seines Vaters belogen und es mir verschwiegen hatte.
„Es tut mir leid, dass ich wegen meines Vaters unehrlich war, doch ich konnte es dir nicht erzählen. Du hättest es nicht verstanden und die ganze Geschichte hören wollen, und das konnten wir nicht riskieren, denn es gibt nur zwei Menschen, die wissen, dass wir Vampire und Senjas sind", versuchte Nick, mir seine Situation zu erklären. Er schien so verzweifelt, dass ich ihm nicht glauben würde und ihn nun hasste.
Klar war ich wütend. Wer wäre das schon nicht? Er hatte mich belogen, und das nicht nur einmal, sondern fast in allen Punkten. Ich fragte mich, was wohl die Wahrheit sei. Doch ich kam nicht dazu, noch weiter zu grübeln, denn Felix kam dazwischen:
„Beruhig dich, mein Sohn."
„Du bist sein Vater?", rief ich verwundert. Das war das Letzte, das ich gedacht hätte.
„Ja, bitte setzt euch, dann kann ich es euch erklären", meinte Felix. Wir setzten uns, ohne zu widersprechen.
„Also ich lernte Vivienne und Tom vor 50 Jahren bei einem Angriff kennen. Sie hatten den Auftrag, die Menschen von einem ‚Kalibus', einer fliegenden Bestie, zu befreien. Ich war dazumal erst gerade in einen Vampir verwandelt worden. Ihr wisst

bestimmt, dass das Verwandeln von Menschen beziehungsweise Senjas in einen Vampir verboten ist und man darf oder kann nicht beides sein. Entweder ist man ein Senja oder ein Vampir, und da Senja sicherer ist, beschlossen wir, dass Nick nur als Senja gelten solle. Nun weiter mit meiner Geschichte. Da ich gerade verwandelt worden war und noch keine Ahnung von dieser Welt hatte, wusste ich nicht, was ich tun sollte. Ich hatte mein ganzes Leben lang in dieser Stadt gelebt, hatte Freunde und Familie, doch von einem Tag auf den anderen wollte ich nur noch Blut. Doch dann kam diese Bestie und griff meine Familie an. Ich konnte sie nicht sterben lassen, also versuchte ich, die Bestie zu töten, was mir auch gelang mithilfe eurer Eltern. Ich denke, sie wussten, was ich war, doch sie wussten auch, dass sie es ohne mich nicht schaffen konnten. Also ließen sie mich helfen, und als die Bestie tot war, wollten sie mich töten, da ich mich nicht unter Kontrolle hatte und es die Aufgabe von Jägern ist, frisch verwandelte Vampire zu töten, wenn sie sich nicht unter Kontrolle hatten, so wie ich damals. Doch deine Mutter, Leandra, konnte es nicht. Sie wollte einen Weg finden, wie sie mir helfen könnte, und den fand sie auch. Ich lernte, meine Blutsucht und meinen Körper zu kontrollieren, und lernte zudem alles über diese Gemeinschaft. Als ich das konnte, veranlassten Tom und Vivienne, dass ich zum Jäger ausgebildet werden sollte. Natürlich, ohne dass die Senjas wussten, was ich war. Vampire und die Senjas haben zwar ein Bündnis, doch die Senjas hatten immer noch Angst vor den Vampiren und teilten außer den Versammlungen nicht viel mit uns. Grundsätzlich gehen sich die verschiedenen Spezies aus dem Weg."

„Also waren das an der Schule keine Vampire, die uns bewachten?"

„Nein, das waren Senjas, die mit einem Unsichtbar- und Schnelligkeitszauber ausgestattet wurden, denn die Senjas wollten die Vampire nicht an die Schule lassen, da sie Angst haben, wir würden dann von den anderen trinken", meinte Nick an Felix' Stelle.

„Ich dachte, das seien Vampire", sagte ich mehr zu mir selber.

„Erzähle weiter", bat Bene Felix.
„Ich war nun also ein Dämonenjäger. Ich konnte zwar keine großen Zauber wirken, denn ich war ursprünglich ein Mensch. Durch die Tests bin ich nur gekommen, weil Tom und Vivienne für mich den Zauberteil absolviert haben, und dank meiner Stärke ist das bis heute nicht aufgefallen. Wenige Jahre später wurden dann auch Vampire zum Jäger ausgebildet, doch da war es zu spät, mich zu outen. Auf einer meiner ‚Reisen' lernte ich dann Nicks Mutter kennen. Wir verliebten uns, und dann kam Nick zur Welt. Er war halb Vampir, halb Senja, was bedeutete: Ich musste ihr erzählen, wer und was ich bin. Leider konnte sie mit dieser Wahrheit nicht umgehen, und so trennten wir uns. Doch ich konnte Nick nicht bei ihr lassen, denn ich kannte seine Reaktion nicht. Also kontaktierte ich Tom. Er kannte einen Ausbildner, der ihm noch einen Gefallen schuldig war und der selber mit einem Vampir befreundet war. Also ließ ich Nick bei ihm ausbilden, und vor ein paar Jahren wurde ich dann selber zum Ausbildner", endete Felix seine Geschichte.
„Ich bin dann nach der Ausbildung auf vielen Missionen gewesen, und da meine Mutter viel reiste, fielen meine Missionen nicht auf. Ich sah meinen Dad nur zweimal im Jahr, bis meine Mom den Auftrag hier bekam und wir herzogen", ergänzte Nick. Ich musste das erst verdauen.
„Also deshalb hatten meine Eltern nichts dagegen, als ich neulich mit dir im Wald war. Sie wussten, wer oder besser was du bist", sagte ich eher zu mir selbst. Jetzt war mir klar, warum sie so erleichtert waren: Sie kannten seine Stärke und wussten, dass er ein Jäger war und mich beschützen konnte.
„Ja", antwortet Nick und bestätigte damit meine Vermutung. Ich wusste, dass das Töten von Menschen verboten war, aber das Verwandeln auch. Eigentlich logisch, überlegte ich weiter.
„Also wirst du jetzt meinetwegen umgebracht?", fragte ich Nick.
„Nicht, wenn wir es schaffen, das geheim zu halten", meinte Felix bestimmt.
„Aber wie soll das gehen?", wollte ich wissen. Ich wusste bis jetzt nicht einmal, was es bedeutete, ein Vampir zu sein.

„Bis jetzt wissen nur wir und Leo Bescheid", meinte Nick.
„Wenn das so bleibt und du lernst, dich zu kontrollieren und dich anzupassen, kann uns nichts passieren", sagte Felix.
„Und was passiert, wenn sie es herausfinden?", fragte Ben.
„Dann töten sie uns und Lia auch", meinte Felix, ohne zu zögern.
„Darum ist es sehr wichtig, dass ihr es niemandem erzählt, und mit ‚niemandem' meine ich ‚niemandem'!", ergänzte Felix.
„Ja, ich verspreche es", meinten Bene und ich gleichzeitig. Ich getraute mich nicht zu fragen, ob Lea auch zähle. Aber ich dachte, ich dürfe es ihr nicht sagen. Das machte mich fertig. Sie war meine beste Freundin. Sie wusste alles über mich. Doch ich konnte Nick und Felix nicht auch in Gefahr bringen. Sie hatten ihr Leben für meines riskiert. Ohne Nick wäre ich jetzt auch tot.
„Kann mir jemand erklären, was jetzt anders ist als vorher?", wollte ich wissen. Ich konnte zwar fühlen, dass ich jetzt stärker war. Doch ich musste wissen, welche Version der Wahrheit entsprach.
„Du bist jetzt schneller, stärker und heilst sehr schnell, und deine Sinne und Gefühle sind stärker. Jedoch musst du im Gegenzug Blut zu dir nehmen, du lebst ewig und musst verbergen, was du bist", meinte Nick kurz und bündig.
„Okay, und wie lerne ich, das zu kontrollieren? Und warum verspüre ich nicht den Drang, Blut zu trinken?", wollte ich wissen. Jetzt wusste ich, was ich zu erwarten hatte, auch wenn ich es nicht glauben konnte. Doch warum verspürte ich keinen Durst, wie es in den Filmen immer erklärt wurde und wie Felix und Nick gesagt hatten?
„Durch Willenskraft und Übung. Du musst versuchen, langsam zu gehen, keine schnellen Bewegungen zu machen, und darfst nicht zu viel heben, sodass es nicht auffällt. Du darfst jetzt nicht plötzlich viel besser sein als früher. Und das wegen des Blutes wissen wir nicht", meinte Felix. Bei ihm tönte das alles so einfach.
„Und was ist mit der Sonne? Kann sie oder Eisenkraut oder ein Holzpfahl ins Herz euch töten?", wollte Ben wissen. Nick lachte.
„Das macht uns alles nichts aus, doch man kann uns schon töten, indem man unser Herz verletzt. Also würde ein Holzpfahl ins Herz uns wohl auch umbringen", meinte Nick leicht amüsiert.

„Doch das ist sehr schwierig", dozierte Felix.
„Also lebst du ewig, und dein Körper verändert sich nicht mehr", fasste Ben zusammen.
„Ja, genau wie du", meinte ich und stupste ihn leicht. Senjas starben zwar auch einmal, doch sie lebten viel länger als Menschen, und ihr Körper veränderte sich ab einem gewissen Alter, meist zwischen zwanzig und dreißig Jahren, nicht mehr. Bis sie ein Alter erreicht hatten, in dem der Körper wieder zu altern begann, und dann starb er erst. Das konnte hundert oder tausend Jahre dauern, das hing vom Senja ab. Meine Mom und Tom zum Beispiel waren in diesem Jahr neunhundert Jahre alt geworden. Also sie wären neunhundert Jahre geworden, korrigierte ich mich. Dass Senjas so alterten, lag daran, dass wir uns mit den Demis verbunden hatten, die unsterblich waren. „Also jetzt weiß ich zwar, was wahr ist aus den Geschichten und was nicht, doch ich weiß immer noch nicht, was es mit dem Scheißblut auf sich hat!", sagte ich ungeduldig. Ich wurde langsam wütend und hungrig.
„Das kann ich dir auch nicht sagen. Ich habe jahrelang das Verhalten und Verwandeln der Vampire studiert, aber du bist anders. Du kannst dich kontrollieren und hast keinen Durst. Ich weiß nicht, woran das liegt, doch ich habe eine Idee. Kennt ihr den Spruch, mit dem man in die Seele eines anderen blicken kann? Man sieht, ob jemand mehr Gutes oder Schlechtes in sich trägt", sagte Felix.
Ich kannte diesen Spruch, den hatte meine Mutter früher immer verwendet, um mir zu zeigen, wie lieb sie mich habe. „See interius", murmelte ich. In der gleichen Sekunde wurde es sichtbar. Ich sah bei allen um mich herum ein Herz mit verschiedenen Farben.
„Wow", meinte Nick staunend, und auch die anderen starrten mich verwundert an. Was war los? Und dann sah ich es: Ich hatte nicht nur ein Herz, nein, ich hatte anderthalb. Wie konnte das sein? Ich hatte bis jetzt nur eines besessen, und das hatte auch anders ausgesehen. Das ganze Herz schimmerte in einem schönen goldigen Ton und hatte einen königsblauen Rand. Das halbe Herz hatte die Farbe eines schönen, knalligen Hellrots. Was bedeutete das? Ich wusste, dass das Gold mich als Senja

auswies und das Königsblau als Mensch, doch was war das Rot? Das musste der Vampir sein.

„Ich glaube, du bist doch das Mädchen aus der Prophezeiung", meinte Ben. Wie konnte er das jetzt sagen, und wie kam er darauf? „Ja, das muss es sein. Bei dir sieht man keinen einzigen dunklen Fleck, sogar das Rot ist so hell und schön, nicht wie bei uns. Bei uns ist es ein Dunkelrot wie Blut, und je böser wir sind, desto schwärzer ist es. Du bist das pure Gute", meinte auch Nick.

Ich konnte es nicht fassen, doch es gab keine andere Erklärung. Das erklärte, warum ich nicht den Drang nach Blut hatte; das erklärte, warum ich die Dämonen nicht hassen konnte. Doch ich wollte es nicht glauben. Ich wollte nicht das Prophezeiungsmädchen sein. Nicht ohne meine Mutter. Ich fing an zu weinen. Endlich konnte ich wieder trauern. Meine Tränen waren nicht mehr versiegt. Ich wollte stark sein, doch in diesem Moment schaffte ich es nicht. Es war zu viel. Ich brachte meine Mutter. Doch sie war nicht hier. Sie war weg. Ben, der neben mir stand, nahm mich in seine Arme. Es beruhigte mich, dass ich ihn noch hatte, und so verschlossen sich meine Tränendrüsen wieder. Jetzt sah ich mir Felix' Herz genauer an. Es war blutrot mit einem leichten Schimmern rundherum, was wohl bedeutete, dass er nicht so böse war, wie das Rot glauben ließ. Auch Nicks Herz war rot, doch heller mit einem goldigen Rand rundherum. Benes Herz war so wie immer, goldig mit blauem Rand, doch ein leichtes Trauerblau zog sich durch das Gold. Es sah wunderschön aus und so zerbrechlich.

„Aber was hat es sich mit diesen anderthalb Herzen auf sich?", wollte Nick wissen.

„Ich glaube, durch die Kraft deiner Mutter ist der Senja- und der Menschenteil gestärkt worden, und es sieht fast so aus, als wollten diese nicht Platz machen. Niemand will seinen Platz verkleinern oder sogar aufgeben, doch ein Teil jedes Teiles musste fort, um Raum zu schaffen. Es sieht danach aus, als wäre das der schlechte Teil in jedem der drei Gruppierungen gewesen", bemerkte Felix.

„Bin ich jetzt weniger zickig und wütend?", fragte ich hoffnungsvoll.

„Ich weiß es nicht. Doch wir sollten nicht darauf vertrauen, dass du kein Blut brachst", meinte Felix.

„Lass uns also jagen gehen, dabei können wir dir gerade zeigen, wie du dich ‚normal' verhältst", schlug Nick vor.

Ich hatte nichts dagegen, wollte rennen, nur noch rennen. Von Felix erfuhr ich, dass mein Dad bereits informiert war und dass Charlotte besser nichts erfahren solle, da sie bereits jetzt am Boden sei. Ich war auch dieser Meinung, also machten wir uns auf den Weg. Dann verabschiedete ich mich noch kurz von Bene, der sich heute vor der Ratssitzung noch mit dem Rat treffen wollte, wegen heute Abend. Ich fand es doof, dass er nicht mitkommen konnte. Doch es war nun mal so.

Kapitel 13

Wir waren im Wald angekommen und liefen jetzt einfach in eine Richtung. Wow. Ich fühle mich so frei wie noch nie in meinem Leben. Ich spürte die Erde unter meinen Füßen, den Wind in meinen Haaren und in meinem Gesicht, und ich roch den Frühling. Es war so wunderschön. Ich war erstaunt, wie schnell ich plötzlich laufen konnte, und noch mehr erstaunte mich, dass ich nicht stolperte oder fiel, denn ich sah jedes noch so kleine Hindernis bereits eine Ewigkeit im Voraus, was es für mich einfach machte, allem einfach auszuweichen. Jetzt verstand ich, wie Nick letztes Mal im Wald so sicher gehen und laufen konnte.
„Hörst du das? Da ist ein Haase, etwa einen Kilometer rechts von dir", rief Felix mir zu.
Zuerst konnte ich ihn nicht ausmachen, doch ich versuchte, mich besser darauf zu konzentrieren. Plötzlich hörte ich ein leises Rascheln, das sich immer wiederholte. Das musste der Hase sein, der davonhoppelte. Leise machte ich mich auf den Weg Richtung Haase. Je näher ich kam, desto besser konnte ich ihn hören. Das Rascheln und Hoppeln wurde immer lauter, bis ich ihn nicht nur hören, sondern auch sehen konnte. Es war ein wunderschöner weißer Hasse mit niedlichen kleinen Pfoten. Ich beobachtete ihn noch eine Weile, bis er sich verzog.
„Du sollst ihn nicht beobachten, sondern aussaugen", meinte Felix hinter mir leicht verärgert.
„Ich habe keinen Hunger. Ich kann doch nicht einfach einen kleinen niedlichen Hasen aussaugen!", meinte ich protestierend.
„Aber etwas musst du ja essen", meinte Felix.
Nick war hinter uns aufgetaucht und verteidigte mich.
„Also gut, aber du musst irgendwann etwas essen", meinte Felix.
„Kann ich mich nicht von Blutbeuteln ernähren?", fragte ich.
„Doch, aber wie willst du an diese herankommen?", fragten Felix und Nick fast gleichzeitig.
„Ich klau sie", meinte ich wie selbstverständlich. Ich hatte zwar noch nie etwas wirklich geklaut, wenn man von den Gummibärchen

in der dritten Klasse mal absah. Aber das war mir jetzt egal. Ich wollte keine Tiere oder Menschen aussaugen, und wenn es das Blut aus Beuteln auch tat, hatte ich nichts dagegen.
„Du willst sie klauen?", frage Nick erstaunt.
„Ja!", erwiderte ich.
„Das hätte ich dir nie zugetraut", fuhr er fort.
Felix war inzwischen jagen gegangen.
„Hmm", brummte ich nur. „Hilfst du mir?", wollte ich nun doch wissen.
„Ja, klar. Ich lass mir doch nicht entgehen, wie du das machen willst", sagte Nick lachend.
„Lach du nur. Du wirst dich noch wundern", dachte ich nur und wandte mich ab.

Stunden später, als ich wieder zu Hause war, erwartet mich Lea bereits ungeduldig. Ich hatte vergessen, dass sie noch kommen wollte.
„So, jetzt erzähl schon", drängelte sie.
Wir saßen im Wohnzimmer und aßen Kuchen, den sie mitgebracht hatte. Er schmeckte so wie immer. Nicht so, wie Nick gesagt hatte. Er meinte, als Vampir schmecke das menschliche Essen eklig und ungenießbar. Doch zum Glück war ich nicht nur Vampir. Ich war so froh, dass ich nicht bluthungrig war, sondern normal hungrig auf normales Essen! Nick und sein Vater hatten mir im Wald noch ein paar Tricks beigebracht, wie ich mich „normal" verhalten müsse. Zum Beispiel das normale Gehen und Rennen. Das hatte bereits super geklappt, deshalb dachte ich nicht, dass ich das weiter üben müsse. Denn es war ziemlich langweilig, langsam zu gehen und zu joggen. Jedoch hatte ich noch Mühe zu verbergen, dass ich mehr sah, roch oder hörte als andere. Ich musste mich unbedingt daran halten, „normal" zu wirken, was schwieriger war als gedacht mit meinem losen Mundwerk. Ich konzentrierte mich wieder auf Lea. Was sollte ich ihr bloß erzählen? Ich hatte bis jetzt noch keine Zeit gefunden, mir etwas auszudenken, also fing ich einfach mit Reden an: „Er war hier wegen der Ratssitzung, die heute Abend stattfinden soll. Ich soll

dort ein paar kurze Worte zu dem Vorfall erzählen und auch ein paar zu meiner Mutter."

„Hat er euch nicht erzählt, was genau passiert war? Wer das gewesen ist, der eure Eltern umgebracht hatte?", wollte sie weiterwissen.

Ich hatte vergessen, dass nur die Jäger und der Kreis etwas von den Dämonen und der Geschichte der Senjas wussten und sie somit keine Ahnung hatte. Es stimmte: Felix hatte uns gebeten, etwas zum Vorfall und über unsere Eltern zu sagen, doch er hatte uns auch erläutert, dass der Tod meiner Mutter und Benes Vater als normaler Mord an die Öffentlichkeit gehe und nicht als Dämonenvorfall. Denn nur der Rat durfte das wissen, sonst würde eine Massenpanik ausbrechen.

„Ja, er sagte, das sei wahrscheinlich der Serienmörder gewesen, der alle zwei Jahre sein Unwesen treibt. Er sagte auch, dass sie noch ermittelten und den Täter hoffentlich bald fänden", erzählte ich die Geschichte des Rats weiter. Ich fand diese Lüge schrecklich, doch mir blieb nichts anderes übrig.

„Das tut mir sooo leid", meinte Lea und nahm mich in den Arm. Mir tat es auch leid. Ich musste sie anlügen und sie glauben lassen, dass Bene und ich noch kurz etwas einkaufen gewesen wären und dann unsere Eltern so vorgefunden hätten. Sie wären angeblich überrascht und dann von hinten erschossen worden, sodass sie sich nicht hätten wehren können und die Leute keine Fragen stellten. Ich konnte es immer noch nicht glauben. Es war jedoch auch erst einen Tag her. Doch es kam mir vor wie eine Ewigkeit. Ich hatte so viel Neues erfahren. Ich hatte neue Fähigkeiten und nun auch eine Aufgabe: die Aufgabe, die Prophezeiung zu erfüllen, wie mir in diesem Augenblick wieder bewusst wurde. Ich wollte nicht daran denken. Ich wusste nicht, wie ich das erledigen oder meistern sollte, und die Dämonen waren immer noch hinter uns her. Denn sie hatten nicht gekriegt, was sie wirklich wollten: mich und Bene umzubringen und so die Erfüllung der Prophezeiung zu verhindern. Trotz allem war ich froh, dass Lea hier war und für mich da war, egal was auch passieren würde.

Um Punkt achtzehn Uhr rief uns mein Dad zum Essen. Charlotte hatte heute fast den ganzen Tag geschlafen, und mein Dad hatte angefangen, sich um die Beerdigung zu kümmern und danach um Charlotte. Sie sah furchtbar aus. Ich verstand sie ja, doch sie benahm sich nicht wie eine Erwachsene. Sie sollte sich zusammennehmen und versuchen, eine gute Mutter zu sein, doch wie es schien, hatte heute mein Dad gekocht. Ich war froh darum, dass er die Beherrschung behielt und sich um alles kümmerte, auch um Charlotte. Denn ich könnte das nicht! Mich nervte das ständige Geheul, und auch Bene schien ihr aus dem Weg gegangen zu sein. Er hatte sich heute mit dem Rat getroffen, um die Sitzung heute Abend vorzubereiten. Als wir alle am Tisch saßen, schöpfte mein Dad allen Spaghetti mit Tomatensoße. Das war eines der Gerichte, die er kochen konnte, und ich musste schmunzeln bei dem Gedanken mit meinem Dad in der Küche.
„Schmeckt gut", meinte ich zu Dad, und ich meinte es ernst. Es schmeckte wirklich gut, und das, obwohl ich jetzt jede kleine Zutat schmeckte und zuordnen konnte.
„Danke", meinte er und berichtete uns von dem Bestattungstermin. Er hatte einen Termin übermorgen abgemacht, um alles vorzubereiten und den Grabstein auszusuchen, sodass nächstes Wochenende alles bereit wäre für die Beerdigung. Leider war es in Rosewood üblich, den Grabstein bereits bei der Beerdigung zu haben. Nur in seltenen Fällen wurde eine Ausnahme gemacht. Dieses Thema stimmte mich traurig, doch ich riss mich zusammen. Ich wollte schließlich dabei sein und beim Aussuchen des Grabseins helfen. Auch Charlotte und Bene sahen traurig aus, doch auch sie wollten dabei sein und rissen sich zusammen – was mich bei Charlotte erstaunte, doch ihre Tränen waren versiegt, und sie konnte sogar wieder lächeln, als Bene und ich den Tisch abräumten, auch wenn es ein trauriges Lächeln war, worüber ich trotzdem froh war.

„Was soll ich bloß anziehen?", wollte ich von Bene wissen.
„Zieh doch einfach Jeans und das schöne schwarze Oberteil dort an", meinte er hilfsbereit.

Okay, mir war es eigentlich egal. Ich hatte keine Lust, nochmals alles zu erzählen. Doch ich gehörte nun zum Rat, und das wurde erwartet. Bene hatte mir erzählt, dass wir heute aufgenommen werden würden, da unsere Eltern im Rat gewesen waren und sie uns so helfen wollten. Ich war froh darüber; so konnten wir mitbestimmen und wurden informiert, wenn sich etwas Neues im Umgang mit den Dämonen ergab.

„So, wir sollten langsam gehen", rief Charlotte von unten. Sie sah jetzt schon viel besser aus als zuvor.

„Wir kommen", rief Bene zurück. Schweigend machten wir uns auf den Weg.

Als wir beim Hauptquartier ankamen, war ich ziemlich nervös. Was erwarteten die wohl von uns? Kaum hatte ich diesen Gedanken fertig gedacht, stand Nick vor uns.

„Hey", begrüßte er uns und nahm mich in den Arm. Natürlich war er heute auch dabei, denn er war schließlich ein Jäger und gehörte so automatisch zum äußeren Ring des Rates.

Gemeinsam gingen wir in den großen Saal im obersten Stock. Unterwegs begegneten wir vielen Leuten, die uns noch ihr Beileid aussprechen wollten. Ich kannte den größten Teil nicht, und so murmelte ich nur: „Vielen Dank." Ich war froh, als wir nach einer gefühlten Ewigkeit endlich beim großen Saal ankamen. Nick führte uns zum inneren Kreis, wo wir heute unsere Plätze einnehmen würden. Ausnahmsweise durften Charlotte und mein Dad auch dabei sein. Doch Nick musste zu den anderen Sitzen, da er nicht zum inneren Kreis gehörte. Dafür begrüßten uns Felix, Monika, Moms beste Freundin, und Andrea. Monika war die Vertretung der Vampire, Felix der Vertreter der Jäger und Andrea die Vertreterin der Elben, was man an ihren spitzen Ohren erkennen konnte. Sie wirkten alle sehr sympathisch und strahlten eine gewisse Macht aus, die mich faszinierte.

„Bitte nehmt Platz", tönte Monikas Stimme durch den Saal. Ihre Stimme klang mächtig und bestimmend und wurde durch einen Zauber verstärkt.

Bene und ich setzten uns. Ich tastete nach Benes Hand, denn plötzlich überkam mich die Trauer auf einen Schlag. Eigentlich hätte meine Mutter dort stehen und mithelfen sollen, den Rat zu leiten, und nicht tot sein! Und das nur, weil sie mich hatte retten wollen!
Bene fuhr mit dem Finger leicht über meinen Handrücken, um mich zu beruhigen, und tatsächlich: Ich beruhigte mich so weit, dass ich mich auf Monikas Stimme konzentrieren konnte.
Unterdessen hatte sich der Saal gefüllt, und alle Mitglieder saßen auf ihren Plätzen. Es war mucksmäuschenstill, als Monika die Ereignisse der letzten Wochen zusammenfasste. Als sie zu dem Tod unserer Eltern kam, übergab sie uns das Wort, und Bene und ich erzählten kurz, was vorgefallen war. Wir hatten uns im Vorfeld abgesprochen, und so kam mein Text monoton und ohne zu stocken über meine Lippen. Ich war froh, als Monika wieder das Wort ergriff und ich mich wieder setzen durfte.
„Wir bedauern Viviennes und Toms Tod sehr. Sie haben mitgeholfen, diesen Rat gut und souverän durch diese dunklen Zeiten zu führen. Sie haben immer einen kühlen Kopf bewahrt und haben immer ihr Bestes gegeben hier im Rat wie auch persönlich. Sie haben uns mit Rat und Tat zur Seite gestanden und uns unterstützt, wo immer es ging. Wir werden diese zwei vermissen und in guter Erinnerung behalten. Nun möchte ich euch um eine Schweigeminute für Vivienne, Tom und ihre Familie bitten, die heute auch anwesend ist", sagte Monika voller Ehrfurcht und auch ein wenig Trauer.
Ich war dankbar für ihre Worte. Sie gaben mir das Gefühl, dass ich nicht allein mit meiner Trauer war. Ich nutzte diese Minute Gedenkzeit, um mich an die schönen Momente zu erinnern. Letzten Sommer waren wir alle zusammen in Korsika gewesen. Ich erinnerte mich, wie wir alle zusammen ins Meer gelaufen waren und dabei einen Riesenkrach gemacht hatten, weil das Wasser doch noch ein wenig kalt gewesen war. Die Leute um uns herum hatten uns richtig bescheuert angesehen und mussten sich wohl gedacht haben, dass wir nicht ganz bei Trost seien.

Doch uns war es egal gewesen. Wir hatten unseren Spaß beim gegenseitigen Anspritzen gehabt.

„Vielen Dank für die Minute", meinte Felix und holte mich so aus meinen Erinnerungen. „Im Anschluss werden wir das weitere Vorgehen im inneren Kreis besprechen. Doch zuerst möchten wir noch die neuen Mitglieder für den äußeren Ring begrüßen und ihnen den Geheimhaltungsschwur abnehmen. Im Anschluss findet dann noch eine Willkommensparty statt. Doch eins nach dem anderen. Zehn Schüler haben dieses Halbjahr die Jägerprüfung erfolgreich bestanden und werden in den äußeren Ring des Rates aufgenommen. Wir gratulieren Jana Klingler, Timon Sommer, Katrin Janea, Salome Steiner, Kim Suter, Simon Willi, Maurus Katitch, Janick Vogel, Leandra Grey und Benjamin Moonlight herzlich zur bestandenen Prüfung. Bitte kommt alle nach vorne, um den Schwur zu sprechen. Auch gibt es acht neue Senjas-Mitglieder, die die Ausbildung erfolgreich abgeschlossen haben und auch in den äußeren Kreis aufgenommen werden. Wir gratulieren Silvia Benet, Jantal Johannson, Kilian Teyney, Pascal Halson, Tim Meier, Aline Kircher, Melanie Linard und Florian Redan. Bitte kommt auch nach vorne. Auch haben wir zwei Elben, die in den äußeren Kreis eintreten. Wir gratulieren Nidja und Eban zur bestandenen Prüfung. Bitte tretet vor. Leider haben wir heute keine neuen Anwärter auf der Seite der Vampire", schloss Felix seine Aufzählung.
Einige der Namen kannte ich von der Schule oder vom Training. Andere wiederum sagten mir gar nichts. Ich hatte schon beinahe vergessen, dass ich jetzt eine Jägerin war. Mir kam es vor, als wäre diese Prüfung eine Ewigkeit her. Wir waren aufgestanden und hatten uns zu den anderen in die Mitte begeben.
Nach dem Applaus führ Felix fort: „Vis ad comitatum accedat?", fragte er uns laut, was so viel hieß wie: „Möchtet ihr in unseren Kreis aufgenommen werden?"
„Etiam ego", riefen wir im Chor zurück, was so viel hieß wie „Ja, ich will".

Die nächste Frage, die er uns stellte, lautete: „Schwört ihr, die Geheimnisse des Rates unter Verschluss zu halten und mit dem Leben zu beschützen?" – „Iuret quidem sepositam et servare secreta consilii vita sua tueri?", und wir antworteten: „Ja, ich schwöre" – „Sic juravi".
Und die letzte Frage lautete: „Auxilium et consilium bonum iurare rem gerere vetent?" – „Und schwört ihr auch, den Rat zu unterstützen, zusammenzuhalten und für das Gute zu kämpfen?" Wir antworteten wieder mit „Ja, ich schwöre" – „Sic juravi".
Jetzt rief die ganze Gemeinschaft: „Cum bene additum nostra societate separatum", was so viel bedeutete wie, dass wir jetzt aufgenommen wurden.
Etwas in meinem Inneren hatte sich verändert: Ich hatte das Gefühl, dass ich jetzt dazugehörte und eine Verantwortung zu tragen hätte.
„Das liegt an dem Zauber, den wir gerade gesprochen haben. Wir tragen jetzt Mitverantwortung für diese Gemeinschaft", meinte Bene in meinen Gedanken.
Ja, es stimmte, was er sagte. Nick hatte dieses Gefühl vorhin auch erwähnt. Bis jetzt hatte ich nicht gewusst, was es zu bedeuten hatte, doch jetzt wusste ich es: ein Gefühl der Verbundenheit, das schwer zu erklären war.

Wir hatten uns wieder an unsere Plätze gesetzt, und Monika übernahm den nächsten Teil. „Da unsere Führung, also der innerste Kreis, jetzt zwei Mitglieder weniger hat, müssen wir diese zwei Plätze neu belegen. Nach Tradition bekommen die Familienmitglieder der ausgeschiedenen Mitglieder den Vorrang, diese Position zu übernehmen. Leandra und Benjamin haben sich bereit erklärt, dies zu tun und uns zu unterstützen. Nun bitte ich euch, noch ein paar Worte zu sagen", endete sie.
Bene und ich standen wieder auf. Wir hatten uns im Vorfeld überlegt, was wir sagen möchten, und so fing ich an: „Ich möchte mich bedanken, dass ihr alle hier seid und dass ihr uns mit Rat und Tat dabei unterstützt, mit dem Tod unserer Eltern klarzukommen und nach vorne zusehen. Ich denke, es ist auch in Bens Interesse,

wenn ich sage, dass das unter anderem auch ein Grund ist, weshalb wir uns entschieden haben, in den inneren Kreis einzutreten. Wir möchten dabei helfen, die Dämonen zu bekämpfen, und somit Gerechtigkeit für unsere Familie und alle anderen Opfer. Ich möchte verhindern, dass weitere Personen zu Schaden kommen und Familien zerstört werden. Dafür werde ich alles geben und bin auch bereit, ein gewisses Risiko einzugehen. Ich möchte das Vermächtnis meiner Mutter fortsetzen und versuchen, den Menschen und euch zu helfen, so, wie sie es getan hat. Zwar kann ich nicht versprechen, dass ich keine Fehler mache oder dass ich sie ersetzen werde, denn das kann ich nicht! Niemand kann das! Doch ich werde mein Bestes geben, um uns in eine bessere und hoffentlich dämonenfreie Zukunft zu führen."

Als ich geendet hatte, fingen die Leute an zu klatschen. Ich hatte wohl die richtigen Worte gefunden. Jetzt erst entspannte ich mich ein wenig.

Nachdem der Applaus nachgelassen hatte, meldete sich Ben zu Wort: „Wie Leandra bereits gesagt hat, möchte auch ich gerne in den inneren Kreis eintreten, um das Vermächtnis meines Vaters fortzusetzen und um die Dämonen zu töten, die uns das angetan haben. Ich möchte mein Wissen und meine Kräfte für das Gute einsetzten und versuchen, zusammen mit euch die Welt ein bisschen besser zu machen. Ich möchte, dass mein Vater stolz auf mich sein kann, und ich möchte für das Gute kämpfen und, wenn es sein muss, auch sterben, wie mein Vater und Vivienne es getan haben", schloss er seine Rede.

Ein Applaus erklang. Ich nahm seine Hand, und wir setzten uns wieder. Seine Hand spendete mir Trost und half mir, diesen schwierigen Tag und die mitleidigen Blicke der anderen zu überleben.

„Danke", meinte ich in Gedanken zu ihm.

„Wofür?", wollte er wissen.

„Für deine Worte und dass du hier bei mir bist. Dass du mit mir versuchst, die Aufgaben unserer Eltern zu übernehmen und ..."

„Kein Problem. Ich danke dir", unterbrach er mich.

„Wofür?", fragte ich ihn jetzt dasselbe. Gleichzeitig musste ich ein bisschen lächeln, und auch er lächelte und antwortete:

„Dafür, dass du mich verstehst, mir zuhörst, mit mir diese schwere Zeit durchmachst, mich nicht hasst, wenn ich etwas Falsches sage, und mit mir die Blicke erträgst."
„Die sind schlimm, oder?"
„Ja, hast du den von unserem Gedankenabschirmtrainer gesehen?"
„O ja", meinte ich kopfschüttelnd, und wir konzentrierten uns wieder auf Felix, der die Leute gerade gefragt hatte, ob jemand etwas dagegen habe, wenn wir die Plätze im inneren Kreis übernehmen würden. Ich war froh, als sich niemand dagegen aussprach.
„Nun müsst ihr auch noch einen Schwur leisten", erklärte Andrea uns. Hier würden wir zuerst gefragt werden, ob wir in den inneren Kreis eintreten mochten, dann würden wir versprechen müssen, die Senjas und die Demis zu vertreten und uns für sie einzusetzen. Weiter müssten wir geloben, zusammenzuarbeiten, die Meinung der anderen zu respektieren und gemeinsam die bestmögliche Lösung für alle zu finden. Auch müssten wir schwören, nicht nur für unsere Gemeinschaft zu denken und zu handeln, sondern für die ganze Welt und alle Spezies. Wenn wir das alles versprochen hätten, würden wir zuerst vom äußeren Kreis genehmigt werden, dann vom inneren und zuletzt noch von allen Stellvertretern.
Der innere Kreis fing an, die Worte zu sprechen: „Vis ad interiorem circulum?" Diese Worte tönten machtvoll durch den Saal.
Wir antworteten: „Ecce ego volo."
Die nächste Frage hallte genauso gewaltig von den Wänden: „Promittis tibi Senja Demis et respondebit tibi, et posuit ea in re accidit?"
„Etiam dico", antworteten wir.
„Promittis tibi cooperentur, venerari et aliorum opiniones cooperantur optima solutio ad omnes?", erklang die nächste Frage.
Wieder antworteten wir mit: „Etiam dico."
„Promittis cogitare et agere non solum communitati nostrae, sed toti mundo et omnibus speciebus?", wurde die letzte Frage gestellt, und wir versprachen es: „Etiam dico."
„Suscipit ac promissio", erklang es lautstark aus dem äußeren Kreis, und auch der innere Kreis nahm uns an: „Suscipit ac

promissio." Ganz zuletzt wurde unser Versprechen noch vom innersten Kreis genehmigt: „Suscipit ac promissio."
Und auch jetzt wieder hatte ich ein gutes Gefühl im Bauch. Ich konnte nun etwas bewirken und bewegen, war stolz und froh, jetzt ein Teil des innersten Kreises zu sein.

Nachdem die Magie wieder ein bisschen nachgelassen hatte, ergriff Andrea das Wort: „Nun geht es noch darum, die neuen Oberhäupter des Rates zu bestimmen. Wir haben uns bereits beraten und sind uns einig, dass wir heute ein übergangenes Oberhaupt wählen und, sobald Leandra und Benjamin bereit sind und das auch wollen, ihnen die Position der Oberhäupter übertragen Ist das okay für euch?", fragte Monika uns.
Wir nickten als Zustimmung, und sie fuhr fort. Ich war überrascht und glücklich, dass sie uns als Oberhaupt wollen. Das war für mich eine Riesenehre, und ich hoffte, dass ich bald so weit wäre.
„Weiter haben wir uns gedacht, dass Felix und Monika die Position der Oberhäupter vorläufig übernehmen, da sie die meisten Erfahrungen haben. Bitte jetzt melden, wenn das für jemanden nicht okay sein sollte." Niemand meldete sich. „Vielen Dank für euer Vertrauen und Gratulation an Felix und Monika", fuhr sie fort, und wir klatschen. Nun ging es noch daran, den Schwur abzulegen, um als Oberhäupter aufgenommen zu werden. Zuerst fragte Andrea Felix und Monika, ob sie bereit seien, diese Gesellschaft ohne Vorbehalte zu führen: „Ducam te ad cuneum istum non dubium?", und sie antworteten: „Immo paratus sum", „Ja, ich bin bereit". Auch dieser Zauber hallte mächtig von den Wenden wider.
Die nächste Frage lautete: „Versprecht ihr, diese Gemeinschaft mit Verantwortung, Respekt und Geduld zu führen, für die Personen da zu sein, zuzuhören und den inneren Kreis zu führen und auch Streit zu schlichten?" – „Cum spondes hanc requiram, ut patienter agam benevolum, populus ad interius flectendum esse audire et quaestiones?"
„Etiam dico", sprachen sie die Antwort, und die letzte Frage lautete: „Cum spondes hanc requiram, ut patienter agam benevolum.

Populus ad interius flectendum esse audire et quaestiones?", was so viel hieß wie: „Versprecht ihr, diese Gemeinschaft mit Verantwortung, Respekt und Geduld zu führen, für die Personen da zu sein, zuzuhören und den inneren Kreis zu führen und auch Streit zu schlichten?"
„Etiam dico", versprachen sie es wieder.
Und nun sprachen alle: „Quapropter contestor vos in civitate principes." Mit diesen Worten wurde der Zauber vollendet und Felix und Monika als die neuen Oberhäupter gewählt.

Nach ein paar Minuten übernahm Felix wieder das Reden: „Das weitere Vorgehen wird im Anschluss noch im inneren Kreis besprochen und geplant. Die Jäger werden dann so bald wie möglich über ihre Aufgaben informiert. Doch jetzt gibt es für euch alle noch eine Willkommensparty, um das Bestehen der Prüfungen zu feiern. Vielen Dank für euer Erscheinen", schloss Felix die Versammlung.
Die Ersten verließen den Saal, und auch wir standen auf. Mein Dad und Charlotte bedankten sich beim Vorstand für die Versammlung und die netten Worte und gingen dann auch. Bene und ich warteten noch einen Moment, bis wir uns auf den Weg ins Büro machten.
„Ich hätte nicht gedacht, dass sie uns später als Oberhäupter möchten", meinte ich zu Bene.
„Ich auch nicht, doch ich hätte mich früher oder später sowieso für diesen Posten beworben", erwiderte er.
Als wir im Büro ankamen, war Monika gerade dabei, einen Zauber zu sprechen, auf dass keine Informationen nach außen dringen würden. Die anderen beiden waren auch bereits anwesend.
Wir setzten uns, und Monika ergriff das Wort: „Nochmals vielen Dank, dass ihr euch bereit erklärt habt, in den innersten Kreis einzutreten, und mitwirken möchtet. Die nächste Zeit wird schwierig, und wir haben viel zu tun. Zum einen müssen wir euch und die Stadt beschützen, wir müssen schauen, dass nichts an die Öffentlichkeit gelangt, und wir müssen die Dämonen bekämpfen und vernichten."

„Morgen Abend ist Vollmond, somit können wir den Schutz um unsere Stadt erneuern und verstärken", meinte Felix.
„Ja, dafür müssen wir den Hexen nur noch eine Nachricht zukommen lassen", meinte Andrea.
„Gut, ich werde dies im Anschluss an die Versammlung vorbereiten und euch beiden erklären, wie man die Nachricht übermittelt. In Zukunft wird das dann eure Aufgabe sein", erklärte Monika uns. Wir nickten als Zustimmung, und sie fuhr fort: „Als Nächstes müssen wir das alte Konzept in Bezug auf die Prophezeiung überarbeiten, und auch für die Dämonen brauchen wir einen neuen Plan."
Wir diskutierten eine halbe Stunde lang, kamen jedoch auf keinen grünen Zweig.
„Wie wäre es, wenn wir das auf morgen Abend verschieben würden? Somit haben Benjamin und Leandra Zeit, sich Gedanken zu machen und sich einzulesen", schlug Andrea vor.
Auch wir anderen waren dafür, denn wir waren ziemlich kaputt und hatten keine Motivation mehr, heute einen definitiven Vorschlag zu unterbreiten.

„Also um eine Nachricht zu senden, müsst ihr die Nachricht aufschreiben. Dann stellt ihr euch vor, dass diese Nachricht der ganze Hexenzirkel bekommt. Am besten verwendet ihr dafür dieses Bild, da ihr sie ja noch nie gesehen habt, und wenn ihr das Bild in eurem Kopf seht, lasst ihr es los und sagt: ‚Emindo el dierio.' Danach seht ihr ein helles Leuchten in euren Gedanken, das bedeutet, dass ihr die Nachricht erfolgreich übermittelt habt", erklärte uns Monika den Vorgang, und da sie keine Senja war, durften wir unsere erste Nachricht an den Zirkel übermitteln. Nachdem das geklappt hatte, machten wir uns auf den Weg zu den anderen.
Der große Saal war nicht wiederzuerkennen: Überall hingen Lichter, und Musik wurde gespielt. Kaum waren wir angekommen, kam meine Grandma auf uns zugelaufen. Eigentlich war sie Bens Großmutter, aber da meine beiden Großmütter bereits gestorben waren, war sie für mich meine Großmutter.

„Hallo, Grandma", riefen wir und warfen uns in ihre Arme. Sie drückte uns.
„Hallo zusammen", antwortete sie und lächelte uns an.
„Was machst du denn hier?", wollte Ben wissen.
„Ich gehöre zu diesem Verein!", sagte sie empört lachend, bevor sie wieder ernst wurde: „Ich habe gehört, was passiert ist. Es tut mir so unendlich leid", sagte sie und zog uns nochmals in ihre Arme.
Ich war froh, dass sie hier war. Mit ihr würde es einfacher sein, das alles zu überstehen.
„Ihr habt euch schon gefunden", meinte mein Dad, der gerade mit Charlotte auf uns zukam.
„Habt ihr das gewusst?", wollte ich wissen.
„Ja, sie hat sich heute Morgen angekündigt", meinte Charlotte.
„Wie geht es euch?", wollte Grandma wissen, als wir uns ein Getränk geholt hatten.
„Ich kann es momentan noch nicht wirklich fassen", antwortete ich ihr.
„Mir geht es ähnlich", meinte auch Ben.
„Es wird alles wieder gut. Ihr wollt das zwar nicht hören, doch ihr werdet es schaffen, und das wird euch stärker machen", beruhigte Grandma uns.
Ich konnte das nicht glauben, wie sollte ich das schaffen? Ich hatte eine der wichtigsten Personen in meinem Leben verloren, und es schmerzte, auch nur eine Sekunde daran zu denken.
Plötzlich überkam mich ein unglaublich starkes Gefühl von Hunger. Ich konnte nicht mehr klar denken. Ich musste etwas essen. „Ich geh zum Buffet", murmelte ich und verzog mich schnell. Als ich dort ankam, schnappte ich mir das Erste, was ich fand. Iii, schmeckte das eklig! Es war ein Tonsandwich. Ich hasste Ton. Doch ich schluckte es runter, denn ich hatte so einen Hunger, der mir keine andere Wahl ließ. Kaum hatte ich es gegessen, schnappte ich mir ein Stück Brot. Doch auch das nützte nichts. Ein süßer, aromatischer Duft stieg mir in die Nase, und ich konnte dem Geruch nur noch folgen. Je näher ich kam, desto mehr roch ich es. Ich roch auch noch den starken

Geruch von Schweiß, den ich einfach ignorierte, denn ich hatte HUNGER! Ich gelangte in den Kampfraum, wo die neuen Jäger ihr Können zeigten. Schnurstracks lief ich um die Kämpfenden herum und gelangte in den Verarztungsraum. Warum war ich hier? Hier gab es nichts zu essen! Doch dann realisierte ich: Ich wurde von dem Geruch des Blutes angezogen! Mir wurde schlecht bei dem Gedanken, dass ich den Verletzten einfach aufessen wollte. Doch ich konnte nicht umkehren, der Drang nach Blut wurde immer stärker.

„Was machst du denn hier?", wollte der verletzte Kerl von mir wissen, als ich einfach so in das Zimmer platzte.

Ich konnte ihm nicht antworten, ich wollte sein Blut. Ich wollte dagegen kämpfen, doch wie bereits zuvor hatte ich keine Chance – der Hunger trieb mich. Mit einem schnellen Schritt war ich bei ihm und zerriss den Verband um seinen blutenden Arm. Als die Wunde frei war, fuhr ich mit der Zunge über die Wunde. Sie war nicht besonders tief. Doch es blutete immer noch wie Sau. Zu meinem Glück. Denn ich brauchte es. Ich musste es haben, und ich nahm es mir. Ich fuhr mit meiner Zunge über die Wunde, bis sie aufhörte zu bluten. Ein Gefühl der Zufriedenheit durchströmte mich. Ich hatte keinen Hunger mehr. Kaum war ich wieder ich, kam die Verzweiflung: Was hatte ich getan? Wie konnte ich nur? Hatte ich ihn verletzt? Langsam sah ich auf.

Der Kerl starte ungläubig auf seine Wunde. „Wie hast du das geschafft?", wollte er wissen.

„Was geschafft?", fragte ich zurück. Wie konnte er diese Frage voller Erstaunen und Zufriedenheit aussprechen? Ich trat näher und sah seine Wunde an. Doch es gab keine mehr. Man konnte nicht mal mehr erahnen, wo sie gewesen war. Ungläubig sah ich mich um. Was sollte ich jetzt tun? Ich konnte ihm ja nicht die Wahrheit erzählen. Doch was war die Wahrheit, und was wusste er noch?

„Nick, ich habe etwas Dummes gemacht. Komm bitte sofort ins Arztzimmer im großen Saal", rief ich Nick verzweifelt in Gedanken. Er konnte mir sicher helfen. Er musste. In der Zwischenzeit musste ich herausfinden, was dieser Typ noch wusste oder was

er glaubte, was passiert sei. Ich drang in seine Gedanken ein. Es war einfacher, als ich gedacht hatte, denn dieser Typ hatte seine Barriere offenbar fallen lassen. In seinen Gedankten sah ich, wie ich hereinkam, wie ich ihn komisch ansah und dann die Wunde behandelte. Mehr konnte ich seinen Gedanken nicht entnehmen.
„Was ist passiert?", rief Nick, als er hereingestürmt kam.
„Nichts, sie hat mich bloß verarztet", meinte der Unbekannte und verschwand.
„Ich habe sein Blut getrunken", sagte ich voller Scham.
„Du hast was?", wollte er wissen.
„Ich wollte das nicht, es ist einfach ...", wollte ich erklären, doch Nick unterbrach mich. „Du hast ihn nicht ausgesaugt?", fragte er ungläubig.
„Nein, ich habe nur das Blut, das aus seiner Wunde kam, getrunken", meinte ich.
„Das ist komisch. Normalerweise kann man nur schwer aufhören", antwortete Nick.
„Auf einmal war ich satt und wollte nicht mehr. Doch weißt du, was noch viel komischer ist? Es gibt keine Verletzung mehr, und er erinnert sich nur daran, wie ich ihn geheilt habe", erwiderte ich.
„Du bist kein normaler Vampir", stellte er fest.
„Was willst du mir damit sagen?", fragte ich mit einem bedrohlichen Unterton. Ich war schon beinahe ein bisschen wütend, doch Nick beruhigte mich: „So meinte ich das nicht! Ich wollte damit bloß sagen, dass sich der Hunger bei mir nie legt. Ich habe immer Hunger. Außerdem bleiben Rückstände von der Bisswunde zurück."
„Hmm, bei ihm hat sich die Wunde geschlossen, und man sieht nichts mehr", meinte ich.
„Das ist gut so", erwiderte Nick und führte mich wieder zu den anderen. Auf dem Weg erzählte er mir noch, dass es normal sei, dass das Opfer vergesse, was passiert sei. Ich war richtig froh darüber.
Als wir zurückkamen, wollte Ben wissen, wo wir gewesen seien.
„Wir waren kurz bei den Kämpfen", antwortete Nick.
Ich war so froh, dass er ihm nichts von meinem Missgeschick erzählte. Jedoch ermahnte ich mich, in Zukunft besser aufzupassen

und zu versuchen zu widerstehen. Ich musste das hinkriegen, denn ich durfte nicht auffallen und uns alle gefährden.
„Okay, die anderen sind bereits heimgegangen", stellte Bene fest.
„Möchtest du auch gehen?", wollte ich von ihm wissen.
„Ja, ich treffe mich gleich noch mit Connor. Was machst du noch?", wollte er wissen.
„Was erzählst du ihm?", war ich neugierig.
„Weiß ich noch nicht so genau. Jedenfalls nicht alles", meinte er ein bisschen traurig. Ich konnte ihn verstehen. Mir ging es genau gleich mit Lea.
„Machen wir noch was zusammen?", wollte ich von Nick wissen.
„Ja, sicher", meinte er.
„Gut, dann bis später", verabschiedete sich Ben und umarmte mich.
„Bis dann", meinte ich.
„Was möchtest du machen?", wollte Nick wissen.
„Komm mit sagte ich und zog ihn am Arm aus dem Raum. Ich wollte mir ihm aufs Dach, um die Sterne anzuschauen. Ich hatte diesen Ort entdeckt in der Ausbildung zum Jäger,, als ich einmal so erschöpft gewesen war und hatte einfach alleine sein wollen.
„Wir dürfen hier nicht sein", meinte Nick besorgt.
„Seit wann kümmert dich das?", antwortete ich ihm und zog ihn auf den Boden.
„Stimmt auch wieder", meinte er fröhlich und beugte sich zu mir herüber, um mich zu küssen.
Eine Welle des Glücks durchströmte mich, und ich genoss den Augenblick. Ich wollte mehr. Ich zog ihn näher zu mir, sodass er jetzt vollkommen auf mir lag, und roch sein Shampoo, dass wie immer nach Zitrone und Sandelholz roch. Ich wollte, dass es immer so wäre, dass er für immer bliebe, und ihn nie mehr loslassen. Ich wollte diese Erinnerung in meinem Gehirn verankern. Ohne es zu merken, wurde unser Kuss immer intensiver, und ich vergaß zu atmen. „Warum kann ich den Atem so lange anhalten?", wollte ich von Nick wissen. Denn ich hätte jetzt eigentlich vollkommen außer Atem sein sollen. Doch ich war es nicht.
Nick lachte nur und zog mich in seine Arme. „Weißt du, eigentlich musst du gar nicht mehr atmen", meinte er dann.

„Was?", fragte ich perplex.
„Ich weiß nicht, warum es so ist. Ich weiß nur, dass du nicht atmen musst, wenn du nicht willst. Schau, die Sterne sehen heute irgendwie noch viel schöner aus als sonst", wechselte Nick das Thema. Er wollte die Angelegenheit wohl nicht weiter vertiefen. Also ließ ich es sein. Er hatte recht: Die Sterne schienen heute zu glitzern und zu glänzen, wie ich es noch nie gesehen hatte.
„Sie sind wunderschön", murmelte ich und kuschelte mich enger an Nick. Der Wind wehte leicht und verursachte mir eine leichte Gänsehaut im Nacken. Ich genoss die Stille und das Zusammensein mit Nick und fühlte mich so frei wie schon lange nicht mehr. Es fühlte sich so an, als befände ich mich weit weg von meinem Leben und den Problemen, die wir momentan hatten.
„Erinnerst du dich an deinen ersten Kampf mit der Computeranimation?", unterbrach Nick die Stille.
Ich nickte nur und wollte die Stille noch einen Augenblick genießen.
„Ich war fasziniert davon, wie geschickt und elegant du die Dämonen vernichtet hast. Ich wusste, du würdest es schaffen. Du hast so eine Entschlossenheit ausgestrahlt, als könntest du alles meistern, was nur kommen würde, und ich wusste, du bist die Eine. Du bist das Mädchen, das ich haben möchte. Du bist die Person, die ich mein Leben lang unterstützen und lieben werde."
Ich war so gerührt von seinen Worten, dass ich einen Augenblick nichts sagen konnte. Doch dann küsste ich ihn. Ich glaubte seine Worte und wusste, dass er für mich da sein und mir beistehen würde, egal was noch käme, egal was ich noch durchzustehen hätte, und ich war so unendlich froh, dass ich ihn hatte, dass er das gesagt hatte und mir so das Gefühl gab, geliebt zu werden und nicht alleine zu sein. „Danke", brachte ich nach dem Kuss nur hervor.
„Ich liebe dich", hauchte er und gab mir einen Kuss auf die Stirn. Das war das erste Mal, dass er mir das sagte, seit wir zusammen waren.
„Ich liebe dich auch", erwiderte ich. Das war das erste Mal, dass ich es laut zu ihm sagte. Das war das allererste Mal, dass ich diese Worte zu einem Jungen sagte, fiel mir ein, und ich lächelte. Ich

konnte nicht anders. In diesem Moment war ich glücklich und einfach nur ich selbst. Nicht die Tochter, die ihre Mutter verloren hatte, nicht die Jägerin, nicht der Vampir, einfach nur Leandra.
„Ich habe dich gesehen", fiel mir wieder ein.
„Wann?"
„Am ersten Kampftag. Du warst da."
„Ja, ich wollte bei dir sein und dir helfen, als der Spion auftauchte, doch ich konnte nicht", meinte er traurig.
„Ich bin dir nicht böse", tröstete ich ihn und zog ihn nochmals an mich. Wir saßen noch eine ganze Weile auf dem Dach und sahen in die Sterne.

Kapitel 14

Als ich erwachte, schlief Ben noch, also stand ich leise auf und zog meine Trainingshose an. Gestern, als ich heimgekommen war, war er bereits im Bett gewesen, und auch der Rest meiner Familie hatte anscheinend schon geschlafen. Ich ging in die Küche, wo Grandma bereits am Tisch saß und einen Milchkaffee trank.
„Guten Morgen, Liebes", begrüßte sie mich.
„Hallo, Grandma", meinte ich und umarmte sie. Ich holte mir ein Glas Saft aus der Küche, und als ich zurückkam, waren Tante Gertrud und Charlotte auch im Wohnzimmer. „Guten Morgen zusammen", meinte ich.
„Hallo, Leandra", begrüßten mich Tante Gertrud und Charlotte. Nachdem ich Erstere umarmt hatte, setzte ich mich an den Tisch. Sie war gestern Abend angekommen, um sich um ihre Schwester zu kümmern. Die beiden hatten ein enges Verhältnis zueinander. Sie fuhren immer einmal im Jahr zusammen in die Ferien und sahen sich auch sonst mindestens zweimal im Monat. Ich dachte, das enge Verhältnis liege daran, dass sie ihre Eltern schon früh bei einem Autounfall verloren hatten. Charlotte war das zweitjüngste Kind und war beim Unfall gerade mal zwanzig Jahre alt gewesen, während Gertrud zweiundzwanzig Jahre alt gewesen war. Die beiden hatten noch zwei Brüder: das älteste Geschwisterkind, Marcel, und das jüngste, Alain. Marcel und Beatrice hatten einen gemeinsamen Sohn Liam. Doch die beiden hatten sich vor zwei Jahren scheiden lassen und lebten jetzt getrennt. Marcel würde wahrscheinlich erst Samstag für die Beerdigung kommen und danach auch gleich wieder gehen. Er arbeitete für die Armee und war deswegen sehr beschäftigt, was auch der Grund dafür war, warum ich ihn nur einmal im Jahr sah. Alain verkörperte das Klischee des ewigen Junggesellen. Er hatte in seinem Leben schon mehr Affären und Beziehungen gehabt, als es Sand am Meer gab. Mit ihm hatten wir immer richtig viel Spaß, wenn er mal zu Besuch war.
„Wie geht es dir?", wollte ich von Gertrud wissen.

„Ganz gut, ich habe vor zwei Wochen einen supersüßen Typen kennengelernt …", erzählte sie und war jetzt nicht mehr zu stoppen. Sie war immer sehr offen und freundlich und plauderte gerne, weshalb ich sie so mochte. Auch konnte sie einen gut ablenken und zum Lachen bringen. Gleichzeitig schien sie dich in jeder Situation zu verstehen und gab immer hilfreiche Tipps. Sie hatte bis jetzt keinen Mann und auch keine Kinder, was ich bei ihr einfach nicht verstehen konnte. Doch wenn man sie darauf ansprach, meinte sie nur, sie sei halt wählerisch.
„Super, das freut mich für dich", meinte ich und fragte sie noch ein bisschen aus. Charlotte hatte mittlerweile Kaffee geholt und setzte sich zu uns. Sie war jetzt viel ruhiger, und es schien ihr besser zu gehen. Ich lächelte sie an, und sie erwiderte mein Lächeln.
„So, die Gipfeli und Brötchen sind hier!", rief mein Vater, als er zur Tür hereinkam. Es klang nicht so fröhlich wie sonst immer, denn wir hatten alle zu kämpfen mit Toms und Viviennes Tod. Ich stand auf und half ihm, den Tisch zu decken. Nun fehlte nur noch Ben.
„Guten Morgen zusammen, hallo, Gertrud", begrüßte Ben uns.
„Hey", begrüßte ich ihn und goss ihm Saft ein, als er sich neben mich setzte.
Wir frühstückten, ohne viel zu sprechen. Jeder hing seinen eigenen Gedanken nach. Ich musste an die Ratssitzung von gestern denken und daran, dass wir ein Konzept benötigten, um die Dämonen zu fangen und möglichst schnell herauszufinden, was sie wussten und wie sie von der Prophezeiung erfahren hatten. Doch in meinem Kopf herrschte Leere. Gähnende Leere.
„Wie war es gestern bei Connor?", fragte ich Ben in Gedanken.
„Frag nicht", antwortete er mir. Gleichzeitig zeigte er mir seine Erinnerung. Sie hatten im Zimmer gesessen und sich unterhalten. Zuerst hatten sie über die geplanten Ferien gesprochen, und dann Connor gefragt, was Ben am Tag gemacht habe, und er hatte ihn anlügen müssen und erzählt, dass er die Ratssitzung vorbereitet habe, was auch zum Teil stimmte. Doch nun hatte der Schlamassel angefangen, als Connor hatte wissen wollen,

wie die Sitzung gelaufen und wer alles dort gewesen sei. Ben hatte ihn nicht anlügen können und deswegen erklärt, dass er es nicht sagen könne. Natürlich hatte Connor an dieser Antwort nicht wirklich Freude gehabt und immer weiter gefragt. Doch Ben hatte geschwiegen.

„Das tut mir soo leid", meinte ich.

„Schon gut, das steht dir ja auch noch bevor, und bei dir wird es wahrscheinlich noch schwieriger."

„Wahrscheinlich", meinte ich. „Wir müssen uns noch etwas überlegen wegen der heutigen Sitzung."

„Ich weiß, aber mir kommt beim besten Willen keine gute Idee", erwiderte Ben.

„Mir auch nicht."

„Kinder", unterbrach Grandma lächelnd unser Gedankengespräch. Sie schien wohl zu ahnen, dass wir miteinander gesprochen hatten.

„Ihr könnt mit dem Abräumen beginnen", äußerte mein Dad. Wir standen auf und begannen. Charlotte und Gertrud verabschiedeten sich. Sie hatten für heute einen Mädelstag geplant, und auch mein Dad verabschiedete sich. Er traf sich heute mit seinem besten Kollegen Florian. Als wir fertig waren, saß Grandma immer noch am Tisch.

„Was habt ihr auf dem Herzen?", wollte sie wissen.

„Hmm, nur die Ratssitzung heute Nachmittag", meinte Ben.

„Ihr müsst euch eine Lösung überlegen für die Dämonen", stellte sie fest. Ich nickte nur.

„Ja, und einen Haufen Unterlagen studieren", ergänzte Ben.

„Wenn ich euch helfen kann, ruft mich einfach, okay?"

„Ja, machen wir", versprach ich. Wir verzogen uns in unser Zimmer.

Ich breitete die Unterlagen auf dem Boden aus. „Lass uns das alles einmal lesen", schlug ich vor.

Ben nickte nur, und so wühlten wir uns durch die Akten. Im Grunde stand da nur, dass wir von den Geheimdiensten informiert werden würden, wenn sich etwas Dämonisches oder Außernatürliches ereignete, dann stellten wir ein Team zusammen und schickten diese auf Missionen. Das Problem dabei war jedoch, dass es meistens lange dauerte, bis unsere Jäger vor Ort waren und die Situation regeln konnten. Ein weiteres Problem waren die menschlichen Ermittler, die das Feld einfach nicht räumen wollten und so immer Opfer wurden oder einfach dazwischenfunkten. Zudem töteten wir die Dämonen immer gerade, so erfuhren wir nicht sehr viel über deren Hintergründe. Neben diesem Projekt hatten wir noch eine eigene Dämonenjagdgruppe, die in der ganzen Welt herumreiste und versuchte, die Dämonen zu finden. Hier war das Problem, dass wir zu wenige Leute hatten, um die Dämonen aufzuspüren und zu erwischen. Auch waren diese meistens in der Überzahl und wussten bereits im Voraus, dass wir kamen. „Das sind alles gute Ansätze, doch man müsste das alles zusammenführen und besser mit den verschiedenen Behörden zusammenarbeiten", meinte ich, nachdem ich meine Schlüsse gezogen hatte.

„Dem stimme ich zu. Doch wie willst du das machen?", wollte Ben wissen.

„Ich weiß es auch nicht", meinte ich.

„Wir könnten unsere Leute zum Beispiel bei einem Geheimdienst einschleusen. So wären sie schneller vor Ort, und die Menschen wären nicht im Weg", schlug Ben vor.

„Das ist eine gute Idee. Jedoch müssten wir unsere Leute in alle Bereiche der Ermittlungen einschmuggeln, so könnten wir schneller reagieren und wüssten über alles Bescheid. Wir hätten kürzere Wege und mehr Leute zur Verfügung", meinte ich.

„Warum mehr Leute? Die Anzahl Jäger bleibt ja gleich?", fragte er verwundert.

„Das stimmt, jedoch könnten wir die Menschen einbinden. Zum Beispiel, indem wir sie nach besonderen Merkmalen suchen lassen, das könnten Analytiker machen. Auch Routineeinsätze könnten einige von ihnen übernehmen. Dafür könnten wir spezielle Waffen entwickeln lassen. Zudem könnten unsere Leute helfen, Terroristen und andere Verbrecher aufzuspüren. Somit hätten wir alle etwas davon", meinte ich voller Stolz.

„Das ist eine tolle Idee", meinte auch Bene.

„Jetzt müssen wir das nur noch den anderen erzählen", meinte ich.
„Ja, das gibt bestimmt viel Arbeit", gab Ben zu bedenken.
Wir visualisierten unsere Idee noch auf Plakaten und zeigten unsere Strategie grafisch auf, um die Oberhäupter später besser überzeugen zu können. Grandma half uns dabei. Sie war hochgekommen, um uns etwas zu trinken zu bringen, und hatte beschlossen, uns dann zu helfen. Ich hätte nie gedacht, dass sie so eine große Hilfe wäre, doch sie war es, und ohne sie wären wir nie rechtzeitig fertig geworden.

Um fünfzehn Uhr machten wir uns auf den Weg zum Treffen. Auf dem Weg ins Büro begegneten wir Sandra, einer Jägerin, die wir in unserer ersten Woche hier kennengelernt hatten. Auch Ron, der Muskelprotz, lief uns über den Weg und begrüßte uns. Ich kannte mittlerweile ein paar Leute vom Loft, doch ich würde sie in Zukunft wohl alle kennenlernen und auch mit ihnen zusammenarbeiten. Ich freute mich schon jetzt darauf. Dann bekam ich die Chance, meine Mutter und Tom zu rächen und andere Familien zu beschützen.
Als wir im Sitzungszimmer ankamen, war nur Andrea anwesend. Sie war gerade dabei, ihren PC einzurichten, um später das Protokoll zu tippen, was sie auch gestern gemacht hatte. Wir begrüßten uns und bereiteten unser Material vor. Wenige Minuten später kamen auch Monika und Felix. Nach der Begrüßung ging es auch direkt los. Felix fasste kurz die Probleme und die momentanen Lösungen zusammen. Danach richtete er das Wort an mich und Ben. Wir präsentierten unsere Lösungsvorschläge und beantworteten noch einige Fragen zur Umsetzung.
„Ich finde diese Idee im Grundsatz ziemlich gut. Sie würde uns auch längerfristig viel bringen und uns helfen, die Situation in den Griff zu bekommen", meinte Monika.
„Da stimme ich dir zu. Jedoch dauert es eine Weile, bis alles eingefädelt ist und wir mit der Suche beginnen können", schloss sich auch Felix an.
„Das stimmt. Jedoch müssen wir langfristig denken", stimmte auch Andrea unserer Idee zu.

„Für die Umsetzung müssten wir ein Team zusammenstellen, das sich um das neue Projekt kümmern und so den Anfang für die Zusammenarbeit schaffen kann. Wenn es dann später gut läuft und alle Abläufe sitzen, kann man noch mehr Leute dazuholen. Die restlichen Schattenwesen können so weitermachen wie bisher", meinte ich.
„Gut, dann lass uns jetzt die Aufgaben aufteilen und einen Einsatzplan ausarbeiten", schlug Felix vor, und wir nickten.
„Ich denke, die beste Idee wird sein, ein Meeting mit den höchsten Chefs der Geheimdienste abzuhalten", meinte Monika. Niemand widersprach ihr, und so fuhr sie fort: „Als Nächstes sollten wir das Sonderteam zusammenstellen und das Projekt aufgleisen."
„Damit werde ich gleich anfangen, nach dem Gespräch. Jedoch sollten wir zuerst noch mit meinem Kollegen sprechen, der Chef des FBI ist. Er könnte uns helfen, unseren Plan besser durchzusetzen und zu präsentieren", meinte Felix.
„Gut, dann mach das. Ich werde versuchen, in den nächsten Tagen ein Meeting zu organisieren", äußerte Monika ihren Plan.
Nach zwei Stunden hatten wir ein grobes Konzept und unseren Plan bereit zur Präsentation und zur Umsetzung.

„Lass uns noch eine Runde trainieren", meinte ich zu Ben, nachdem wir alles in eine Mappe versorgt hatten.
„Klar, ich möchte auch noch nicht heim. Dort erinnert mich alles an Dad und Vivienne", sagte Ben.
„Geht mir genauso. Ablenkung tut mir im Moment am besten."
Also machten wir uns auf den Weg in den Trainingssaal. Um diese Zeit war keiner mehr hier, und so konnten wir in Ruhe unser Training absolvieren. Ich fing mit meinen Glade-Übungen an und widmete mich dann dem Boxsack, um an ihm meine Wurt auszulassen. Also legte ich meine ganze Kraft in den Schlag, doch ich wurde nur noch wütender. Es nützte nichts. Meine Wut nahm nicht ab, und ich wurde auch nicht müde, also schlug ich weiter auf den Boxsack ein.
„Hey, beruhig dich", sagte Ben, als er neben mich trat. Sofort hörte ich auf.

„Es funktioniert nicht mehr", jammerte ich.
„Was funktioniert nicht?", wollte er wissen.
„Ich werde nicht müde, nur noch wütender", murmelte ich. Er nahm mich in den Arm.
„Hey, ich verstehe dich. Doch du musst damit aufhören. Deine Fäuste sind bereits gerötet", versuchte er, mich zu beruhigen.
Doch meine Emotionen fielen in sich zusammen. Es war zu viel. Alles, was ich zu verdrängen versucht hatte, kam nun hoch. Tränen liefen mir über die Wange, und Bens T-Shirt wurde mit jeder Sekunde nässer. Doch er hielt mich weiter fest und ließ mich weinen.
„Hey, lass uns gehen", hörte ich seine Stimme in meinen Gedanken. Ich wollte nichts lieber als das, doch wohin? Nach Hause wollte ich nicht. Es erinnerte mich alles an sie, und das ertrug ich jetzt gerade nicht. Da unsere Gedanken nun verbunden waren, hörte er meine Bedenken.
„Erinnerst du dich an das Versteck beim Baggersee?"
Ich erinnerte mich. Als wir kein gewesen waren, hatten wir uns immer dort verkrochen, wenn wir wütend, traurig gewesen waren oder einfach nur hatten allein sein wollen.
Ohne es zu merken, hatte er uns dorthin gebracht. Ich sah mich um: Es sah noch genauso aus wie damals. Wir befanden uns auf einer Lichtung mitten im Wald, und in der Mitte fand sich ein kleiner Teich. Die Sonne glitzerte, und im Wasser schwamm eine Entenfamilie: Papa oder Mama vorne und danach kamen drei kleine Nachzügler. Ich setzte mich neben Ben auf den Steg und genoss die Stille und die Aussicht.
„Danke", sagte ich in Bens Kopf. Ich wollte diese Stille nicht unterbrechen.
„Kein Problem", meinte er und lächelte mich an.
Wieder einmal war ich froh, dass ich ihn hatte. Ich lehnte mich an seine Schultern und hing meinen Gedanken nach. Nun erinnerte ich mich an einen Moment, in dem Ben und ich uns furchtbar gestritten hatten, weil wir beide etwas hatten haben wollen und es nur noch eines davon gab. Ich wusste nicht mehr, worum es sich handelte, nur noch, dass er schneller bei dem Gegenstand

gewesen war und ich ihn dafür geschlagen hatte, bis wir beide geweint hatten. In diesem Augenblick war uns klar geworden, dass wir nicht wollten, dass der andere weinte, und so hatten wir uns versöhnt und geschworen, einander nie mehr so weh tun zu wollen. Ich musste lächeln bei dem Gedanken. Wir hatten es tatsächlich geschafft, wir stritten uns nur selten, und wenn, dann nie so fest.

„Ja, wir haben es geschafft. Doch jetzt weinen wir wieder …", sprach Ben in meinen Gedanken.

„Ja, doch der Anlass ist ein anderer", meinte ich.

„Nicht wirklich beruhigend."

„Nein, nicht wirklich, doch ich habe dich, und dafür bin ich so unendlich dankbar", sagte ich in Gedanken. Ich konnte meine Dankbarkeit nicht in Worte fassen, doch er verstand. In seinen Gedanken sah ich, dass es ihm gleich ging. Ich war sein Anker und er der meine.

„Lass uns das nie vergessen", meinte Ben.

„Werde ich nicht."

„Bitte versprich mir, dass du immer zu mir kommst, wenn etwas nicht stimmt, du ein Problem hast oder einfach reden möchtest", forderte Ben.

„Ich verspreche es. Ich werde mich immer an dich wenden, wenn etwas nicht gut ist. Versprichst du mir auch, dass du mir erzählst, wenn etwas nicht stimmt?", wollte ich auch von ihm ein Versprechen.

„Ja, ich verspreche es", meinte Ben.

Ich war froh über dieses Versprechen. Es gab mir das Gefühl, immer jemanden zu haben, dem ich nicht egal war.

Nach einer Weile sah ich auf die Uhr. „Sieht so aus, als müssten wir gehen", murmelte ich und stand auf. Ich reichte Ben die Hand, und er ließ sich von mir auf die Füße helfen.

„Grandma hat heute den feinen Braten gekocht", meinte Bene schon voller Vorfreude. Es schien ihm wieder besser zu gehen, und auch ich riss mich wieder zusammen.

„Stört es dich, wenn ich heimlaufe?", wollte ich wissen.

„Kein Problem, ich laufe jedoch nicht!"

„Hätte ich auch nicht gedacht", meinte ich lachend. „Mal sehen, wer zuerst zu Hause ist", rief ich, als ich loslief. Laufen entspannte mich irgendwie. Früher hasste ich alles, was mit Joggen und Laufen zu tun hatte. Doch jetzt machte es wirklich Spaß. Ich wurde ja auch nicht mehr müde. Ich genoss die Energie, die durch meinen Körper strömte, und fühlte zum ersten Mal seit Tagen wieder die Energie meiner Mutter. Es fühlte sich so gut an, als wäre sie bei mir, und das gab mir die Kraft, den Tag zu überleben. Zum ersten Mal nahm ich noch etwas anderes wahr. Es fühlte sich an wie ein Erinnerungsfetzen, doch das war keine Erinnerung von mir. Ich versuchte, sie wieder heraufzubeschwören, doch es war sinnlos. Denn ich konnte sie nicht mehr fühlen. Doch nun wusste ich, dass nicht nur die Energie meiner Mutter in mir weiterlebte, sondern auch ein paar ihrer Erinnerungen.
„Hallo", begrüßte mich ein grinsender Ben, als ich zur Tür hereinkam.
„Hallo", rief ich und sprang ihm in die Arme. Leider konnte ich meine Kraft immer noch nicht wirklich einschätzen, und so landeten wir beide am Boden. „Sorry", rief ich lachend, als ich mich vorsichtig wiederaufrichten wollte. Leider klappte das ziemlich schlecht, denn Ben zog mich zurück auf den Boden und warf sich auf mich. „Hey, was soll das?", rief ich in einem gespielt wütenden Ton.
„Jetzt kannst du spüren, wie es sich anfühlt, so einen schweren Mocken auf sich zu haben", meinte er.
Ich musste nur noch mehr lachen. Unsere Eltern waren von dem Krach im Eingang aufgetaucht und schauten uns nun leicht schockiert an.
„Nichts passiert", rief Bene unter Lachen, stand auf und half mir dann aufstehen. Wir konnten einfach nicht mehr aufhören, uns zu amüsieren.
Mein Dad machte sich wieder auf den Weg in sein Arbeitszimmer. So, wie es aussah, lenkte er sich mit der Arbeit ab. Auch Charlotte und ihre Schwester hingen wieder ihrem Gespräch nach, während Grandma uns lächelnd ansah und uns aufforderte, den Tisch zu decken.

Wir hatten uns nach dem Essen noch kurz hingelegt, um bei der Schutzzeremonie fit zu sein. Gähnend stand ich auf.
„Musst du noch ins Bad?", fragte ich Ben.
„Nein, ich bin fertig", kam die Antwort.
Ich ging ins Bad, um mich fertig zu machen. Zehn Minuten später begaben wir uns auf den Weg zum Loft. Das war der Treffpunkt für den Schutzzauber heute Nacht. Heute würden sich alle Hexen von Rosewood dort einfinden, um gemeinsam den Zauber zu sprechen. Auch Grandma begleitete uns. Der Vollmond stand leuchtend und wunderschön am Himmel.
„Hallo, Lia, Ben, Anna", begrüßte uns Felix, als er uns sah.
Ich wunderte mich, warum er mich seit dem ersten Treffen Lia nannte, doch dann machte es klick. Es musste Nicks wegen sein. Er nannte mich auch immer Lia und nicht wie die anderen Lee.
„Hey, Felix", begrüßten wir ihn.
„Kommt mit, ihr werdet den Zauber bei den Führern des Senjazirkels sprechen", meinte er und zeigte nach Norden.
Wir folgten seiner Aufforderung und gingen nach vorne. Da Grandma auch eine Vorsitzende war, kam sie mit uns.
„Hallo zusammen", begrüßte uns Leas Mutter freundlich.
„Hallo, Karin", grüßten wir zurück. Ich hatte gar nicht gewusst, dass sie auch dabei war.
„Wie geht es euch?", wollte sie von uns wissen.
„Ganz gut, danke der Nachfrage", antwortete Ben. Ich nickte nur.
„Wie geht es Lea?", wollte ich wissen. Ich hatte sie seit dem Samstag nicht mehr gesehen. Sie hatte mir zwar jeden Tag geschrieben, wie es mir gehe und was ich so machen würde. Irgendwann hatte ich es satt, sie anzulügen, und nur noch kurze und knappe Antworten geschrieben.
„Sie macht sich Sorgen um euch", meinte ihre Mutter.
„Ich weiß. Doch ich kann ihr nichts von alldem erzählen."
„Sie wird es verstehen, wenn es so weit ist. Doch bis dahin versuche, sie nicht zu sehr auszuschließen."
„Danke. Ich werde es versuchen", meinte ich und verabschiedete mich. Ben und Grandma waren bereits vorausgegangen, um noch etwas vorzubereiten.

„Hey, Lia", tönte es hinter mir.

„Nick", begrüßte ich ihn, als er mich eingeholt hatte. Wie immer hatte er es gut im Griff, seine Vampirgeschwindigkeit unter Kontrolle zu halten. „Kommst du mit nach vorne?", wollte ich wissen.

„Von mir aus."

Ich nahm seine Hand, und gemeinsam kämpften wir uns durch die Menschenmenge. Ich wusste gar nicht, dass es so viele Senjas in Rosewood gab.

„Die sind nicht alle von Rosewood. Sie kommen auch von den umliegenden Dörfern und Städten", erklärte Nick.

„Hmm", murmelte ich.

Als wir ankamen, drückte Ben uns eine Kerze in die Hand. Jetzt fiel mir auf, dass alle bereits eine hatten. Eine Senja begrüßte die Menge. „Bitte stellt euch nun in einem Kreis rund um den Himmelbaum auf."

Wir taten, was uns gesagt wurde, und bildeten einen großen Kreis um den Baum. Ich hatte schon einmal von ihm gehört. Anscheinend war er einer der mächtigsten und ältesten Bäume, die es gab. Man konnte seine Macht kanalisieren und so einen stärkeren Zauber wirken.

„Der Zauber ist ganz einfach. Ich spreche ihn vor, und ihr sprecht mir nach. Das wiederholen wir genau siebenmal."

Wir zündeten unsere Kerzen an, und genau als der Mond am höchsten Punkt am Himmel stand, fingen wir mit dem Zauber an.

„Este l mondo in de quente, fella de hinque pasto", sprach sie den Zauber vor. Ihre Worte hallten durch Rosewood, als hätte sie dem Wind zugeflüstert, und der trug die Worte jetzt weiter.

„Este l mondo in de quente, fella de hinque pasto", stiegen wir mit ein. Die Worte kamen ohne Mühe über meine Lippen. Wir wiederholten diesen Vers wie in Trance genau siebenmal. Doch anstatt aufzuhören, kamen weitere Worte über meine Lippen, und auch die anderen hörten nicht auf.

„Festa keria Bumo de el ia…" Der Spruch zog sich immer weiter, und wir konnten nicht mehr aufhören. Die Macht floss in unserem Kreis und in den Baum hinein. Es schien fast so, als würde der Baum unsere und die Energie des Mondes aufsaugen. Am Rande bemerkte ich, wie die Sonne langsam aufging, und in diesem Augenblick sprachen wir die letzten Worte unseres Zaubers. Ich hatte mich noch nie so erschöpft gefühlt und wollte nur noch schlafen.

„Vielen Dank für eure Mithilfe. Ohne euch hätten wir keinen so mächtigen Schutzzauber sprechen können, um uns und die Bevölkerung optimal zu schützen", meinte die Vorsitzende der Senjas. Auch sie schien müde und erschöpft zu sein.

„Lass uns nach Hause gehen", meinte Grandma auf meiner rechten Seite. Wir hatten nichts einzuwenden, und so machten wir uns auf den Heimweg. Wie in Trance liefen wir nach Hause und fielen, ohne uns umzuziehen, ins Bett.

Kapitel 15

Als ich am nächsten Morgen erwachte, füllte ich mich kein bisschen ausgeruht. Doch es war bereits dreizehn Uhr dreißig, und um vierzehn Uhr mussten wir uns auf den Weg zum Bestattungsinstitut machen, um noch ein paar Vorbereitungen zu treffen. Stöhnend stand ich auf. Auch Ben hatte Mühe. Beim Treppensteigen fiel er sogar beinahe auf die Füße, hätte ich ihn nicht in der letzten Sekunde abgefangen.
„Danke", meinte er. Ich nickte nur, denn ich war zu müde, um zu sprechen. Wieder mal war ich froh um meine Zusatzkräfte, die mich wenigstens auf den Beinen hielten. Ich machte mich auf den Weg zum Kühlschrank im Keller. Dort hatte mein Dad noch ein paar Blutbeutel aufbewahrt, die er von Felix erhalten hatte. Heute musste ich wirklich Blut trinken, sonst aß ich womöglich noch jemand. Iiiiii, das Zeug schmeckte mir auch heute nicht. Ich hätte viel lieber frisches, warmes Blut. Doch ich konnte niemandem etwas antun, also würde meine Mahlzeit wohl aus Beutelblut bestehen. Heute A positiv. Als ich den Beutel geleert hatte, kam auch meine Energie zurück. Ich war nicht mehr so müde und voller Tatendrang. Als ich am Esstisch ankam, verputzte ich die letzten drei Brötchen mit Butter und Erdbeerkonfitüre. Charlotte und Gertrud schauten mich ein wenig verwundert an. Doch ich ließ mich nicht beirren und aß weiter.
„Wo ist Grandma?", fragte ich verwundert.
„Sie ruht sich noch aus", meinte mein Dad. Der gestrige Zauber schien sie ziemlich geschafft zu haben.
Nach dem Essen stand ich auf und ging ins Gästezimmer. Grandma schlief tief und fest. Vorsichtig nahm ich ihre rechte Hand. „Endi fel pi", murmelte ich und übertrug so einen Teil meiner Kraft auf sie. Vorsichtig öffnete Grandma die Augen.
„Danke", murmelte sie. Vorsichtig stand sie auf und machte sich bereit. Wir hatten jetzt nur noch fünfzehn Minuten Zeit. Doch mir war es lieber mit ihr als ohne sie. Nach zehn Minuten machten wir uns alle auf den Weg. Grandma war zwar noch ein bisschen

erschöpft, doch ihre Energievorräte schienen sich langsam wiederaufzufüllen. Mein Energievorrat war wieder voll, da ich jetzt ein Vampir war, ging alles viel schneller, und so spendete ich noch einen Teil meiner Kräfte an Ben und Grandma, sodass beide wieder topfit waren, als wir beim Bestattungsunternehmen ankamen.

Als Erstes mussten wir die Urnen unserer Eltern aussuchen. Beide hatten sich gewünscht, eingeäschert und dann an verschiedenen Plätzen verstreut zu werden. Wir wollten ihnen diesen Wunsch erfüllen, sobald die Beerdigung vorbei wäre und wir die wichtigsten Ratsangelegenheiten geregelt hätten. Wir entschieden uns für eine rote Urne in Rosenform für meine Mutter und eine schwarze Urne mit einem feinen Muster für Tom. Den Grabstein auszusuchen, fand ich schon schwieriger. Nichts schien ihr gerecht zu werden. Ich wollte keinen einfachen Block mit ihrem Namen, und ich wollte auch nichts aus Bachstein. Doch dann zeigte uns der Verkäufer einen weißen, edlen Stein, der von einem Engel mit seinen prächtigen Flügeln gehalten wurde.

„Das ist er", meinte ich, und alle stimmten mir zu.

„Wir haben noch einen anderen, dort hält der Engel gleich zwei Täfelchen in der Hand", meinte der Bestatter und führte uns weiter. Und tatsächlich, der Engel hielt zwei Täfelchen in der Hand – das eine für Tom und das andere für Mom. Ich dachte, es sei schon schwierig den Grabstein zwischen den Hunderten von Grabsteinen zu finden. Doch nun kam die Frage, was wir noch dazuschreiben wollten. Der Name und die Lebenszeit waren gegeben. Doch was noch? Nach langem Überlegen und Diskutieren entschieden wir uns für: „Wir werden euch immer in guter Erinnerung behalten und nie vergessen."

Nachdem wir alles rund um die Beerdigung erledigt hatten, war es bereits wieder siebzehn Uhr, und wir machen uns auf den Weg in unser Lieblingsrestaurant. Nachdem wir bestellt hatten, unterhielten wir uns über all die lustigen Situationen, die wir in diesem Restaurant bereits erlebt hatten. An unserer Erstkommunion in der dritten Klasse zum Beispiel hatte uns ein

Tischnachbar erzählt, dass man nie anderen Frauen nachschauen dürfe. Doch was hatte er getan? Der Serviertochter direkt auf den Po geschaut. Wir hatten uns dazumal sehr lustig über ihn gemacht. Oder bei einem unserer Nachtessen hatte der Kellner meiner Mutter den teuren Wein über das Kleid geschüttet. Der Kellner hatte sich hundertmal entschuldigt, und meine Mutter hatte nur gelacht. Seit diesem Tag bekamen wir den Nachtisch immer gratis zum Essen dazu, was vielleicht auch der Grund war, warum das unser Lieblingsrestaurant war. Nach dem Essen bestellten wir wie immer einen Riesencoupe Eis, den wir in die Mitte stellten und uns teilten.

„Ich bin satt", murmelte ich, als ich den letzten Bissen Eis hinunterschluckte.

„Du hast auch den größten Teil gegessen", sagte Grandma lachend, und Papa sah mich nur komisch an. Er verstand nicht, wie man so viel Eis essen konnte. Selber aß er kein Dessert, sondern hielt den Platz lieber für ein Stück Fleisch auf.

Kapitel 16

„Just give me a reason …", tönte das Lied von Pink aus dem Lautsprecher. Ich lag auf einer Picknickdecke und ließ mich von der Sonne bräunen. Plötzlich lag ich nicht mehr in der Sonne. Ich lag zu Hause im Bett, und mein Handy klingelte ununterbrochen.
„Möchtest du nicht rangehen?", rief Ben leicht verärgert. Der Ton hatte ihn wohl auch geweckt.
„Hallo", murmelte ich schlaftrunken in den Apparat.
„Guten Morgen, Lee", tönte es gut gelaunt am anderen Ende.
„Wie spät ist es?", murmelte ich.
„Zehn Uhr", meinte Lea am anderen Ende.
„So früh?" Gestern war es bei uns spät geworden. Wir waren noch lange im Restaurant geblieben und hatten uns unterhalten, bis das Restaurant uns rausgeschmissen hatte.
Ohne sich aus der Bahn werfen zu lassen, fragte sie weiter: „Kommst du heute mit in die Badi?"
„Hmm, ja, können wir machen." Das Ratstreffen für heute war glücklicherweise verschoben worden, da die Regierungschefs und alle wichtigen Leute noch einige Sachen abzuklären hatten.
„Gut, ich hole dich in einer halben Stunde ab", meinte sie und legte einfach auf, ohne meine Antwort abzuwarten.
Grummelnd stand ich auf. „Kommst du auch mit in die Badi?", fragte ich, als ich an ihm vorbei ins Bad ging.
„Vielleicht später", meinte er und drehte sich um, um weiterzuschlafen.
Nachdem ich mich geduscht und angezogen hatte, klingelte es auch schon. „Hey", begrüßte ich sie, als ich die Tür öffnete. „Möchtest du noch kurz reinkommen? Ich muss nur noch kurz packen, und dann können wir los." Ohne eine Antwort abzuwarten, flitzte ich los. Im letzten Moment konnte ich mich noch beherrschen und versuchte, in einem normalen Tempo die Treppe hochzugehen. Doch sobald ich außer Reichweite war, nützte ich mein volles Potenzial und war innerhalb von drei Sekunden wieder zurück.
„So, wir können los", meinte ich zu einer erstaunten Lea.

„Du warst jetzt ziemlich schnell!"
„Ich musste auch nur kurz nach oben", antwortete ich schulterzuckend. „Wie lauft es mit Connor?", wollte ich wissen.
„Gut, wir waren gestern zusammen in der Badi und danach im Kino. Und er küsst so fantastisch, ich kann einfach nicht genug kriegen", schwärmte sie. Ich freute mich für sie.
„Und wie geht es dir? Wie läuft es mit Nick?"
„Geht schon, wir haben gestern noch die Vorbereitungen für die Beerdigung getroffen und waren danach noch essen." Auf die Frage mit Nick antwortete ich ihr nicht.
„Wie geht es dir damit?", wollte sie weiterwissen.
„Ich vermisse sie. Ich vermisse ihr Lachen und seine komischen Sprüche, wenn ich heimkomme. Es ist so ruhig", antworte ich ihr ehrlich. Bis zu diesem Moment war mir nie wirklich bewusst gewesen, dass ich sie vermisste. Ich versuchte es ja auch zu verdrängen und mich mit allem Möglichen abzulenken. Ich hatte sogar angefangen, ein Buch zu lesen, um nicht grübeln zu müssen.
„Das ist normal."
„Ja, doch muss es wirklich so weh tun?"
Darauf wusste sie auch keine Antwort, stattdessen nahm sie mich in den Arm. Es tat gut, getröstet zu werden. „Mit Nick ist alles okay, wir schreiben jeden Tag", beantwortete ich ihre Frage nach Nick endlich, nachdem wir uns wieder gelöst haben.
„Das ist gut."
„Das finde ich auch. Doch manchmal wirkt er ein bisschen besorgt", erzählte ich weiter.
„Ich mache mir auch Sorgen um dich", gab Lea zu.
„Warum?", fragte ich verwundert. Klar war ich in letzter Zeit ein wenig beschäftigt gewesen, doch ich musste die Sache mit dem Rat klären und schauen, dass die Dämonen vernichtet wurden. Apropos Dämonen: Von denen hatte ich seit dem Angriff auf uns nichts mehr gehört.
„Du ziehst dich zurück und tust so, als wäre alles normal, obwohl es das nicht ist", erklärte Lea und klang ehrlich besorgt.
„Das tut mir leid! Ich verspreche dir, nach dieser Woche werde ich wieder ein bisschen mehr Zeit für dich haben." Ich verstand,

dass sie sich ein bisschen benachteiligt fühlte, doch ich musste zuerst die Ratsangelegenheit klären, und dabei konnte sie mir beim besten Willen nicht helfen.
„Das meine ich nicht. Es ist klar, dass du viel zu tun hast und auch ein bisschen für dich sein musst. Doch du ignorierst die Tatsachen. Du benimmst dich, als wäre alles okay", widersprach sie mir. Nichts war okay. Ich war ein Vampir, der nach Blut lechzte, und meine Mutter war tot. Doch ich musste versuchen, nach vorne zu sehen, und mich dem Kampf stellen. Doch das konnte ich ihr nicht sagen, also schwieg ich.

Wir breiteten unser Badetuch an unserem Stammplatz unmittelbar am See aus. Wenige Minuten später stießen Alessia und Mia hinzu.
„Es tut mir so leid", sprach Mia ihr Beileid aus und zerquetschte mich schier.
„Danke", meinte ich und lächelte sie an. Auch Alessia umarmte mich und sprach ihr Beileid aus.
Ich war es so leid, immer die Tochter zu sein, die ihre Mutter verloren hatte. Doch das würde wohl immer so sein, gestand ich mir traurig ein. Um uns herum füllte sich die Badi langsam. Am Schatten lagen die Leute schon Tuch an Tuch. Kein Wunder an diesem schönen Sommertag. Es würde heute dreißig Grad warm werden. Doch die Sonne brannte schon jetzt heiß vom Himmel. „Lass uns ins Wasser gehen", meinte ich und zog Mia an der Hand Richtung See.
Wir sprinteten los, über den Steg und direkt ins Wasser. Alessia musste sich beeilen, da sie noch nicht ganz ausgepackt hatte. Laut schreiend sprangen wir zusammen in den See.
„Scheiße, ist das kalt!", rief Lea, als sie wiederauftauchte.
„Was hast du? Ist doch warm", meinte ich todernst. Ich fand es richtig angenehm. Die anderen lachten nur und spritzten Wasser nach mir.
„Los, lass uns aufs Floß hinausschwimmen", meinte Alessia und schwamm voraus. Ich schwamm hinterher und hatte sie in wenigen Zügen aufgeholt. „Du schwimmst gut", staunte sie mit ihrem französischen Akzent.

„Ja, meine Eltern haben mich früh in den Schwimmkurs geschickt." Ich tat ihre Bemerkung unbekümmert ab und verlangsamte mein Tempo. Scheiße, beim Schwimmen musste ich jetzt wohl auch aufpassen. Wie schaffte Nick das, immer nur fünfzig Prozent von dem zu geben, was drin war? In diesem Moment konnte ich nicht verstehen, warum wir nicht normal neben den Menschen leben konnten. Doch sobald ich den Gedanken zu Ende gedacht hatte, musste ich mich korrigieren. Blutgierige Monster? Wer wollte schon mit denen zusammenleben? Ich jedenfalls nicht. Doch ich war eines von ihnen. Ich war ein Monster, was ich bisher noch nicht verinnerlicht hatte. Krampfhaft versuchte ich, mich wieder zu beruhigen und nicht in Tränen auszubrechen.
„Geht es dir nicht gut?", flüsterte Lea neben mir.
„Doch, alles bestens", log ich. Sie warf mir einen komischen Blick zu, mischte sich dann aber ohne Kommentar in die Diskussion über die angesagte Geografieprüfung ein.
„Ich hasse Geo", meinte Alessia gerade.
„Wer tut das nicht?", gab ich auch meinen Kommentar dazu.
„Du brauchst dir aber keine Sorgen zu machen, dass du eine schlechte Note kriegen könntest", meinte Mia ein bisschen zickig. Ich ignorierte ihren Tonfall und legte mich in die Sonne. Schließlich wusste ich, dass sie es nicht böse meinte. Ich verstand sie ja: Sie musste viel lernen, um die Prüfung mit einem gut zu bestehen, und ich konnte alles nur einmal anschauen und erhielt ein sehr gut oder noch besser.
„Hey", rief ich, als ich plötzlich angespritzt wurde. Bene war neben mir aufgetaucht und lachte sich nun einen Schaden. Das konnte ich mir nicht bieten lassen. Ich stand auf und sprang ins Wasser direkt auf Ben drauf. Er fing mich auf und schmunzelte. Zum Spaß drückte ich ihn kurz unter Wasser. Unter normalen Umständen hätte ich das nie geschafft, doch mit meinen verfluchten Kräften klappte es mühelos. Als Ben wiederauftauchte, versuchte er, mich unter Wasser zu ziehen. Vergebens. Nun war ich wohl stärker. Ich lachte und drückte ihn nochmals unter Wasser. Doch dieses Mal zog er mich mit, worauf ich nicht gefasst war. Als wir auftauchten, mussten wir beide unter Lachen husten.

Ben zog sich aufs Floß und zog mich dann gleich mit. Nick sah mich ein bisschen komisch an, als ich ihm zur Begrüßung einen Kuss auf den Mund gab. Die anderen beachteten Bens und meine Neckereien nicht einmal mehr. Sie waren wohl bereits daran gewöhnt, doch für Nick schien das ein Problem zu sein, obwohl er nichts dazu sagte. Ich hatte wohl noch eine Schonfrist bei ihm.
„Schwimmen wir wieder rein?", fragte Lea in die Runde.
„Können wir", meinten Connor und Alessia.
„Ich bleibe noch ein bisschen", meinte ich und schloss mich damit Nick und Ben an. Denn ich wollte nicht schon wieder ins Wasser.
„Wie geht es dir?", fragte Nick mich, als die anderen außer Hörweite waren.
„Gut, aber warum fragen mich das alle?", fragte ich genervt.
„Sorry, mache ich mir Sorgen um dich."
„Brauchst du nicht. Mir geht es gut", erwiderte ich genervt.
„Hast du heute schon Blut gehabt?", fragte er weiter, ohne auf meinen genervten Ton zu reagieren.
„Nein, hatte noch keine Zeit."
„Du brauchst aber etwas", widersprach er bestimmt.
„Ja, ich breche später in ein Krankenhaus ein und hol mir welches", meinte ich unbekümmert. In diesem Moment stresste er mich richtig.
„Kann ich wenigstens mitkommen?", fragte er. Ihm war wohl aufgefallen, dass es mich nervte und er bei mir nicht weiterkam mit der Fragerei.
„Klar."
„Ich bin dann auch mal drinnen", meinte Ben und sprang ins Wasser. Er hasste Streitereien und ging diesen meistens aus dem Weg. Ich verstand ihn. Ich wäre auch am liebsten einfach reingeschwommen. Aber dann machte ich Nick wohl noch wütender. Also blieb ich.
„Ihr kommt euch ziemlich nahe", meinte Nick. Er versuchte, unbekümmert zu wirken, konnte seine Eifersucht jedoch nicht verbergen.
„Hmm", meinte ich nur. Ja, was sollte ich dazu sagen? Wir kannten uns schon ewig, und wir waren gute Kollegen, mehr

nicht. Doch ich dachte, das müsste ich nicht extra erwähnen, denn ich war ja mit ihm zusammen.
„Mehr willst du dazu nicht sagen?", brummte er wütend.
„Nicht wirklich. Du weißt, dass wir nur gute Freunde sind. Mehr gibt es nicht zu sagen."
„Hmm", brummte er nur.
„Gehen wir wieder rein?", wollte ich wissen.
„Es tut mir leid", murmelte Nick.
„Schon gut", meinte ich und küsste ihn.
Jetzt schien es ihm peinlich zu sein, mich das gefragt zu haben. Ohne Vorwarnung stand Nick auf, mit mir in seinen Armen. Immer noch küssend, machte er einen Schritt Richtung Wasser. „Platsch." Wir tauchten unter Wasser und küssten einfach unbekümmert weiter. Langsam sanken wir immer tiefer.
„Lass uns wiederauftauchen, sonst rufen die noch einen Suchtrupp nach uns", sagte ich in Gedanken zu Nick.
„Hmm", kam die Antwort.
Langsam begaben wir uns wieder nach oben. Knutschen unter Wasser war richtig cool, das mussten wir unbedingt wiederholen. Extra langsam schwammen wir zum Ufer. Als wir zu unseren Tüchern kamen, lag Ben mit geschlossenen Augen auf seinem Tuch. Gerne hätte ich mich jetzt mit meinem kalten Körper voll auf ihn draufgelegt. Doch ich ließ es bleiben. Nick würde wahrscheinlich durchdrehen.
„Da seid ihr ja!", rief Lea.
„Ja, da sind wir", rief ich lachend und umarmte sie.
„Iii, nass!", meinte sie und versuchte, sich aus meinem Griff zu befreien. Ich ließ sie los.

„Kommt jemand mit zum Kiosk?", fragte Alessia nach einer Weile. Wir standen auf und machten uns auf den Weg dorthin. Wir alle kauften uns ein Eis, nur Nick verzichtete. Die anderen nahmen wohl an, er hätte keine Lust. Doch ich wusste es besser. Er aß nur, um den Schein zu waren. Ich war froh, dass ich nur zu einem Drittel Vampir war. Sonst hätte ich womöglich auch auf Eis und all die Köstlichkeiten verzichten müssen.

„Möchtest du auch?", spienzelte ich Nick, als ich extra genüsslich mein Eis ass.

„Nein, danke", meinte er, „aber etwas anderes ...", fügte er in Gedanken hinzu. Ich errötete leicht, und er lächelte mich verführerisch an und zog mich zu sich auf den Schoß. Die anderen hatten sich mittlerweile auch zu uns an den Tisch gesetzt und unterhielten sich über den laufenden Fußballmatch. Ich hasste Fussball. Stattdessen überlegte ich, wie weit die Diskussion wegen meiner Idee für die effiziente Dämonenvernichtung wohl gediehen sein mochte. Ich hoffte so, dass die Beamten zustimmen würden und wir so eine Chance hätten, die Dämonen zu besiegen.

„Lee?", holte mich Nick aus meinen Gedanken. Ich schaute zu ihm auf. Er deutete mit dem Kopf auf Alessia, die vor uns stand und mir offensichtlich Tschüss sagen wollte.

„Sorry." Ich stand auf und umarmte sie zum Abschied.

Als sie gegangen war, meinte Lea, die es sich auf Connors Oberschenkel gemütlich gemacht hatte: „Alessa verlässt uns vor den Sommerferien."

„Schade", murmelte Ben.

„Organisieren wir eine kleine Überraschungsparty für sie", schlug ich vor.

„Gute Idee", meinte Lea zustimmend.

„Aber keine Mottoparty", bat auch Connor.

„Ja, bitte kein Motto", meinte auch Nick.

„Von mir aus", erwiderten Lea und ich. Wir fingen an, uns jetzt schon Gedanken über die Details zu machen. Wir überlegten, welche Deko wir mochten, ob mit Essen oder ohne, ob wir einen DJ bestellen oder einfach Karaoke machen sollten.

Später am Abend rief mein Dad an, um uns mitzuteilen, dass sie auch noch in die Badi kämen und wir hier bräteln würden. Scheiße, ich konnte schlecht hier essen. Ich brauchte langsam Blut, sonst söge ich womöglich noch einen von ihnen aus. Lea und Connor verabschiedeten sich später von uns, um daheim etwas zu essen. Nach dem Abendbrot kämen sie jedoch wieder. Also hatte ich ein Zeitfenster von jetzt, bis die anderen kämen.

„Wir sollten jetzt gehen", meinte ich zähneknirschend. Ich konnte das Blut bereits durch die Adern der Leute rund um mich pulsieren hören.
Nick verstand mich sofort und zog mich Richtung Ausgang. Auch Bene schien zu begreifen, was los war. Als wir außer Sichtweite waren, teleportieren wir uns ins Krankenhaus. Nick schien schon mehrere Male hier gewesen zu sein, denn wir landeten direkt in einem Raum, wo viele Medikamente aufbewahrt wurden. Ohne sich umzuschauen, öffnete er einen Schrank voller Blutbeutel. Er reichte mir einen und nahm sich einen eigenen.
Gierig öffnete ich ihn. Ich hatte Durst und konnte mich auf nichts anderes mehr konzentrieren. Ich wollte und brauchte es. Nach dem ersten Schluck lüpfte es mich schier. Es war so eklig. Doch ich zwang mich, den ganzen Beutel zu trinken. „Was machen wir jetzt mit den leeren?", wollt ich wissen, als ich das eklige Zeug hinuntergewürgt hatte.
„Wir legen sie dort in den Abfall und tragen sie auf der Liste dort ein. So fällt es nicht so auf, wenn etwas fehlt."
Ich schmiss den Beutel weg und schrieb mit meiner Ärzteschrift einen Namen auf das Blatt.
„Brauchst du noch was für zu Hause?"
„Ja, ich müsste noch einen haben."
„Gut, dann schreibe gleich noch drei Beutel auf."
Ich tat, wie mir geheißen.
Nachdem wir uns gestärkt hatten, gingen wir zurück in die Badi. Kaum hatten wir uns auf unser Badetuch gesetzt, tauchten auch schon die anderen auf.
„Hattet ihr einen schönen Nachmittag?", fragte Grandma, als sie sich auf einen Liegestuhl setzte.
„Ja, war gemütlich", meinte Ben.
„Du hast da noch was", machte er mich in Gedanken auf die Blutüberreste an meinem Mundwinkel aufmerksam.
Unauffällig wischte ich es weg und bedankte mich.
„So, habt ihr schon Hunger?", fragte Gertrud, die es sich auf ihrem großen Bunny-Badetuch gemütlich gemacht hatte.
„Nicht wirklich, hatte gerade ein Eis", meinte ich.

„Du musst mehr essen, Kindchen", meinten Gertrud und Grandma fast synchron.
Ich schüttelte nur den Kopf. Mit ihnen über meine Essensgewohnheiten zu sprechen, hatte ich keine Lust, denn laut ihnen war ich zu dünn und aß zu wenig. Ich jedoch fand, ich sei genau richtig, und ich aß, bis ich satt war. Das sollte wohl reichen, nicht?
„Wir schmeißen das Fleisch jetzt trotzdem auf den Grill", meinte mein Dad.
„Möchtest du auch etwas, Nick?", fragte Charlotte.
„Nein, danke, bei uns gibt es später auch noch was."
„Du kannst es dir auch noch anders überlegen", meinte mein Dad und ging mit dem Fleisch zu den Grills am Rand der Badi. Charlotte begleitete ihn, um aufzupassen, dass ihr Fleisch nicht allzu gut durchbriete.
„Gehen wir nochmals ins Wasser?", fragte Ben in die Runde.
„Klar", meinte ich und stand auf. „Kommst du auch?", wollte ich von Nick wissen, der sich noch keinen Millimeter bewegt hatte.
„Nein, geht ihr ruhig", meinte er kurz angebunden und führte sein Gespräch mit Grandma und Gertrud fort. Schnell drückte ich ihm einen Kuss auf die Wange.
„Geht es dir wieder gut?", wollte Ben wissen, als wir außer Hörweite waren.
„Ja, alles gut."
„Mir kannst du nichts vormachen."
„Der Hunger nach Blut kotzt mich an. Auch das Betont-langsam-Gehen und Immer-nur-fünfzig-Prozent-Geben halte ich nicht aus. Es ist so, als hättest du übermäßige Energie und keine Möglichkeit, diese loszuwerden, da du immer nur ein Minimum davon brauchst und verwenden darfst."
„Tönt logisch."
„Haha, das hilft mir jedoch nicht!"
„Ich war auch noch nicht fertig."
„Na, dann erzähl weiter."
„Mach ich, wenn du mich endlich lässt."
„Okay, dann fang jetzt an."

„Dann musst du jeden Abend springen gehen und versuchen, deine Energie so loszuwerden, oder du suchst einen anderen Ausgleich."
„Das könnte ich tatsächlich einmal versuchen."
„Solltest du."
Unterdessen waren wir beim Floß angekommen. Ohne Mühe zog ich mich an dessen Rand hinauf. Wir waren alleine. Alle anderen sonnten sich in der Abendsonne, warteten auf ihr Essen oder genossen es bereits.
„Was denkst du? Wie weit sind sie wohl mit den Verhandlungen?", wollte ich wissen.
„Ich denke, sie werden ihr Bestes geben, und es wird schließlich auch zustande kommen."
„Das werden wir ja morgen sehen, dann steht wieder ein Ratstreffen an."
„Ja, habe das Posting auch gelesen."
„Wir haben bei ihnen wohl noch Schonfrist", murmelte ich.
„Sieht ganz danach aus. Sie meinten, sie würden uns schreiben, wenn wir etwas tun könnten."
„Evtl. bekommen wir morgen unsere Aufgabe." Ich konnte ja verstehen, dass wir die Regierungsleute noch nicht kannten und somit auch nicht sehr viel machen konnten, doch ich wollte helfen. Ich wollte, dass die Dämonen tot waren.
„Lass uns wieder zurückgehen", unterbrach Ben meine Gedanken und machte ein Kopfsprung ins Wasser. Ich folgte ihm. Mit wenigen Zügen war ich wieder am Ufer. „Du musst wirklich aufpassen", meinte Ben, als er wenige Minuten später ebenfalls am Steg ankam.
„Ich weiß, es ist jedoch schwieriger als gedacht", murmelte ich. Wir duschten uns ab und machten uns auf den Weg zu unseren Tüchern.
„So, dass Essen ist gleich fertig. Ihr könnt euch einen Teller und Salat schnappen und dann mitkommen", meinte Charlotte schon von Weitem. Grandma und Gertrud hatten sich mit ihrem Teller bereits auf den Weg gemacht.
„Isst du jetzt auch noch was?", fragte ich Nick.
„Nein, ich bin satt."
Schulterzuckend schnappte ich mir einen Teller. Ich hatte jetzt doch Lust, ein Steak zu essen. Wir liefen händchenhaltend zum Grill.

„Hast du dich gut unterhalten?", wollte ich wissen.
„Ja, tipptopp. Gertrud hat einige witzige Geschichten zu erzählen."
„Ja, das hat sie." Ich musste schmunzeln. Gertrud erlebte immer die komischsten Sachen.
„Und ihr habt das Wasser genossen?"
„Ja." Schnell drückte ich ihm einen Kuss auf den Mund.
Nick zog mich enger zu sich und küsste mich intensiver. Ich genoss den heißen und zugleich süßen Kuss. Zögerlich löste ich mich von ihm.
„Bleibst du noch?", wollte Ben wissen, der sich sein Essen geschnappt hatte und jetzt wieder auf dem Weg zu unserem Platz war.
„Nein, ich warte noch kurz, bis Lee ihr Essen hat, und werde dann auch gehen."
„Schade. Ich werde dich vermissen", murmelte ich, als Ben wegging.
„Du hast ja Ben", meinte Nick in einem Ton, der mir gar nicht gefiel. Seit wann war er denn eifersüchtig?
„Stimmt", meinte ich trotzig. Ich konnte und wollte seine Eifersucht nicht auch noch ertragen. Denn ich musste schon mit dem Tod von Mom und Tom fertigwerden, da brauchte ich nicht auch noch einen eifersüchtigen Freund.
„Es tut mir leid", meinte Nick und drückte mir einen Kuss auf die Stirn. Schien fast so, als hätte er meine Gedanken gelesen, doch das war nicht möglich. Ich hatte meine Gedanken „verschlüsselt".
„Schon gut. Aber benimm dich bitte", meinte ich und ging mit meinem Teller und Nick im Schlepptau zum Grill.
Als sich alle bedient hatten, verabschiedete sich Nick von uns. Zum Abschied küsste er mich noch auf den Mund. Ich konnte den Kuss nicht wirklich genießen, mich nervte seine Art gegenüber Ben immer noch. Wie konnte er mir das antun? Ja, natürlich konnte er für seine Gefühle nichts. Doch warum musste er sie so offen zeigen? Die gute Stimme in meinem Kopf widersprach: ‚Wie würde es dir gehen? Wahrscheinlich gleich, aber …' Ich sah ein, dass es mir wahrscheinlich auch schwerfiele, meine Gefühle zu verbergen oder zu ignorieren. Ich aß mein Essen auf und schloss mich der Unterhaltung der anderen an.

Kapitel 17

Es windete ziemlich heftig, als ich mich auf den Weg zur Ratssitzung machte. Ich fand dieses Wetter irgendwie tröstlich und war froh, dass ich mich entschieden hatte zu laufen. So hatte ich Zeit, meine Gedanken ein bisschen zu sortieren und mich innerlich auf die Ratssitzung vorzubereiten. Ich wusste nicht so genau, was mich erwarten würde, denn die anderen vom innersten Kreis hatten nichts durchblicken lassen. Also blieb mir nichts anders übrig als abzuwarten. Ich strich meine Haare jetzt sicher zum hundertsten Mal zurück, bevor ich beschloss, es sein zu lassen und den Turbo einzuschalten, was bedeutete: Ich benutzte meine Vampirfähigkeiten. Kurz vor dem Gebäude bremste ich ab, um nicht aufzufallen. Mittlerweile regnete es in Strömen. Doch dank meiner Vampirfähigkeiten kam ich einigermaßen trocken an.
„Hey", begrüßte ich die Gruppe Jugendlicher, die mir entgegenkam. Es waren Jäger, die gleichzeitig mit mir in den Rat aufgenommen wurden. Sie grüßten zurück und gingen weiter. Eigentlich schade, dass wir nicht mehr miteinander machten.

„Lea, gut, dass du da bist. Kannst du Herrn Simon Anderhub, den stellvertretenden Chef der NSA, der heute für den Geheimdienst und die Regierung spricht, herumführen? Ich muss mich um meine Tochter kümmern, die wieder in Schwierigkeiten geraten ist. Ihr schafft das auch ohne mich, oder? Ich versuche, später noch zu kommen", rief mir Andrea, ohne eine Antwort abzuwarten, im Vorbeigehen zu.
Gut, ich war ohnehin zu früh hier. Ich betrat die Eingangshalle und schaute mich um. Vor dem Bildschirm standen schwer bewaffnete Männer, die wahrscheinlich ihren nächsten Einsatz brieften, und auf der linken Seite knutschte ein verliebtes Paar, diese konnte ich wohl ausschließen. Hinter der Jägergruppe erkannte ich einen verloren aussehenden Herrn. Wahrscheinlich hatte er auch ein bisschen Respekt vor uns. Er hatte seine blonden Haare kurz abgehauen und trug einen schicken Anzug.

Ich schätzte ihn auf Anfang dreißig. Das musste er sein. Ich lief zu ihm und stellte mich vor.
„Freut mich. Ich bin Simon Anderhub, du kannst mich aber Simon nennen", begrüßte er mich.
„Angenehm. Bist du schon einmal hier gewesen?", versuchte ich, eine Unterhaltung in Gang zu setzen.
„Nein, leider nicht."
„Dann kommen Sie mit, ich zeige Ihnen das Gebäude, bis die Sitzung anfängt."
Begeistert folgte er mir durch die ganzen Räume und stellte immer wieder Fragen zur Nutzung oder zu einzelnen Geräten. Da ich nun schon einige Zeit im Loft verbracht hatte, konnte ich ihm alle Fragen beantworten.
„Ich habe gehört, dass die Idee der Zusammenführung der beiden Gesellschaften von dir kam", meinte er plötzlich.
„Ja, ich hatte die Idee zusammen mit Benjamin."
„Ich finde es toll. So können wir unsere Kräfte zusammentun und die Welt gemeinsam zu einem besseren Ort machen."
„Das dachten wir uns auch. Ich habe nur nicht erwartet, dass schon so schnell eine Entscheidung fallen würde."
„Meistens geht es auch länger, doch dies ist ein wichtiges Thema vor allem in diesen schwierigen Zeiten. Man braucht alle Hilfe, die man kriegen kann. Jedoch wird es noch eine Weile dauern, bis das ganze Projekt auch tatsächlich zustande kommen wird", fügte er noch an.
Mittlerweile waren wir im Sitzungszimmer angekommen, wo die anderen bereits beim Kaffee saßen. Wir setzten uns dazu, und ich erzählte, dass Andrea später kommen werde.
„Na gut, dann fangen wir ohne sie an", meinte Monika und übergab das Wort an Felix.
„Wir konnten in den letzten Tagen einiges wegen des Projekts mit den Menschen abklären, und es gibt positive Neuigkeiten. Sie haben zugestimmt. Jetzt geht es noch in die Vorbereitungsphase und in die Planung. Simon, möchtest du fortfahren?", fragte Felix, an Simon gewandt.

„Ja, das würde ich gerne. Wie ich vorhin bereits Leandra sagte, sind wir begeistert von eurem Vorschlag, unsere Kräfte zusammenzutun. Jedoch gibt es auch einige Bedenken bezüglich eurer Kräfte und Fähigkeiten, wie ihr euch bestimmt denken könnt. Zudem wird dieses Projekt eine gewisse Vorlaufzeit benötigen, in der wir die Abläufe festlegen und das Personal schulen und vorbereiten. Wir haben uns entschieden, dass ich die Projektleitung und die Schnittstelle zwischen den beiden Welten bilden werde und somit die Verantwortung und die Entscheidungen bei mir liegen."
„Das ist ein guter Ansatz. Wir sind bis heute noch nicht dazu gekommen, die Schnittstelle zu bestimmen. Jedoch wäre es gut, wenn Leandra oder Benjamin diese Position übernehmen könnte. Was meint ihr?"
„Ich würde diese Aufgabe gerne übernehmen", stellte ich mich zur Verfügung.
„Das wäre mir auch recht. Ich würde lieber Toms vorherige Aufgabe, den äußeren Kampftrupp zu führen, übernehmen."
„Dann haben wir das so beschlossen. Hat jemand noch Einwände?", wollte Monika wissen. Niemand meldete sich. Im innersten Kreis des Rates hatte jeder noch eine Aufgabe. Monika war für das Bildungswesen und die Ausbildung aller übernatürlicher Wesen auf der ganzen Welt zuständig. Andrea kümmerte sich um den IT-Bereich, das Aufspüren der Dämonen und das Gewinnen von Informationen. Felix übernahm die Verteidigung und die Jäger. Meine Mutter hatte die Aufgabe, die Schnittstelle zwischen den Menschen, dem Rat und zwischen den einzelnen Wesen/Schattenweltlern zu sein. Toms Aufgabe war es, den äußeren Trupp zu führen. Der äußere Trupp ging selbstständig allen Hinweisen nach und versuchte in einem kleinen Team, die Dämonen und auch andere Gefahren zu bekämpfen. Der äußere Trupp war sozusagen die Spezialeinheit der Senjas. Zu Bens neuen Aufgaben gehörte auch, herauszufinden, was die Dämonen wussten, was nicht einfach werden würde! Doch er würde es schaffen. Bestimmt.

Nachdem Simon gegangen war, mussten wir noch unseren Schulplan regeln, da wir bis zu den Sommerferien wohl mit unseren neuen Projekten beschäftigt wären und somit eher weniger Zeit hätten. Monika erklärte sich bereit, sich darum zu kümmern. Wir würden wohl die Schulbildung sowie den Jägerkurs zwischendurch bekommen. Zusätzlich meinte sie, dass wir auch noch den Stoff vom letzten Jahr durchnehmen würden, da unsere Projekte nach dem Sommer noch nicht fertig wären. Mir war das recht. Ich hatte mehr Lust, meine neue Aufgabe in Angriff zu nehmen und etwas für die allgemeine Bevölkerung zu tun und so, wie es schien, Ben auch. Simon und ich verabredeten uns für zwei Wochen später zur Planung. Bis dahin wollten wir unsere Vorschläge machen und dann zusammen abklären. Ich war erstaunt, dass der Rest vom Rat sich da heraushielt. Sie wollten nur in den Monatssitzungen über den neuesten Stand aufgeklärt werden und wenn ich sonst mal Hilfe brauchen sollte. Mir gefiel es, endlich ein eigenes Projekt mit Verantwortung zu haben, das ich selber gestalten und zum Erfolg führen konnte. Ich saß im Schaukelstuhl und las eines der Bücher meiner Mutter über die Kulturen der verschiedenen Völker, obwohl ich in Gedanken immer noch an der gestrigen Sitzung war und mich somit nicht wirklich gut konzentrieren konnte.

Kapitel 18

"Nochmals mein herzliches Beileid zum tragischen Tod Ihrer Mutter", drückte der Bürgermeister nochmals sein Beileid aus, bevor er sich von den anderen verabschiedete. Heute habe ich diesen Satz schon mindestens zehntausendmal gehört und immer mit den gleichen oder ähnlichen Worten geantwortet. So auch jetzt.

"Vielen Dank, Herr Bürgermeister. Auch dass Sie heute da waren, das hätte meiner Mutter und Tom viel bedeutet."

"Ich weiß doch, Liebes. Passt gut auf euch auf, und wenn ihr etwas braucht, melde dich einfach bei mir."

"Vielen Dank." Auch diesen Satz hatte ich schon über fünftausendmal gehört und mich immer höflich bedankt, auch wenn ich jetzt schon wusste, dass ich keines dieser Angebote annehmen würde.

"Da bist du ja", rief Lea, als sie auch mich zukam, und rettete mich damit vor diesem Gespräch.

"Hey, ja, alle wollten noch mit mir reden und ihr Beileid ausdrücken."

Lea lächelte mir zu und legte tröstend einen Arm um mich. Arm in Arm liefen wir zu dem Restaurant am See. Connor und Bene warteten bereits beim Eingang auf uns. Wir hatten heute Vivienne und Tom kirchlich und mit den Senja-Traditionen bestattet. Die Kirche war bis zum letzten Platz gefüllt gewesen, was mich mit Stoltz erfüllt hatte. Wir hatten uns für diesen Weg entschieden, da Tom und Vivi in der Menschenwelt wie auch in der Senja-Welt eine wichtige Rolle gespielt hatten und wir keine dieser Gesellschaften ausschließen wollten. Wir alle hatten uns in den Farben der Senjas angezogen. Die Frauen trugen weiß-rosa Kleider und die Männer weiße Anzüge mit hellblauer Krawatte oder Fliege. Natürlich sahen die Menschen uns nur in schwarzer Kleidung, da es bei ihnen so üblich war. Wir jedoch bevorzugten die Farben des Lichtes und der Hoffnung. Wir feierten das Leben und nicht den Tod. Die Beerdigung begann mit Viviennes Lieblingslied, das auf dem Klavier gespielt wurde. Ein kleiner Chor beehrte uns mit seinen süßen Elfenstimmen. Nach diesem Lied sprachen wir ein Gebet, das wir zusammen ausgesucht hatten. Danach rezitierten wir alle einen Senja-Vers, um die Toten zu ehren. Danach erzählten Charlotte und mein Dad einige Abenteuer von ihnen. Auch Benjamin und ich hatten etwas vorbereitet. Wir hatten zu dem Lied getanzt, das wir bei unserer ersten Aufführung aufgeführt hatten und bei dem unsere Eltern beinahe vor Stolz geplatzt wären. Zum Schluss hatten wir noch Toms Lieblingslied gesungen.

„Da seid ihr ja!", rief Bene.
„Ja, sonst kommen wir nie zu unserem Mittagessen und danach zum Ritual", meinte ich.
Die Senjas veranstalteten immer acht Tage nach dem Tod ein Ritual, eine sogenannte Totenwache, um den Toten den Weg zu zeigen und um sie zu ehren. Dieses Ritual fand immer am frühen Abend statt, und so hatten wir noch genügend Zeit, zu essen und das Beisammensein mit der ganzen Familie zu genießen. Nun waren auch die kleinen Biester anwesend.
„Lia", rief Fin, der kleinste und jüngste meiner Cousins, als er Vollgas auf mich zugestürmt kann und sich in meine Arme warf.
„Hey, kleiner Racker!"
„Sitzt du neben mir?", wollte er wissen, wobei er mich mit seinen kugelrunden braunen Augen so süß anschaute.
„Klar", meinte ich, wie konnte ich da auch Nein sagen? Ich ließ mich von ihm ins Restaurant ziehen, und die anderen folgen uns. Ich setze mich zwischen Fin und Nick, der von meiner Cousine Kim in Beschlag genommen wurde. Schnell drückte ich ihm einen Kuss auf den Mund und hörte meinen ältesten Cousin nur „Wää!" rufen. Ich lachte und meinte: „Warte es nur ab, du wirst bestimmt schlimmer."
„Nein, bestimmt nicht", meinte er trotzig.
Connor, Lea und Ben setzten sich ebenfalls zu uns an den Tisch.
„Alles okay?", wollte Nick in Gedanken wissen.
„Ja, danke. Es war eine sehr schöne Feier."
„Ja, das war es", meinte er und küsste mich in Gedanken.

„Was meint ihr? Noch ein Dessert?", fragte Gertrud in die Runde.
„Jaa", schrien die Kinder voller Begeisterung. Normalerweise hätte ich jetzt höflich abgelehnt, da ich nach diesen drei Speisen schon ziemlich satt war. Doch dank meiner zusätzlichen Fähigkeiten hatte ein Dessert immer noch Platz.
„Du magst wirklich noch was?", wollte Lea erstaunt wissen.
„Ja, ich brauche die Energie für nachher."
„Ich nehme auch noch ein Dessert", lenkte Connor die Aufmerksamkeit auf sich.
„Danke", sagte ich in Gedanken zu ihm und lächelte ihn an. Er schien zu wissen, dass ich nicht drüber reden wollte.
Nun diskutierte Lea mit Connor. Er solle doch nicht immer so viel essen, sonst werde er noch dicker und so weiter ...
Ich ging mit den Kindern noch kurz auf den Spielplatz, bevor unser Dessert serviert wurde, auch um dieser Streiterei auszuweichen. Ben begleitete uns.
„Wir sollten öfters zusammen tanzen", meinte er.
„Ja, das sollten wir", meinte ich lächelnd, während ich Kim auf der Schaukel angab. Mir fiel auf, dass ich heute wirklich viel lächelte, vor allem da ich in den letzten Tagen eher weniger dazu gekommen war.
„Du solltest sowieso mehr lächeln", meinte Ben.
„Du hast meine Gedanken gelesen!", reagierte ich gespielt empört. Er lachte nur. Ich war froh, dass auch er wieder ein bisschen lächelte, denn auch ich hatte sein Lachen vermisst.
„Der Bürgermeister hatte Hochwasserhosen, das sah so lustig aus", sagte Ben lachend.
„Ja, das stimmt, und seine Frau erst!", erwiderte ich.
„Jetzt bist du in meinen Gedanken", erwiderte er gespielt wütend.
„Tja, nicht nur du kommst so leicht in Gedanken", zog ich ihn auf.
„Ja, da du der Schlüssel bei mir bist und ich bei dir, ist es kaum schwierig", spottete er.
„Stimmt wohl, aber ich habe keine Geheimnisse vor dir", sagte ich.
„Ich auch nicht", erwiderte er.
„Gut, sonst wäre ich der falsche Schlüssel", spottete ich immer noch in seinen Gedanken.

„So, es gibt Dessert", rief uns mein Dad rein und beendete so unser Gespräch.
Als wir erschienen, diskutierten Lea und Connor nicht mehr, sondern schnausten gemeinsam an seinem Coupe. Ich sah sie an und lächelte, und sie lächelte zurück. Wie froh war ich, dass heute alle da waren, um diesen Tag mit uns zu überstehen! Leider hatte ich in den letzten Tagen seit der Sitzung keine Zeit gehabt, etwas mit Lea, Connor oder Nick zu unternehmen, und auch Bene hatte ich nur zwischendurch gesehen. Eigentlich schade. Jedoch wollte ich mich auf meine Aufgabe vorbereiten, um diese auch gut zu erfüllen. Ich wühlte mich durch alle Bücher von Tom und meiner Mutter und hatte so einiges über unsere Welt und auch ein paar neue Sprüche gelernt, obwohl wir in der heutigen Welt die Zauberei immer weniger anwandten, um unerkannt zu bleiben und nicht aufzufallen.
„So, es wird Zeit", erklärte Grandma, als wir alle unser Dessert verspeist hatten. Wir verabschiedeten uns vom „menschlichen Teil" unserer Familie und machten uns auf den Weg. Auch die anderen gingen, da die Kleinen noch Training hatten.

Auf dem Weg nach draußen nahm Nick meine Hand, was meine Nerven ein bisschen beruhigte. Ich wusste nicht, was auf uns zukommen würde. Vielleicht tauchten ihre Geister beim Ritual auf, um uns oder nur gewissen Personen noch etwas zu sagen, oder es erschiene niemand. Das wusste man im Voraus nie so genau. Jeder in seinen Gedanken, liefen wir zu der kleinen Lichtung mit dem Himmelbaum, bei dem wir auch den Schutzzauber gesprochen hatten. Es befanden sich bereits sehr viele Leute auf der Lichtung, und es kamen immer mehr, aus allen unterschiedlichen Richtungen tauchten sie plötzlich einfach auf, um unseren Eltern die letzte Ehre zu erweisen.
„Kommt, gehen wir in die Mitte", meinte Grandma und lief voran. Ich klammerte mich an Nicks Arm, um ihn in der Menschenmenge nicht zu verlieren und nicht durchzudrehen, denn meine Sinne hatten sich drastisch geschärft, was von meiner Aufregung und

Nervosität kam. Ich roch die verschiedenen Aromen im Blut der Leute um mich herum und konnte mich kaum beherrschen. Wann hatte ich das letzte Mal Blut? Ich wusste es nicht mehr, und es war mir auch egal, doch ich konnte mich nicht mehr konzentrieren, und das würde früher oder später zum Problem werden. Nick neben mir machte ein ernstes Gesicht und versuchte mich, so gut es ging, von den Leuten fernzuhalten. Wie immer war auch Ben aufgefallen, dass ich nicht mehr konnte.
„Was sollen wir tun?", fragte er Nick.
„Sie braucht frisches Blut, am besten direkt von einer Vene. Das beruhigt sie jetzt am besten, und danach sollte es wieder gehen", antwortete Nick flüsternd.
„Warum gibst du ihr nicht das Blut?", wollte Ben wissen.
„Würde ich ja, doch es würde nicht sehr lange reichen, da ich auch Vampirblut in mir habe", erwiderte Nick.
„Okay, ich werde ihr das Blut geben", antwortete Ben, ohne zu zögern.
Die Unterhaltung hatte ich nur am Rand mitbekommen. Ich musste mich darauf konzentrieren, keinen der Leute auszusaugen und nicht allzu auffällig zu wirken, was mir nicht sehr gut gelang, da meine Fangzähne sich bemerkbar machten. Doch Lea war mit Connor beschäftigt, und die anderen Leute unterhielten sich, somit achtete keiner wirklich auf mich.
„Okay", meinte Nick nach einer kleinen Ewigkeit.
„Wir müssen noch kurz jemanden begrüßen", erklärte Ben den anderen und zog mich in eine andere Richtung, weg von den Menschen.
Nun roch ich nur noch sein Blut, es roch süß und leicht nach Honig. Ab diesem Moment hatte ich wirklich Schwierigkeiten, mich zu beherrschen; dieses starke Gefühl hatte ich bis jetzt noch nie bei Blut verspürt. Es fühlte sich an, als würde es mich zerreißen, wenn ich jetzt nicht sofort kosten dürfte. „Willst du das wirklich?", brachte ich mühsam hervor.
Ich wusste nicht, ob ich mich beherrschen konnte, würde er Nein sagen, doch er meinte nur: „Für dich würde ich alles tun, und was ist schon ein bisschen weniger Blut?"

Ich musste trotz meiner Schwierigkeiten lächeln. Er war immer für mich da und achtete darauf, dass es mir gut ging. Wir waren mittlerweile aus der Sichtweite der Leute.
„Komm, trink", meinte er und streckte mir sein Handgelenk entgegen.
Zögernd nahm ich es. Vorsichtig biss ich ihn mit meinen Fangzähnen, die nun noch länger waren als vorhin. Schon bei der kleinsten Berührung fing er an zu bluten. Ben stöhnte, als ich vorsichtig einen Schluck von seinem Blut nahm. Es schmeckte himmlisch, genauso wie es roch, süß und leicht nach Honig, und auch Vanille schmeckte ich jetzt, was ich vorhin nicht gerochen hatte. Nach diesem einen Schluck verschloss ich seine Wunde mit meiner Zunge.
„Brauchst du nicht mehr?", fragte er verwundert.
Ich konnte nicht reden, darum verband ich unsere Gedanken. Nein ich brauchte nicht mehr, dieser Schluck hatte mir meine ganze Konzentration wiedergegeben. Es war, als würde er mich heilen von meinem Vampirfluch. Ich nahm alles zwar immer noch besser wahr als damals, als ich nur eine Senja/ein Mensch gewesen war, doch es war nicht mehr so schlimm wie in den letzten paar Minuten.
„Danke", meinte ich, als ich endlich wieder reden konnte. Ich war plötzlich so fröhlich, und mir ging es besser denn je, so als hätte sein Blut meine Lebensfreude zurückgebracht. Auch Ben schien es erstaunlich gut zu gehen, obwohl er gerade einen Vampirbiss hinter sich hatte.
„Bei mir war es ähnlich, es fühlte sich so unglaublich gut an", meinte er lächelnd in meinen Gedanken.
Ich war froh darüber, denn ich hätte es nicht ertragen, wenn es ihm nicht gut ginge.
„Oh Scheiße, in zwei Minuten beginnt die Zeremonie, und wir benötigen mindestens noch fünf Minuten", meine Ben leicht panisch.
„Kein Problem", meinte ich und trug ihn mit meinen Vampirfähigkeiten zur Zeremonie. Wir waren gerade noch rechtzeitig dort, sodass keiner nach uns fragte.

Wir stellten uns in mehreren Kreisen um den Himmelbaum und fielen in einen Art Singsang, um die Seelen von Mom und Tom in die Geisterwelt zu führen. Obwohl ich die Worte bis jetzt noch nie gehört oder gelesen hatte, gingen sie mir einfach über die Lippen. Es hieß, keiner kenne die Worte, doch alle könnten sie sprechen. Doch man würde sie in derselben Sekunde vergessen, in der man sie ausgesprochen habe. In den ersten paar Minuten geschah nichts, doch mit der Zeit kam der Wind auf und fing an, in den Ästen des Himmelbaums zu wüten. Plötzlich konnte ich auch eine andere Präsenz wahrnehmen. Ich spürte die Nähe meiner Mutter so, wie ich sie in den vergangenen Tagen immer leicht in meinem Herzen wahrgenommen hatte. Doch nun war es, als würde sie tatsächlich vor mir stehen und mich mit ihrer Nähe trösten. Ich fühlte mich nicht mehr so einsam wie in den letzten Tagen. Ich fühlte mich einsam, obwohl ich wusste, dass ein Teil von ihr bei mir war und immer da sein würde. Dass ich ihre Stärke nutzen konnte, wann immer ich sie brauchte. Doch das reichte nicht. Ich brauchte meine Mutter.

„Du bist die mutigste und stärkste Person, die ich kenne. Du brauchst mich gar nicht mehr", hörte ich ihre vertraute Stimme in meinem Kopf. Ich hätte vor Freude losweinen können, so erleichtert war ich, ihre Stimme zu hören.

„Nein, das bin ich nicht."

„Doch, mein Schatz, du hast eine neue Idee in den Rat gebracht, du hast es geschafft mit deinen jungen Jahren, in den innersten Kreis aufgenommen zu werden, du hast es geschafft, nicht deinem Vampirrausch zu verfallen, und du wirst auch alle weiteren Hürden in deinem Leben meistern. Du wirst es schaffen. Ich glaube an dich und werde in deinem Herzen immer bei dir sein."

Ich war so überwältigt von ihren Worten, dass ich nur „Danke, Mom" sagen konnte.

„Ich bin stolz auf dich! Du und Ben werdet diese Welt in einen besseren Ort verwandeln." Sie drückte mir einen Kuss auf die Stirn, und im nächsten Augenblick war sie weg. Das Einzige, was sie hinterließ, war ein schwacher Duft nach Jasmin, ihrem

Lieblingskraut. Ohne es zu merken, liefen mir kleine Tränen über die Wange.
Mittlerweile kam der Singsang langsam zum Ende. Nick nahm mich in den Arm und hielt mich fest.
„Du hast sie gesehen, nicht?"
„Ja", meinte ich und drückte ihm einen Kuss auf die Lippen.
„Habt ihr auch etwas gespürt oder gehört?", wollte ich von den anderen wissen.
„Wir konnten die Präsenz wahrnehmen, jedoch nichts hören. Hast du sie gehört?", wollte Lea wissen.
„Ja, sie hat mir Mut gemacht und gesagt, dass ich stark sei und das schaffen werde."
„Das wirst du", meinte Lea und drückte mich. Sie war wirklich meine beste Freundin und unterstützt mich bei allem, was ich unternahm. Am liebsten hätte ich ihr alles erklärt, doch das ging momentan nicht. Sie musste zuerst den Test bestehen und sich für die Wahrheit entscheiden.
„Hast du Lust, noch vorbeizukommen und wie in alten Zeiten bei mir zu übernachten?"
„Ja, das würde ich gerne", meinte sie voller Freude. Sie verabschiedete sich von uns, um kurz ihre Sachen zu holen.
„Dann gehe ich auch mal", meinte Nick und küsste mich zum Abschied, so unendlich schön, dass ich wie immer schwache Knie bekam. Vorsichtig löste ich mich schließlich von ihm. Ich konnte ihn ja schlecht vor all diesen Leuten verführen.
„Gute Nacht, Lee", meinte Nick und gab mir noch einen kurzen Kuss. Am liebsten hätte ich ihn wieder zu mir nach unten gezogen und ihn weitergeküsst, doch es gab ja nicht nur uns. Das sollten wir jedoch bald ändern, nahm ich mir fest vor.
Nick verabschiedete sich auch und ging. Zusammen mit Oma und Ben machten wir uns auf den Rückweg.
„Du hast ihn auch gehört, oder?", fragte ich Ben in Gedanken, während ich mich mit Oma über den heutigen Tag unterhielt.
„Ja."
„Und was sagte er?", wollte ich neugierig weiterwissen.

Er antwortete mir nicht. Stattdessen zeigte er mir die Erinnerung. Nun sah ich alles aus seinen Augen und hörte, was er hören konnte. Wie auch ich begann er mit dem Singsang und wartete ab. Doch wie auch bei mir geschah nichts, doch dann kam der Wind auf, und Ben konnte spüren, wie sich jemand näherte. Suchend sah er sich um, doch da war nichts.
„Ich bin es", erklang dann Toms Stimme.
„Dad!"
„Ja, mein Sohn."
„Geht es dir gut?"
„Ja, uns geht es gut, wir können euch sehen und zuschauen, was ihr macht. Ich bin sehr stolz auf dich! Du wirst jeden Tag besser in dem, was du tust."
„Danke."
„So, es wird Zeit, ich muss gehen. Doch eines möchte ich dir noch sagen: Sei mutig und sag ihr, was du fühlst."
„Wem soll ich das sagen?"
Doch er lächelte nur und meinte: „Ich liebe dich, Ben."
„Ich dich auch", und dann war er fort, und die Erinnerung endete.
„Wem sollst du sagen, was du empfindest?", wollte ich vorsichtig wissen.
„Das versuche ich noch herauszufinden. Anscheinend weiß er mehr als ich", meinte Ben achselzuckend und konzentrierte sich wieder auf das Gespräch mit Grandma.
Auch ich schloss mich der Unterhaltung wieder an. Wir diskutierten gerade über das fantastische Essen und darüber, wie schön es war, alle wiederzusehen, auch wenn es unter diesen traurigen Umständen war. Ich fand es einen gelungenen Tag und einen gelungenen Abschied. Obwohl ich immer noch traurig war, war ich froh, dass wir uns noch hatten verabschieden können. Ich dachte, ich würde immer traurig sein, doch ich würde meinen Weg finden und das Beste aus der Situation machen.

Kapitel 19

„Nein, da steht Vanillepulver", rief Lea lachend, als ich bereits das zweite Backpulver in die Schüssel geben wollte.
„Aber wir machen doch die doppelte Menge, somit brauchen wir auch die doppelte Menge Backpulver", korrigierte ich sie.
„Wenn du meinst", sagte sie kopfschüttelnd.
Ich merkte, dass sie daran zweifelte, gab das Backpulver aber doch hinzu. „Jetzt noch das Vanillepulver", meinte ich, und Lea gab es hinzu.
„Lass uns in den Trampolinraum gehen, bis der Kuchen bereit ist."
Ich stimmte ihr zu, und gemeinsam gingen wir. Grandma war bereits ins Bett gegangen, und auch Dad und Charlotte gingen ins Bett, als wir ankamen. Ben hatte noch mit Connor abgemacht. Sie wollten zusammen ein Game ausprobieren, und somit hatte er sich in den Computerraum verzogen. Damit keiner mithören musste, wie wir backten, hatten wir einen Schalldämmer um die Küche und um uns gezaubert, denn bei jedem Schritt, den wir machten, hätte jemand aufwachen können, denn wir waren nicht gerade leise ... Für irgendwas waren unsere Kräfte wohl doch gut.

„Probiere mal einen Rückwärtssalto", rief mir Lea zu. Wir waren früher in einem Trampolin-Akrobatik-Kurs gewesen und hatten deswegen auch eines im Keller. Früher hatten wir fast jeden Tag hier verbracht und trainiert, doch dann war uns die Schule dazwischengekommen, und Trampolinspringen machte nicht mehr so viel Spaß. Ich fing danach an zu tanzen, und Lea ging ins Geräteturnen, wo sie dank ihrer Beweglichkeit auch im höheren Alter als normalerweise noch aufgenommen worden war.
„Okay", rief ich und machte den Salto.
„Wow, du kannst es immer noch!", rief sie mit Begeisterung.
Dieser Salto war noch gar nichts, ich konnte drei hintereinander machen, wenn ich wollte. Doch das war wieder so eine Sache,

die ich für mich behalten musste. „Versuche es auch mal", ermunterte ich sie.
„Yeah geschafft", rief ich, als sie einen schönen Rückwärtssalto hingelegt hatte.
„Jaa", strahlte sie. Nach einer Weile setzten wir uns aufs Trampolin und unterhielten uns über die tolle Zeit, die wir im Trampolinsport gehabt hatten.
„Habt ihr noch den Karaoke-Fernseher?", fragte Lea plötzlich.
„Ich denke, schon", sagte ich vorsichtig. Doch da hatte sie mich schon auf die Füße gezogen und schleppte mich in den Partyraum. Wir bauten die Mikros auf der Bühne auf und schlossen sie am Fernseher an. „Welches Lied möchtest du singen?", wollte ich wissen.
„Egal, spiel das erste."
„Wie du meinst." Ich wusste noch genau, dass sie das erste Lied hasste, und ich behielt recht: Sie fing an zu fluchen, als der erste Ton erklang. Ich nahm mein Mikro und fing mit der ersten Strophe an. Beim Refrain fiel dann Lea auch mit ein, und wir sangen zusammen. Als wir fertig waren, ertönte Applaus. Wir drehten uns um und sahen, wie Ben, Connor und Nick und amüsiert zusahen.
„Wie lange steht ihr schon dort?", rief ich.
„Lange genug", meinte Ben zwinkernd und kam auf uns zu. Ich schüttelte nur den Kopf.
„Singst du unser Lied mit mir?", fragte Ben und wählte schon den richtigen Song.
Ich konnte gar nichts sagen, da begann der Song auch schon, und Lea drückte Ben ihr Mikrofon in die Hand. Ben fing mit der ersten Strophe an, und ich stieg kopfschüttelnd ein. Als wir fertig waren, bekamen wir auch einen großen Applaus.
„Ich wusste gar nicht, dass du singen kannst?", meinte Nick, als er mir von der Bühne half.
„Es gibt so einiges, was du nicht weißt", neckte ich ihn. Was natürlich nicht wirklich stimmte. Ich hatte das Gefühl, er kenne mich schon mein ganzes Leben und wisse alles über mich. „Möchte jemand auch etwas zu trinken?", fragte ich in die Runde.

„Klaar", ertönte es im Chor.
Nick folgte mir in den Nebenraum, wo wir die Getränke lagerten. Als wir außer Sicht weite waren, drückte er mich an die Wand und fing an, mich stürmisch zu küssen.
„Ich habe dich vermisst", hörte ich seine Stimme in meinen Gedanken, während er mich weiterküsste.
„Ich dich auch", hörte ich mich sagen.
Dieser Kuss war so intensiv und fordernd, dass ich nie aufhören wollte. Doch Nick hatte andere Pläne. Er fing an, meinen Hals sachte zu küssen und mit seinen Händen, die er in meinen Haaren vergraben hatte, meinen Rücken hinabzufahren und meinen Po sachte zu streicheln. Ich ließ ihn machen und genoss das unglaubliche Gefühl seiner Berührungen, sanft und doch fordernd. Meine Hände ließ ich von seinem Rücken zu seinen Haaren hinaufgleiten. Ich griff in sein Haar und hielt mich an ihm fest, während er sich wieder meinem Mund widmete. Wir ließen unseren Kuss langsam zum Ende kommen. Beide leicht außer Atem, lächelten wir einander an. Wir holten die Getränke und kehrten zu den anderen zurück. Lea zwinkerte mir wissend zu, als wir wiederkamen. Wenn ich hätte erröten können, hätte ich es jetzt getan. Nick grinste nur sein unwiderstehliches Bad-Boy-Grinsen, was mich ganz verrückt machte, denn ich wollte ihn schon wieder küssen. Wir verbrauchten noch einige Stunden im Partyraum und sangen, bis unsere Stimmen heiser waren. Ich war erstaunt, dass wir es geschafft hatten, den Kuchen rechtzeitig aus dem Ofen zu holen, sodass er nicht verbrannte. Wir gönnten uns noch ein kleines Stück, bevor die Jungs gingen und Lea und ich uns in mein Zimmer verzogen. Ben hatte sich großzügig bereit erklärt, bei Connor zu übernachten, sodass wir ungestört sein konnten.

„Du hast ein Geheimnis, dass du mir nicht mitteilen kannst. Stimmt's?", sagte Lea plötzlich in die Dunkelheit. Wir hatten uns eben entschlossen, schlafen zu gehen, nachdem wir noch eine ganze Weile über „unsere" Jungs gesprochen hatten. Ich hatte erfahren, dass Lea und Connor sich überlegten, miteinander zu

schlafen, und dass es wohl bald so weit sein würde. Lea versprach mir, mich dann mit allen Details zu versorgen und mich auf dem Laufenden zu halten. Ich freute mich für sie, dass sie ihr Glück gefunden hatte und auch diesen Schritt wagen wollte. Erst war ich verblüfft über ihre Frage, doch dann antwortete ich ihr ehrlich mit Ja.
„Ich wusste es. Du gehst mir aus dem Weg."
„Es tut mir soo leid. Aber ich kann dich jetzt noch nicht einweihen. Ich musste es bei meinem Leben schwören, und du weißt, was Senja-Schwüre bewirken, wenn man sie bricht." Wenn man einen Schwur bricht, wird man bestraft. Die Strafe wird dabei der Wichtigkeit des Schwures angepasst, und da der Schwur, den ich geleistet hatte, wohl der wichtigste war, der je geschworen wurde, würde die Bestrafung sehr hoch sein. Wie hoch, wusste keiner, denn bis jetzt hatte sich keiner gewagt, diesen Schwur zu brechen. Als Kind hatte ich einmal geschworen, eine Woche keine Schokolade mehr zu essen. Natürlich konnte ich mich nicht daran halten und habe nach zwei Tagen einen Schokokuchen gegessen. Danach hatte ich fünf Tage unerträgliche Bauchschmerzen, sodass ich dachte, ich stürbe gleich. Ab diesem Tag hatte ich nie mehr etwas einfach so geschworen, und das, was ich geschworen hatte, würde ich nicht brechen. Denn solche Schmerzen wollte ich nie wieder!
„Ich weiß, dass du es mir erzählen würdest, wenn du könntest, doch es ist so doof, nicht zu wissen, was du tust oder was du denkst."
„Ich weiß, für mich ist es auch nicht leicht, dich nicht einzuweihen. Doch in einem halben Jahr wirst du Bescheid wissen, dann können wir darüber reden."
„Schon so früh", meinte sie ironisch.
„Ja", antwortete ich.
„Gut, so lang kann ich warten. Doch versprich mir, dass du zu mir kommst, wenn ich dir helfen kann, ohne dass du den Schwur brichst."
„Ich verspreche es dir", meinte ich. Das konnte ich tun. Ich konnte sie um Hilfe bitten, ohne sie in alles einzuweihen.

„Gut, ich bin immer für dich da, wenn du mich brachst."
„Danke, ich bin auch immer für dich da", erwiderte ich.
„Ich weiß."
„Übrigens, ich komme nach den Ferien nicht mehr in die Schule, ich bekomme den Stoff zu Hause unterrichtet, und nebenbei bin ich mit dieser Geheimsache beschäftigt", platzte ich heraus.
„Hmmm, das finde ich sehr schade. Ich werde dich vermissen", meinte sie vorsichtig.
Ich spürte, wie sie sich mit ihren Fragen zurückhalten musste. Doch sie tat es mir zuliebe, denn sie wusste: Wenn sie lange genug fragte, würde ich knicken. Dafür war ich ihr sehr dankbar. Ich war so froh, dass sie jetzt wusste, dass ich ein Geheimnis hatte und sie mich verstand.
„Ich vermisse dich jetzt schon, wenn ich nur daran denke", motzte ich.
„Wir werden das gemeinsam schaffen", tröstete sie mich.
„Ja, wir müssen."
„Wir können ja einen Abend in der Woche reservieren, an dem wir immer etwas zusammen machen", schlug sie vor.
„Das finde ich eine sehr gute Idee", stimmte ich ihr zu.
„Gut, dann hätten wir das auch geklärt", meinte sie stolz.
Wir umarmten uns und wünschten uns noch eine gute Nacht, obwohl die Nacht mittlerweile nur noch vier Stunden dauern würde.

„Ihr seht schon wieder so beschäftigt aus", meinte Charlotte, als sie in unser Zimmer kam. Bei ihr tönte das wie ein Vorwurf. Lea und ich hatten bis um zwölf Uhr geschlafen und aßen dann noch gemeinsam etwas, bevor sie ins Training musste. Sie hatte nächste Woche einen Wettkampf, und deshalb wurde am Sonntag ein Abendtraining einberufen. Ben kam um vierzehn Uhr nach Hause und verkroch sich mit Büchern und Toms Aufzeichnungen in unser Zimmer. Er hatte für Anfang nächster Woche eine Sitzung einberufen, um sein Team kennenzulernen und um die weiteren Einsätze zu planen und durchzuführen. Auch ich hatte die Aufzeichnungen und Bücher meiner Mutter zur Hand, um

mich auf die Sitzung vorbereiten, die zwar erst in einer Woche stattfinden sollte.
„Ja, wir müssen noch ein paar Sachen für den Rat vorbereiten", antwortete Ben auch an meiner Stelle. Hinter Charlotte war nun auch mein Dad aufgetaucht.
„Kommt ihr bitte nach unten, um euch von Grandma und Gertrud zu verabschieden? Sie wollen in einer halben Stunde gehen und auch noch etwas von euch haben", meinte mein Dad.
„Okay." Ein bisschen enttäuscht, dass ich nicht weiterlesen konnte, legte ich meine Lektüre zu Seite und stand auf. Auch Ben erhob sich widerwillig.
„Das tut euch doch nicht gut ... Ihr seid viel zu jung. Ihr müsst euer Leben jetzt noch genießen ...", murmelte Charlotte vor sich hin. Ben und ich ignorierten ihre Bedenken und überließen es Dad, sie zu beruhigen, was er auch tat. Er legte eine Hand auf ihre Schulter und sagte etwas zu ihr, was ich jedoch nicht mehr wahrnahm, denn Ben und ich waren vorausgegangen.

„Ich werde euch vermissen", meinte Grandma zum Abschied und knuddelte uns ganz fest.
„Wir dich auch", erwiderten wir. Wir hatten uns vorhin noch ein bisschen unterhalten, und Grandma hatte uns ihre Hilfe angeboten für unsere neuen Projekte. Ich war dankbar für ihre Hilfe und meinte, ich würde sie besuchen kommen, um mir ihre Unterlagen anzusehen.
„Gute Reise und danke für alles", verabschiedeten sich auch mein Dad und Charlotte von ihr.
Gertrud war ein bisschen früher gegangen, denn sie hatte noch eine Verabredung mit ihrem süßen Kellner, wie sie ihn nannte. Als auch unser letzter Gast gegangen war, wurde es in unserem Haus wieder ruhiger. Für mich etwas zu still. Dad und Charlotte beschlossen, vor dem Nachtessen noch das Grab unseren Eltern zu besuchen. Leider konnte ich nicht mit, denn ich hatte heute ein Date mit Nick. Er hatte mich zu sich nach Hause eingeladen, um für mich zu kochen. Ich glaubte zwar nicht, dass er wirklich kochte, denn er musste ja nie was Richtiges essen, aber ich war

schon ein bisschen neugierig, was er vorbereitet hätte. Da es schon spät war, ging ich in mein Ankleidezimmer und suchte mir was zum Anziehen. Sollte ich jetzt ein Kleid anziehen oder doch lieber Jeans und eine Bluse? Ich wühlte in meinen Sachen, doch ich fand einfach nichts Passendes.
„Zieh doch das schwarze Kleid dort an", meinte Ben, der plötzlich in der Tür stand.
„Boa, hast du mich erschreckt!", murrte ich.
„Ich dachte, dich könne man nicht mehr erschrecken", meinte Ben lachend.
„Schön wäre es", murmelte ich. „Meinst du wirklich, ich soll dieses nehmen?", wollte ich wissen.
„Ja, solltest du. Es steht dir wirklich sehr gut", meinte er und wollte schon wieder gehen.
„Warte." Er blieb stehen und drehte sich wieder zu mir um. „Danke."
„Gern geschehen", meinte er lächelnd und wandte sich um.
„Jetzt warte doch noch kurz. Warum bist du eigentlich hier?", wollte ich noch von ihm wissen.
„Ich werde nach dem Treffen mit meinen Leuten direkt zu meinem nächsten Einsatz gehen. Es gab wieder Dämonenaktivitäten in der Nähe von North Carolina", erzählte er mir.
„Ist das die erste seit …", ich sprach nicht fertig, denn er verstand mich auch so.
„Ja, wir müssen dahin und Informationen sammeln."
„Ja. Hast du es Charlotte und Dad schon berichtet?"
„Nein, doch ich werde es morgen machen. Ich brauche deine Unterstützung."
„Kein Problem. Ich werde dir den Rücken freihalten. Doch was ist mit unserer Ferienwoche? Wir wollten doch noch eine Tour machen, um die Asche an den Lieblingsplätzen unserer Eltern zu verteilen."
„Ich weiß, doch das muss warten. Wir müssen sie stoppen. Ich möchte nicht dich auch noch verlieren, und wir haben Hinweise darauf, dass sie sich neu sammeln und dich wieder angreifen."
„Ich verstehe dich und bin deiner Meinung. Unsere Eltern werden das sicher auch verstehen."

„Danke", meinte er.
„Bitte."
„Viel Spaß heute", wünschte er mir.
„Danke, was hast du heute vor?", wollte ich wissen.
„Ich werde die letzten Vorbereitungen treffen und dann früh schlafen gehen", meinte er.
„Okay, zeigst du sie mir dann noch?"
„Klar, ich lege sie dir an unseren üblichen Platz", meinte er und verabschiedete sich. Wir hatten früher ein Versteck, wo wir wichtige Sachen von uns deponierten, die geheim waren.
Ich zog das schwarze Kleid an und murmelte einen Aufräumzauber, und innert einer Sekunde stand alles wieder ordentlich an seinem Platz. Zufrieden machte ich mich auf den Weg zu Nick.

Kapitel 20

„Hey", begrüßte mich Nick, als er mir die Tür öffnete.
„Hallo." Ich war schon ziemlich nervös. Nick küsste mich und ließ mich hereinkommen. Seine Wohnung war recht groß für eine Person. Seine Mutter hatte eine eigene Wohnung nahe dem Campus. Es gab eine geräumige Stube mit einer Polstergruppe, einem Fernseher und einem Esstisch mit vier Stühlen. Neben der Stube war direkt die Küche, aus der es erstaunlich fein duftete.
„Du bist ja ein richtiger Romantiker", meinte ich begeistert, als ich all diese Kerzen sah, die extra für uns brannten.
„Ja, für dich würde ich alles tun", erwiderte er und zog mich zu einem intensiven Kuss in seine starken Arme.
Ich genoss dieses Gefühl, bei ihm zu sein und geliebt zu werden. Nach unserem Kuss schaute ich zu ihm auf und sah in seine wunderschönen blauen Augen, in denen ich momentan nur Zuneigung erkennen konnte.
„Komm, lass uns an den Tisch setzen", meinte er und führte mich zu dem bereits gedeckten Tisch im Wohnzimmer. Er zog mir den Stuhl vor, sodass ich mich setzen konnte, ganz der Gentleman. Wenige Sekunden später kam er schon wieder mit zwei vollen Tellern mit Kartoffelgratin und einem Rindsfilet, das super aussah und genauso gut roch. Er stellte den mit der großen Portion vor mich hin und den kleinen vor sich.
„Das sieht toll aus und riecht auch toll", meinte ich bewundernd.
„Danke. Guten Appetit."
„Wünsch ich dir auch." Ich schob ein bisschen Gratin auf meine Gabel und genoss den köstlichen Geschmack auf der Zunge.
„Das ist wirklich exzellent. Warum kannst du so gut kochen?", wollte ich erstaunt wissen.
„Meine Mutter hat es mir beigebracht", war seine knappe Antwort, mit der ich ausnahmsweise zufrieden war, denn ich war so mit dem Essen beschäftigt.
„Möchtest du ein Glas Wein?"

„Ja, gerne." Normalerweise konnte ich nicht viel mit Wein anfangen, doch zu diesem Essen würde er hervorragend passen, also nahm ich ein Glas.
Nick schenkte mir den Wein aus einer speziellen offenen Weinschatulle ein und nahm sich auch ein Glas. Anstandshalber aß Nick auch mit.
„Du musst nichts essen, wenn du nicht magst", versuchte ich, ihn umzustimmen.
„Doch. Mit dir esse ich gerne etwas", erwiderte er. Ich lächelte ihn an. „Habe ich dir schon gesagt, wie wunderschön du in diesem Kleid aussiehst?"
„Nein", meinte ich.
„Ach wirklich. Wie konnte ich das nur vergessen!", meinte er gespielt empört. „Du siehst wunderschön aus in diesem Kleid, und deine Frisur ist bezaubernd, obwohl ich weiß, dass sie ein bisschen später nicht mehr ganz so perfekt aussehen wird", fügte er ernst hinzu.
„Danke, du siehst auch nicht schlecht aus", was die Untertreibung des Jahrhunderts war, denn er sah aus wie ein Gott, wild und sexy in seinen dunklen Jeans und seinem Hemd.
Er lächelte sein unwiderstehliches Lächeln, das mich dahinschmelzen ließ. Wir stießen mit dem Wein an, und ich nahm einen Schluck. Er schmeckte süß und war weich im Abgang. Doch da war noch etwas anderes, etwas, was meine Sinne schärfer werden ließ und den anderen Teil meines Hungers stillte.
„Ich hätte dir sagen sollen, dass das nicht nur Wein ist", murmelte Nick entschuldigend.
„Kein Problem. Schmeckt mir mit Blut sowieso besser als ohne", was auch stimmte.
„Dann ist ja gut."
Ich ließ mir das Essen schmecken.
„Wie kommst du mit deinem Projekt voran?", wollte Nick von mir wissen. Er wusste, dass ich jetzt mein eigenes Projekt hatte und auch nicht mehr zur Schule kommen würde.
„Es geht langsam. Ich habe jetzt fast alle Unterlagen meiner Mutter gelesen und erarbeite einen Plan."

„Das ist gut."
Mehr konnte ich ihm leider nicht sagen, da es eine Angelegenheit des innersten Kreises war. „Was ist mir dir? Hast du dich für einen Jägereinsatz gemeldet?"
„Ja, habe ich, aber nicht so, wie du denkst."
„Was meinst du?", wollte ich wissen.
„Ich habe mich für dein Projekt gemeldet."
„Felix hat euch bereits informiert?", wollte ich wissen, denn ich hatte nichts mit ihm abgesprochen.
„Nein. Er hat uns nur angekündigt, dass es ein neues Projekt geben werde. Jedoch sagte er uns nicht, worum es gehe."
„Hmm, okay." Da war ich froh, denn ich wollte meine Rekruten selber aussuchen und sie informieren.
„Du scheinst nicht so begeistert darüber zu sein" bemerkte er.
„Ich freue mich, dass du mir zur Seite stehen willst, doch du weißt noch nicht, worum es geht. Vielleicht möchtest du das gar nicht."
„Ich weiß, dass es mir gefallen wird. Mir gefällt alles, was du machst", meinte er. Da war noch etwas, was er mir verschwieg, doch ich ließ es bleiben, ihn danach zu fragen. Ich wollte die super Stimmung nicht verderben. Ich ließ mir das letzte Stück Fleisch auf der Zunge zergehen.
„Du musst mir das unbedingt beibringen", schwärmte ich.
„Können wir machen. Möchtest du noch ein Glas?"
„Ja, gerne."
Er schenkte uns beiden nach, und wir machten es uns auf seiner Couch gemütlich. Ich musste lachen, als er die Zauberei den Abwasch machen ließ. Dann machte ich es mir in seinen Armen gemütlich und sah in die Flammen der Kerzen. Alles sah so schön und friedlich aus. Die Stimmung übertrug sich auch auf mich; ich wurde weniger hektisch und gestresst und war einfach nur hier bei ihm. Ihm schien es genauso zu gehen. Er sah entspannt aus und beobachtete mich. Ich sah ihn an, und er lächelte. Ich lächelte zurück und küsste ihn vorsichtig. Sobald ich meine Lippen leicht auf seine gedrückt hatte, öffnete er seinen Mund und hieß meine Zunge willkommen. Vorsichtig umspielte seine Zunge meine. Ich genoss es, einfach bei ihm zu

sein und ihn zu küssen. Unser Kuss wurde schnell intensiver, und ich konnte spüren, wie sich meine Fangzähne bemerkbar machten, doch ihn schien das nicht zu stören. Er fing an, sie mit seiner Zunge zu berühren, was mich noch mehr erregte. Seine Fangzähne hatten sich mittlerweile auch ausgefahren. Seine Hände wanderten langsam unter mein Kleid und streichelten meine Oberschenkel. Meine Hände hatten sich inzwischen um seinen Hals gelegt, um mich dort an ihm festzuhalten. Mit einer Mischung aus Fangzähnen und Lippen küsste er meinen Hals. Dabei ging er so vorsichtig vor, um mich nicht zu verletzen. Ich legte meinen Kopf in den Nacken, um ihm noch mehr Platz zu machen. Er küsste und streichelte mich vorsichtig weiter. Seine Berührungen waren sanft und doch bestimmt. Ich wuschelte durch sein längeres dunkles Haar. Er hob den Kopf und sah mir in die Augen. Sie glühten vor Hunger, und seine Fangzähne waren bis aufs Äußerste ausgefahren. Eigentlich sollte ich mich jetzt fürchten, doch ich fand, er sah gefährlich sexy und anziehend aus. Ich zog ihn zu mir und küsste ihn stürmisch. Zu stürmisch. Meine Fangzähne berührten seine Lippen, und er fing an zu bluten. Aus seiner Kehle erklang ein tiefes Lachen, als ich mich erschrocken zurückzog. Er lachte und zog mich näher, um mich wieder zu küssen. Seine Lippen hatte er mittlerweile wieder mit seiner Zunge versiegelt.

„Keine Angst. Du kannst mich nicht verletzen", meinte er in meinen Gedanken.

Ich hatte seinen Blutgeschmack immer noch auf meiner Zunge, und ich wollte mehr. Ohne Vorwarnung hört Nick auf, mich zu küssen, und bot mir stattdessen seinen Nacken an.

„Trink", meinte er nur.

Was sollte ich? Ich konnte doch nicht?

„Doch."

Zögernd näherte ich mich seinem Hals. Ich konnte seinen beschleunigten Herzschlag und sein Blut hören, das durch seine Venen gepumpt wurde. Nun konnte ich mich nicht mehr beherrschen. Vorsichtig stieß ich meine Fangzähne in seinen Hals. Er stöhnte auf, aber nicht vor Schmerz ... Langsam nahm ich einen Schluck. Sein Blut schmeckte nicht so metallisch wie das Blut aus den Konservenbeuteln und auch nicht so süß wie das von Ben. Es schmeckte ganz anders, so aromatisch gut, und hatte Suchtpotenzial. Ich nahm noch einen Schluck und spürte, wie sich mein Körper immer mehr erregte, ich wollte und brachte mehr und nicht nur von dem Blut. Ich brauchte Nick, und das schien er zu wissen, denn seine Hände fuhren langsam an meinem Oberschenkel hinauf über die feuchte Stelle zwischen meinen Beinen und weiter zu meinem Bauch, wo seine Hand einen Augenblick verweilte, bevor sie weiter hinauf zu meinen Brüsten glitt. Vorsichtig fing er an, meine Brüste zu streicheln. Währenddessen trank ich weiter von ihm und wanderte mit einer Hand unter sein T-Shirt, wo sich sein Waschbrettbauch befand. Doch mir konnte es nicht schnell genug gehen, und so zog ich ihm sein T-Shirt kurzerhand über den Kopf. Er lächelte mich an und küsste mich wieder, während seine Handballen meine Brüste kneteten. Nun wollte ich wissen, wie es war, wenn er von mir trank, und so schob ich meine Haare auf eine Seite und präsentierte ihm meinen Nacken. Mit klopfendem Herzen wartete ich, bis er von mir trank, so wie ich vorhin von ihm. Er sah mich fragend an, und als ich nickte, konnte er sich nicht mehr zurückhalten. Vorsichtig biss er in meine Halsschlagader und trank. Es fühlte sich so berauschend an. Dieses Gefühl war unglaublich. Nick hob mich auf seine Oberschenkel, sodass ich jetzt rittlings auf ihm saß und er besser an meinen Hals kam. Vorsichtig öffnete ich seine Hose, wo sich mir seine feuchte Eichel bereits gierig entgegenstreckte. Ich schloss meine Hand um seinen Schaft und fing an, sie zu bewegen. Er zog mir mein Kleid vorsichtig über den Kopf. Nun saß ich halbnackt vor ihm. Ich hatte immer gedacht, ich würde mich schämen, wenn mich ein Junge zum ersten Mal so sähe, doch so war es nicht. Nick sah mich lächelnd an und fing an, meinen Hals abwärts zu küssen, zuerst liebkoste er meine Brüste und widmete sich dann meinem Bauch.

„Du bist so wunderschön", murmelte er und widmete sich weiterhin meinen Brüsten. Ich fühlte mich sehr wohl bei ihm.

Plötzlich stand er auf, und wenige Sekunden später lag ich in seinem Bett, und Nick war über mir. Ich zog ihm seine Hose runter und zog ihn über mich, um ihn zu küssen. Langsam zog ich ihm auch seine Unterwäsche aus.
„Möchtest du das wirklich?", fragte er mich und sah mir in die Augen.
„Ja", sagte ich ohne jeden Zweifel.
„Gut", meinte er und küsste und streichelte mich wieder. Es musste ihn alle Beherrschung gekostet haben, mich das zu fragen. Doch nun waren wir beide nackt. Seine feuchte Eichel glitt an meiner ebenso feuchten Spalte auf und ab, was mich noch mehr erregte und fast in den Wahnsinn trieb. Ich bäumte mich ihm entgegen und wollte mehr. Vorsichtig glitt sein Penis nun in mich hinein. Es war der absolute Wahnsinn. Ebenso vorsichtig bewegte er sich nun in mir. Ich klammerte mich fester an ihn, als mich mein erster Orgasmus überkam. Ich keuchte und schrie seinen Namen. Ich kam gar nicht dazu, mich von meinem Orgasmus zu erholen, denn nun steigerte Nick das Tempo und stieß immer schneller und fester in mich. Wir beide stöhnten und steigerten das Tempo noch ein wenig. Mein zweiter Höhepunkt kündete sich an, und dann war es auch bald so weit: Ich kam, und mit mir kam auch Nick. Während seine Lust sich in mich ergoss, schrie er meinen Namen. Ich war total erschöpft und glücklich, lag in Nicks Armen und fühlte mich sicher und geborgen.

„Guten Morgen", murmelte ich lächelnd, als Nick sich neben mir bewegte.
„Guten Morgen", meinte auch er lächelnd und küsste mich auf den Mund. Wir hatten uns später in der Nacht nochmals geliebt, bevor wir Arm in Arm eingeschlafen waren. „Wie hast du geschlafen?", wollte er von mir wissen.
„Super, und du?", fragte ich lächelnd zurück, während ich ihn näher zu mir zog, um ihn nochmals zu küssen. Sein Kuss war heiß, und ich musste wieder an unsere Nacht denken. Wie unglaublich süß und zärtlich er gewesen war und wie sehr ich ihn liebte!

„Ich auch", beantwortete er meine Frage zwischen zwei Küssen. „Möchtest du etwas essen?", wollte er wissen.
In diesem Augenblick meldete sich mein grummelnder Magen. Das war Nick genug, er stand auf und zog sich seine Trainerhose über. Ich bewunderte seinen muskulösen Rücken und seinen sexy Hintern, während er sich auf den Weg in die Küche machte. Natürlich war ich gespannt, was er hier haben mochte, denn wie auch beim Nachtessen würde ich die Einzige sein, die wirklich etwas essen würde. Ich stand auch auf und zog mir sein Hemd, das immer noch achtlos auf dem Boden lag, an, ging in die Küche und blieb an der Tür stehen. Er hatte eben die Orangen geschält, die er nun zu einem frischen Saft presste. Ich war erstaunt, wie viel Mühe er sich gab. Bewundernd sah ich ihm bei der Arbeit zu.
„Hey", meinte er, als er sich umdrehte „Ich habe dich gar nicht bemerkt, stehst du schon lange hier?"
„Es geht." Ich ging auf ihn zu und umarmte ihn von hinten, während er zwei Toasts in den Toaster steckte. „Kann ich dir helfen?", wollte ich wissen.
„Nein, geht schon, setz dich doch an den Tisch", meinte er, während er sich wieder zu mir umdrehte. „Du siehst umwerfend aus in meinem Hemd", äußerte er offen bewundernd.
Ich war geschmeichelt von seinem Kompliment, denn ich sah bestimmt schrecklich aus mit meinem wuscheligen Haar. Als ich ihm einen kurzen Kuss auf die Lippen drücken wollte, zog er mich in seine starken Arme und küsste mich intensiv. Er hob mich auf die Arbeitsfläche neben den Toaster und streichelte die Innenseiten meiner Schenkel, während er mich weiterküsste und so meine Libido schon wieder weckte. Sein Mund wanderte von meinem Mund hinab zu meinem Hals und zu meinen Brüsten, die nur halbwegs von seinem Hemd bedeckt waren. Vorsichtig nahm er die kleinen Knospen, die sich ihm entgegenstreckten, in den Mund, und mit der anderen Hand knetete er meine andere Brust. Als sein Mund seinen Weg weiter nach unten fortsetzte und bei meinem Bauch angekommen war, meldete sich dieser mit einem lauten Grummeln zu Wort. Nick lachte und hob mich von der Theke.

„Da hat aber jemand Hunger", meinte er schmunzelnd, als er die zwei fertigen Toasts aus dem Toaster nahm, sie auf einen Teller legte und auch noch Marmelade und Butter auf den Tisch stellte.
„Danke", meinte ich, immer noch leicht außer Atem.
„Kein Problem", sagte er und setzte sich zu mir an den Tisch. Schweigend sah er mir zu, wie ich die Toasts strich und anfing zu essen.
„Was hast du heute noch vor?", wollte ich mit vollem Mund von ihm wissen.
„Ich habe noch Training, und danach bin ich noch bei meiner Mutter zum ‚Essen'."
„Gut, ich muss noch Sachen vorbereiten für das neue Projekt", meinte ich.
„Ich freu mich jetzt schon darauf, mit dir daran zu arbeiten", erwiderte er.
„Ich mich auch."
Nachdem ich fertig gegessen hatte, räumten wir gemeinsam den Tisch ab und zogen uns an. „Ah, ich möchte noch nicht gehen", murmelte ich, als wir uns knutschend zur Tür begaben.
„Ich möchte auch nicht, dass du gehst", meinte er ein bisschen traurig.
Ich zog meine Schuhe an und drehte mich nochmals zu ihm um, um mich zu verabschieden. Wir küssten uns erneut innig.
„Ich liebe dich", sagte ich und sah zu seinen wunderschönen blauen Augen auf. Er lächelte.
„Ich liebe dich auch." Er zog mich wieder in seine Arme und küsste mich heftiger und intensiver als vorhin, wenn das überhaupt noch ging. Vorsichtig löste ich mich von ihm. Am liebsten wäre ich für immer in seinen Armen geblieben, doch ich musste gehen, und das schien auch er zu merken, denn er ließ mich los.
„Tschüss, Schatz", rief ich ihm zu, als ich ging.
„Tschüss, Darling", erwiderte er liebevoll.

Kapitel 21

„Ihr seid ja schon wieder am Arbeiten", meinte Charlotte, als sie in unser Zimmer kam. Ihre Stimme klang anklagend, doch was sollten wir tun? Wir hatten jetzt unsere Aufgaben, und nebenbei sollen wir auch noch das dritte Schuljahr machen und das zweite beenden.
„Ach, Mom", murmelte Ben. „Es tut mir leid, dass ich nicht mehr so viel Zeit habe, doch wir haben soeben noch Aufgaben zum Selbststudio von Monika bekommen", entschuldigte er sich weiter.
„Ist ja gut, ich kann euch verstehen, ich freue mich auch, wenn ich wieder arbeiten kann", meinte sie. „Kommt ihr jedoch nachher zum Abendessen? Dann können wir noch unseren Trip planen."
„Ja, sicher", meinte ich und schenkte ihr ein Lächeln. Auch Ben nickte ihr zu.
Sobald sie aus dem Zimmer war, widmeten wir uns wieder unseren Aufgaben. Wir sollten bis Ende der Woche verschiedene Kapitel im Selbststudium lernen und am Freitag die Prüfungen zu diesen Themen schreiben. Die Prüfungen für ein Jahr wurden jeweils Anfang des Jahres geschrieben in drei verschiedenen Versionen pro Thema, sodass Spicken nicht möglich war. Auch wurde die Gedankenübertragung in den Prüfungen durch einen Zauber gesperrt. Ich war froh, dass wir einen großen Teil des Stoffes im Selbststudium absolvieren konnten, denn so konnte ich dank meines hervorragenden Gedächtnisses alles einmal lesen und dann an die Prüfungen gehen und musste mich nicht im Unterricht langweilen.
„So, ich denke, ich kann die Prüfungen jetzt schon schreiben", meinte Ben. Er hatte soeben sein letztes Buch zugeschlagen und streckte sich in seinem Bürostuhl aus.
„Noch diesen Abschnitt, dann kann es von mir aus losgehen", sagte ich und las kurz zu Ende. Als ich fertig war, klappte ich das Buch zu und legte es zurück in das Gestell mit den Schulsachen.
„Ich habe soeben Monika gebeten, die Prüfungen vor zu verlegen. So kann ich mich den Rest der Woche meinem Projekt widmen. Ich

habe morgen Nachmittag das Einsatztreffen mit meiner Truppe, und danach werde ich zu meinem Einsatz gehen", meinte Ben.
„Das ist mir auch recht, wenn wir morgen die Prüfungen schreiben. Ich habe übrigens deine Unterlagen gelesen. Gute Arbeit, du hast alles mit eingeplant, und ich hoffe, ihr kriegt die Infos, die wir brauchen", lobte ich seine Arbeit.
„Danke, das hoffe ich auch. Was hast du morgen vor?", wollte er wissen.
„Ich habe heute noch mit Simon gesprochen und das Treffen auf morgen Nachmittag vorverlegt", erzählte ich.
„Hast du in diesem Fall alle Unterlagen von Vivi durch?"
„Nein, leider noch nicht ganz ... Es sind so viele", murmelte ich.
„Ja, das ist so; und so, wie ich dich kenne, möchtest du jedes Buch lesen, das in diesem Haus irgendwo liegt", meinte er schmunzelnd.
„Das stimmt wohl."
Sein Handy klingelte. „Morgen um zehn Uhr haben wir die Prüfungen im Hauptquartier, danach noch eine Trainingsstunde bei Felix", klärte er mich auf, sobald er das Telefonat beendet hatte.
„Das ist gut", meinte ich und erhob mich aus meinem Bürostuhl. Ich legte mich ins Bett und nahm das nächste Buch mit den Aufzeichnungen meiner Mutter zur Hand. Ich wollte es vor dem Essen noch durchhaben.
„Wie war eigentlich deine Nacht mit Nick?", fragte Ben. Ich sah von meinem Buch auf und blickte in seine neugierigen Augen.
„Sehr schön. Hast du gewusst, dass er kochen kann?" Ich lächelte, als ich an den Abend zurückdachte.
„Ja, er hat mal für Connor und mich gekocht, als wir bei ihm zum Videospielen waren."
„Ah, stimmt, hast du mal erzählt", erinnerte ich mich.
„Ja, doch dort hast du ihn noch gehasst." Er zwinkerte mir zu, und ich fing an zu lachen.
„Ja, da konnte ich ihn nicht ausstehen, doch jetzt ..." Ich dachte an unsere gemeinsame Nacht zurück, wie er mich berührt und mich geküsst hatte.

Ben lächelte nur, schnappte sich auch eine Lektüre und setzte sich vis-à-vis von mir auf sein Bett.

Ich konnte genau noch den letzten Satz lesen, als Dad den Kopf in unser Zimmer streckte und uns zum Essen rief. Mittlerweile hatte ich alle Aufzeichnungen über die Tätigkeiten meiner Mutter in den letzten Jahren durchgelesen. Ich wusste nun, wie sie es geschafft hatte, die Gesellschaft der Übernatürlichen zusammenzuhalten. Sie hatte einige Zeit in jeder Gesellschaft gelebt und sich so über die Kultur, Bräuche und Regeln der einzelnen Gruppen informiert. Mit diesen Informationen hatte sie die Gruppen besser verstehen können und auch ein Projekt lanciert, wo die Leute aus den anderen Gruppen die jeweiligen Bräuche und Geschichten der anderen kennenlernen konnten. Es gab mehrmals pro Jahr ein Fest, das alle gemeinsam ausrichteten, die sogenannten „Märchentage". Es ging darum, dass jedes Jahr eine andere Gruppe dran war, es zu organisieren. Für jede Altersgruppe war etwas dabei. Doch das Spezielle dabei war: Es waren auch Menschen dabei, die in ein Märchen eintauchten, das in Wirklichkeit die Wahrheit war. So wussten auch die Kinder der Schattenweltler, schon bevor sie in die Gesellschaft eingeführt wurden, von den anderen Kulturen und ihren Bräuchen, doch bis zu dem Moment, in dem sie alles erfuhren, glauben sie, es sei einfach nur ein Märchen. Diese Veranstaltungen halfen, das Verständnis für die andere Kultur zu verstärken. Da sie seit ihrer Kindheit davon wussten, fielt es später auch weniger schwer, die anderen zu akzeptieren, und so entstanden auch Freundschaften. Jetzt erst merkte ich, dass meine Brieffreundin Elinea aus Griechenland eine Elbin war. Wir hatten uns bei dem Märchenfest in Griechenland kennengelernt und sofort angefreundet, sie hatte damals Süßigkeiten an die anderen Kinder verteilt, so auch mir, als ich beim Spielen mit den anderen Kindern gestürzt war, meine Knie aufgeschürft hatte und sie mir aufgeholfen und mir ein Bonbon gegeben hatte. Wir hatten danach gemeinsam gespielt und beschlossen, uns zu schreiben. Wir schrieben uns immer noch und sahen uns sogar einmal im

Jahr bei einem Fest, das wir beide immer noch genauso liebten wie damals, als wir Kinder gewesen waren. Mich nahm es wunder in welchem Schuljahr sie nun war, also schrieb ich ihr noch kurz auf dem Weg in die Küche.

„Oje, ich hasse dieses Essen", tönte Bens Stimme in meinem Kopf. Er lief hinter mir die Treppe hinunter.

„Ich weiß, was du meinst. Es wird nicht einfach, ihnen das beizubringen", meinte ich.

„Könnt ihr noch kurz den Tisch decken? Dann können wir in fünf Minuten essen", wollte Charlotte wissen.

Wir machten uns schweigend an die Arbeit und setzten uns dann. Da wir nun zwei Personen weniger waren, war es komisch, denn wir konnten nicht mehr an unseren üblichen Plätzen sitzen, da sonst ein Loch entstand, also setzten wir uns auf die Plätze unserer Eltern, was sich ungewohnt anfühlte. Ich vermisste sie und hätte ihre Unterstützung gebrauchen können. Meine Mutter hätte mir noch so viel beibringen müssen. Auch die anderen schienen die Leere der Abwesenden zu spüren.

„Nun kommt schon, gebt eure Teller her", meinte mein Dad und schöpfte uns Nudeln und Soße.

„Wie war euer Tag? Was habt ihr gemacht?", wollte ich von Dad und Charlotte wissen.

„Wir haben die Sachen von Vivi und Tom in den Estrich geräumt", meinte Charlotte traurig.

„Ihr könnt gerne durch die Sachen gehen und euch nehmen, was ihr möchtet. Es sind jedoch nur die Kleider, von den anderen Sachen kann ich mich nicht trennen", bot uns mein Dad an.

„Das ist verständlich, doch ihr hättet das nicht alleine machen müssen, wir hätten euch doch geholfen." Ben nickte zustimmend, als ich das sagte.

„Ja, doch ihr wart beschäftigt, und ich musste einfach etwas machen", meinte Charlotte.

„Wir haben uns auch schon überlegt, wo überall wir die Asche verteilen möchten", meinte mein Dad. Ben räusperte sich. Jetzt kam der schwierige Teil dieses Essens.

„Was ist los?", fragte Charlotte ihren Sohn.

„Wir können diese Reise diese Woche nicht antreten", meinte er und redete schnell weiter, damit sie ihn nicht unterbrach. „Ich habe morgen meine erste Sitzung mit dem Team und werde dann nach Madrid aufbrechen."

„Ich habe morgen auch ein Meeting, und zudem werden wir morgen noch die Prüfungen für unser zweites Jahr schreiben", führ ich schnell fort.

„Wann hättet ihr dann Zeit und Lust, das zu machen?", fragte mein Dad wütend. Charlotte hatte nur einen enttäuschten Blick für uns.

„Es tut uns leid, Dad", meinte ich und schaute in die blauen Augen meines Vaters. Was ich sah, erstaunte mich ein bisschen. Ich sah nur seine Liebe und auch sein Verständnis, doch auch ein kleines bisschen Wut, was auch verständlich war. Ich war unendlich froh darüber, dass er mich auch verstand. Jetzt meldete sich Charlotte wieder zu Wort.

„Ich verstehe ja, dass ihr zu tun habt, doch wie wird es im Sommer sein?"

Ben fiel ihr ins Wort. „Wir werden eine Woche bestimmen und bis dahin alles vorbereiten, sodass unsere Teams diese Woche auch ohne uns klarkommen."

„Wir können uns jetzt zusammensetzen und die Woche im Sommer planen und buchen und bis dahin alles aufarbeiten, was noch zu tun ist.", stimmte ich Bens Vorschlag zu. Auch Dad und Charlotte stimmten nach kurzem Überlegen zu.

Nach dem Abendessen räumten wir ab und fingen mit der Planung an. Es dauerte zwar den ganzen Abend, bis wir die perfekte Woche geplant und gebucht hatten, doch danach fühlten wir uns alle besser, als hätten wir etwas geschafft, auf das wir uns freuen durften.

„Hattest du zu viel Blut, dass du so überaktiv bist?", wollte Ben wissen. Wir waren auf dem Weg zu unseren Prüfungen und dem Training, das für heute angesetzt worden war.

„Nein, ich bin nur gut drauf", meinte ich, während ich neben ihm herlief, wobei ich wirklich ziemlich kindisch wirken musste. Ich hüpfte auf und ab und musste meine Energie loswerden. Es

stimmte: Ich hatte heute Morgen einen Beutel A negativ. Doch daran lag es nicht. Ich war nervös wegen des Gesprächs heute mit Simon und glücklich, dass ich Nick später noch träfe.
„Du kannst mir gerne einen Teil deiner Energie geben, ich könnte gut noch ein bisschen gebrauchen", bot er mir an.
„Kein Problem." Ohne zu zögern, übertrug ich ihm einen Teil meiner Energie.
Plötzlich fing Ben an zu laufen, und nicht langsam, fast so schnell, wie ich mit meiner Vampirgeschwindigkeit laufen konnte.
„Ups, das war dann wohl zu viel Energie", meinte ich und lief ihm nach. Ich fühlte mich nicht mehr so überaktiv wie vorhin, doch immer noch voller Energie. „Geht es dir gut?", wollte ich wissen, als ich ihn eingeholt hatte.
„Ja, alles bestens. Ich fühl mich toll. Ich könnte um die ganze Welt rennen, ohne anzuhalten."
„Dafür reicht die Energie nicht, aber kannst es gerne versuchen...", meinte ich schmunzelnd.
„Das ist der Wahnsinn! Im Ernst, ich will auch!"
„Haha, manchmal schon, doch es kann sehr anstrengend sein, seine Kräfte nie ganz benutzen zu dürfen und die Energie nie wirklich ganz loszuwerden", erwiderte ich.
„Das glaube ich."
Wir waren mittlerweile angekommen und begrüßten die Leute, die uns entgegenkamen. Alle grüßten uns mit Namen. Ich fühlte mich ein bisschen schuldig, denn ich kannte die wenigsten namentlich. Auch Bene kannte nicht alle, doch mehr als ich, was auch daran lag, dass ein paar von ihnen zu seinem Team gehörten. Ben stellte mir die einzelnen Leute vor, und ich prägte mir die Namen ein, was für mich kein Problem war. Wir verabschiedeten uns und gingen in Monikas Büro. Sie war noch am Telefon, als wir kamen und deutete auf den Tisch, auf dem unsere Prüfungsunterlagen standen. Wir setzten uns, und sie gab uns das Zeichen, dass wir beginnen konnten.

Die Prüfung war nicht besonders schwierig, und ich konnte alle Fragen beantworten. Wir beide wurden bereits vor Prüfungsschluss

fertig. Monika wechselte noch ein paar Worte mit uns, bevor wir uns auf den Weg zum Kampftraining machten. Ich holte meine Sportsachen aus dem Büro meiner Mutter, das nun mein Büro war. Es sah immer noch ein bisschen unordentlich aus, genauso, wie es meine Mutter verlassen hatte. Ich hatte ihre Unterlagen bereits durchgesehen und die E-Mails sowie die Post bearbeitet, auch hatte ich ihre laufenden Projekte durchgesehen und mich auf den neuesten Stand gebracht. Sie war gerade dabei gewesen, eine Mischschulklasse zu bilden. Also eine Klasse, die nicht nur aus Senjas, sondern auch aus Elben, Vampiren und Menschen bestand. Dabei sollten die einzelnen Gruppen in dieselbe Klasse gehen und so voneinander profitieren können. Dieses Projekt hatte sie zusammen mit Monika geplant. Ab nächstem Jahr sollte es dann so weit sein: die erste gemischte Klasse. Dies war ein Vorschlag, der vom inneren Kreis gekommen war. Die Vorbereitungen und der Lehrplan waren bereits geschrieben, nun musste das nächste Schuljahr nur noch beginnen und das Projekt überwacht werden, was dann meine Aufgabe war. Zudem hatte Vivienne an einem Entwurf gearbeitet, die Vampire mehr in die Gesellschaft einzubinden und auch die Angst der anderen Bevölkerung zu mindern, was unmöglich erschien, doch mit ihren Ideen und meinen Vorschlägen musste sich ein Weg finden lassen. Doch dass musste erst mal warten. Ich schnappte mir meine Sportsachen und ging hinüber zum Trainingsraum.
Ben war bereits dort und kämpfte gegen einen Vampir im Zweikampf. Obwohl der Vampir genetisch überlegen war, schlug Ben sich gut, er setzte verschiedene Täuschungszauber ein uns schaffte es dann endlich, den Vampir zu Boden zu werfen. Ich gesellte mich dazu und fing an, meine Aufwärmübungen mit und ohne Glade zu machen. Danach teilte mir Felix einen Partner zum Angriff-und-Abwehr-Trainieren zu.
„Hey, ich bin Florina."
„Hey, ich bin Lee", meinte ich und gab ihr die Hand.
„Sorry, ich habe meine Stärke manchmal immer noch nicht wirklich im Griff", meinte sie, als sie dachte, sie drücke meine Hand zu fest.

„Kein Problem. Du musst ja auch nicht vorsichtig sein bei der Bekämpfung von Dämonen", meinte ich.
„Das stimmt", erwiderte sie lachend und fing mit dem Angriff an. Ich wehrte ihn erfolgreich ab und begann dann, sie anzugreifen.

Nach einer Stunde Training fühlte ich mich richtig gut: Ich hatte einen weiteren Teil meiner Energie loswerden können und war immer noch fit. Nach den Angriff- und Abwehrübungen hatten wir noch einen Übungskampf ausgetragen, den ich knapp verloren hatte, doch ich hatte einiges dazulernen können. Ich dachte, beim nächsten Mal würde ich sie schlagen. Nun war ich geduscht und machte mich auf den Weg zu meinem Treffen.
Elinea schrieb mir auf dem Weg zum Büro zurück. Sie kam nächstes Schuljahr auch in die dritte Klasse und würde sich freuen, im Sommer wieder mal etwas zu unternehmen. Ich stimmte ihr zu, und wir verblieben so, dass wir in den Ferien ein paar Tage zusammen verbringen würden.
Im Büro bereitete ich meine Unterlagen für unser Treffen vor und holte auch Wasser und Gläser für meine Gäste. Simon klopfte mit einem Lächeln an die Tür, und ich bat ihn herein.
„Hallo, Simon, schön, dass du es dir einrichten konntest", meinte ich zur Begrüssung.
„Hallo, Leandra, ja, das Meeting hatte gerade noch Platz", erwiderte er lächelnd.
Ich bot ihm einen Stuhl und einen Kaffee an, den er dankend annahm. Wir diskutierten fast zwei Stunden ohne Unterbruch, wie wir das Projekt umsetzen wollten. Am Schluss stand jedoch das Grobprogramm, dass die Leute unseres Teams absolvieren müssten, damit wir nach dem Sommer mit dem Projekt starten könnten. Wir vereinbarten zudem, einen Anlass zu planen, bei dem sich die beiden Teams kennenlernen und sich austauschen könnten. Nun ging es aber als Erstes an die Planung des Kurses, den die Teilnehmer absolvieren mussten. Wir waren uns einig, dass die Kurse in den Bereichen Geschichte, Kultur, Verhaltensweisen und Regeln sowie Arbeitsablauf gehalten werden mussten. Wir vereinbarten, dass jeder von uns den Kurs Geschichte und Kultur

vorbereiten würde, sodass wir mit diesem Kurs beginnen könnten. Zudem war für nächste Woche ein Meeting angesagt, um den Arbeitsablauf und die Regeln aufzustellen. Ich verabschiedete mich von Simon und machte mich daran, die Notizen zu sortieren und zu versorgen. Unsere Teams sollten als Testgruppe funktionieren und verschiedenen Dämonenaktivitäten nachgehen. Zudem sollten wir ein eigenes Analytikteam haben, das auf spezielle Merkmale achtete und so unsere jeweiligen Missionen auf der ganzen Welt koordinieren würde. Unser Team sollte als Testteam fungieren, um zu sehen, wie die Zusammenarbeit liefe und ob wir so Fortschritte machten. Sollte dies der Fall sein, würde es nach und nach mehr solche Teams geben. Nachdem ich alle Akten versorgt hatte, musste ich mich bereits wieder auf mein nächstes Meeting vorbereiten. Ich träfe mich gleich mit den zukünftigen Mitgliedern des Teams.

Ich machte mich auf den Weg in den großen Konferenzraum, wo das Meeting stattfinden sollte. Als ich dort ankam, waren schon einige im Raum. „Hallo zusammen, ich bin Leandra", stellte ich mich vor, als ich in den Raum kam. „Setzen wir uns doch schon einmal. Die Vorstellungsrunde können wir ja machen, wenn alle hier sind."
Die Gespräche verstummten, und einer nach dem anderen setzte sich hin.
„Hi, ich bin Cade", stellte ein großer, muskulöser Vampir sich vor, als er sich neben mich setzte.
„Hi, freut mich, dich kennenzulernen."
„Ich freue mich, dabei zu sein", meinte er.
Nun waren alle eingetroffen und hatten sich an den Tisch gesetzt. Auch Nick war hier.
„Hallo zusammen, ich bin Leandra und freue mich sehr, euch alle kennenzulernen und hoffentlich auch in meinem Team begrüßen zu dürfen. Als Erstes machen wir eine kurze Vorstellungsrunde. Danach werde ich euch etwas mehr über unser Projekt erzählen. Später habt ihr die Möglichkeit zu entscheiden, ob ihr immer noch mitmachen möchtet oder nicht. Danach werde ich mit

jedem, der uns unterstützen möchte, ein persönliches Gespräch führen und dann mein definitives Team zusammenstellen", erklärte ich den Ablauf.

„Hi, ich bin Cade, ich bin vierundzwanzig Jahre alt und seit acht Jahren bei den Jägern dabei", stellte er sich vor.

Ich lächelte ihn dankbar an, als er das Wort ergriff. Die Anwesenden stellten sich im Uhrzeigersinn vor. Neben Cade saß Valerie, eine wunderschöne kleine Elbe, die gemäß Andrea ein Technikgenie war. Daneben saß Hunter, ein knallharter Vampirjäger, der mit seinen mysteriösen Augen alles aufmerksam aufnahm und alles zu analysieren schien. Neben ihm hatte sich Levi platziert, ein intelligenter Junge, der als Multitalent durchging. Er war ein Senja, der bestens in den Kampfkünsten und Technikangelegenheiten ausgebildet war. Neben ihm saß Emilia, auch eine Senja, die bereits verschiedene Missionen, auch zusammen mit den Menschen, durchgeführt hatte. Daneben ordnete sich Livia ein, sie hatte eine Technikausbildung absolviert und war dabei, auch Kampftraining zu sammeln. Danach kam Nick und zum Schluss noch Alexander, ein Elb, der auch eine Kampfausbildung genossen hatte.

„Vielen Dank für die Vorstellung. Nun möchtet ihr sicher noch ein paar Sachen über mich wissen. Nun, ich bin eine Senja, die Tochter von Vivienne und Leo. Meine Mutter war auch eine Senja gewesen, bevor sie vor ein paar Wochen bei einem Dämonenangriff ums Leben kam. Mein Vater ist ein Normalsterblicher. Ich habe vor ein paar Wochen das Jägertraining erfolgreich absolviert und mache meinen Schulabschluss noch nebenbei. Zwar bin ich noch ziemlich jung, doch entschlossen, mich dem Problem zu stellen und alles für eine bessere Welt zu tun. Ich bin ziemlich stur, und wenn ich mir etwas in den Kopf gesetzt habe, gebe ich alles, um das zu erreichen."

„Kommst du auch mit der neuesten Technik klar?", wollte Livia wissen.

„Also ich besitze die Grundkenntnisse, werde jedoch noch einen Weiterbildungskurs absolvieren", antwortete ich.

„Welche Sprachen sprichst du?", wollte Cade von mir wissen.

„Englisch, Deutsch, Französisch, ein bisschen Spanisch und Italienisch", antwortete ich. „Hat sonst jemand noch eine Frage?", erkundigte ich mich nach einer Pause. Als sich niemand meldete, fuhr ich fort, ihnen das Projekt zu erklären. Ich tat das anhand einer PowerPoint-Präsentation. Zuerst zeigte ich die Ziele dieser Operation und erzählte, wie Simon und ich uns die Zusammenarbeit vorstellten. Ich erzählte auch von den Kursen und Treffen mit den Menschen, die bis zum Sommer absolviert werden mussten. Als ich fertig war, bot ich noch die Möglichkeit für Fragen, obwohl ich nicht alle beantworten konnte, da noch nicht alles im Detail feststand. „Nun möchte ich euch die Gelegenheit geben, euch zu überlegen, ob ihr dabei sein möchtet oder nicht."
Nick, Cade, Hunter und Valerie waren sofort dabei. Die anderen schienen noch einen Moment zu überlegen, doch dann waren Levi, Emilia und Alexander auch entschlossen. Nur Livia entschied sich, nicht mitzumachen. Ich war irgendwie froh darum. Sie schien mir irgendwie ein bisschen eingebildet und arrogant.
„Gut, dann stehen uns nur noch die Einzelgespräche bevor. Cade, möchtest du gleich beginnen?"
„Klar", meinte er und folgte mir in mein Büro. Er erzählte mir noch ein bisschen mehr von seinen bisherigen Missionen und seinem Interesse an einer Zusammenarbeit mit den Menschen. Er wollte auch etwas bewegen und die Welt sicherer machen. Ich war beeindruckt von seinen bisherigen Erfolgen und seinem Dossier, wo alles über ihn stand. Diese Dossiers hatte ich im Voraus durchgesehen und auch einige Fragen herausgeschrieben. Nach unserem Gespräch war ich voll überzeugt von ihm.
„Herzlich willkommen im Team", meinte ich und gab ihm die Hand.
„Vielen Dank, ich freue mich."
Auch Hunter beeindruckte mich mit seiner guten Auffassungsgabe und seinem Blick für das Ganze.
„Hey", begrüßte ich Nick, als er durch die Tür kam.
„Hey, meine Schöne", begrüßte er mich und küsste mich auf den Mund. Oh Mann, hatte ich das vermisst! „Ich bin beeindruckt", meinte ich ehrfürchtig.

„Du hast meine Akte gelesen", stellte er fest.
„Ja, deine Fähigkeiten sind wirklich beeindruckend. Ich wusste gar nicht, dass du die Sprüche und Heilungstränke so gut beherrschst."
„Du weißt einiges nicht über mich", meinte er lachend und zwinkerte mir zu.
„Haha, ich glaube, ich weiß mehr über dich, als du glaubst."
„Du warst in meinen Gedanken", stellte er nüchtern fest.
„Ich habe einen Routinecheck gemacht, bei euch allen", meinte ich. Das stimmte; ich hatte alle nach Geheimnissen durchsucht und bei Nick natürlich ein bisschen genauer geschaut.
„Kein Problem, ich habe keine Geheimnisse vor dir. Doch wie bist du durchgekommen?", wollte er neugierig wissen.
Es stimmte: Bei ihm hatte ich so meine Schwierigkeiten, durchzukommen und alles zu sehen, doch ich kannte so einen Trick meiner Mutter, um trotzdem reinzukommen. Der Trick bestand darin, sich zu entspannen und zu versuchen, mit den Gedanken der anderen Person mitzugehen, nicht nach etwas zu suchen, sondern dem Strom zu folgen; und wenn du genug lang schwammst, bemerkte der Wirt gar nicht mehr, dass du in seinen Gedanken warst, danach konntest du beginnen zu suchen. „Ein Trick meiner Mutter, doch was du wirklich bist, konnte ich nicht wirklich sehen. Es war so, als sähe ich es, und als ich deine Gedanken verlassen hatte, war es wieder weg", meinte ich ein wenig verwundert.
„Ja, das ist ein sehr alter Zauber, bei dem du dich eigentlich gar nicht mehr erinnern dürftest, dass du etwas wieder vergessen hast."
„Hmm, evtl., weil ich nicht nur das eine oder das andere bin."
„Vielleicht", meinte Nick. „Könntest du das bei mir auch machen und bei Ben und allen, die sonst noch davon wissen?", wollte ich wissen.
„Ist bereits erledigt. Habe ich gleich gemacht, nachdem ihr die Wahrheit erfahren habt."
„Danke, aber ich wüsste den Spruch gerne."
Ohne zu zögern, zeigte er mir die Erinnerung mit dem Spruch, der sich nun auch in meinen Kopf gebrannt hatte und dort versteckte.

Nick bestand den Test natürlich mit Bravour, was hatte ich auch anderes erwartet? Er war bei allem, was er begann, der Beste, und er wusste es, was ihn manchmal auch ein bisschen eingebildet wirken ließ. Doch wenn man ihn erst kannte, merkte man, dass es nicht Einbildung war, sondern einfach Selbstvertrauen.

Auch die anderen bestanden meine Fragerunde und waren nun im Team. Ich war froh, dass ich das jetzt auch geschafft hatte. Nachdem ich mit den anderen ein nächstes Treffen zum Kennenlernen und zum ersten Teil der Ausbildung ausgemacht hatte, machte ich mich mit Nick auf den Weg.

Kapitel 22

Ich saß auf dem Eiffelturm und ging im Kopf die letzten paar Wochen durch. Nach dem Treffen mit meinem Team hatte ich stundenlang mit Nick im Gras gesessen, und wir hatten uns Sachen aus unserer Kindheit erzählt. Er hatte mir von einem Einsatz in Dubai berichtet, wo er beinahe ein Bein verloren hätte beim Kampf mit dem Eisdämon. Ich war schockiert gewesen, als er mir das erzählt hatte. Doch er hatte mich beruhigt und geküsst. Wir hatten uns seither ziemlich oft gesehen, auch an den Treffen unseres Teams. Wir hatten zusammen trainiert und auch die erste kleine Mission übernommen. Ich erinnerte mich noch daran, wie glücklich ich gewesen war, als wir ein den ersten Auftrag bekommen hatten. Doch der Auftrag war nicht einfach. Ein kleines Mädchen war von einem Dämon entführt worden, und wir hatten sie wieder zurückbringen müssen, was wir auch geschafft hatten. Wir hatten gut zusammengearbeitet. Ich war sehr stolz auf uns.

Nun war auch der erste Teil unseres Weiterbildungskurses fertig geplant und würde im Laufe dieser Woche unserem und Simons Team helfen, das andere Team besser zu verstehen. Ich war gespannt, wie das Feedback ausfallen würde. Zwar hatte ich mich gut darauf vorbereitet, jedoch war ich ein bisschen nervös. Ben war von seiner ersten Mission zurückgekommen und hatte auch etwas Wichtiges herausgefunden: Die Dämonen hatten ihr Hauptquartier in Dubai, wo sie auch einige alte Aufzeichnungen der Senjas, Demis, Vampire und Elben verstaut hatten. Die hatten sie wahrscheinlich in den vielen Jahren irgendwo gestohlen oder gefunden. Ben und sein Team hatten das Quartier geräumt und die Dokumente sicher zu uns gebracht, wo sie jetzt analysiert wurden. Ich war stolz auf Ben, dass sein Plan so reibungslos geklappt hatte. Ich war hier raufgekommen, um meinen Kopf zu befreien von dem, was alles um mich herum geschah. Heute zum Beispiel hatte ich mich mit Lea gestritten, da ich ihr nicht sofort erzählt hatte, dass ich mit Nick geschlafen hatte. Es tat mir ja wirklich leid, doch ich hatte es schlichtweg einfach vergessen bei dem, was bei mir gerade los war. Auch fühlte sie sich vernachlässigt, als die Schule wieder begann und Nick, Ben und ich nicht mehr dort waren.

„Hey, sie wird sich sicher wieder einkriegen", meinte Ben hinter mir. Auch er hatte eine Auszeit nötig nach seiner Mission. Zudem wollte ich wieder ein bisschen Zeit mit ihm verbringen, jetzt, da er wieder da war.

Wir hatten uns entschieden, hierherzukommen, da zu dieser Zeit hier keiner war und uns auch keiner nerven konnte, denn davon hatte ich für den Moment echt genug. Es hieß immer „Lee, mach noch das", „Lee, mach noch dieses", „Lee, ich brauch dich hier", „Lee, ich brauch dich da" ... Ich genoss die gemeinsame Zeit mit Ben, in der wir einfach nur hier saßen, die Aussicht genossen, unsere Erinnerungen austauschten und unseren Gedanken freien Lauf ließen, bevor wir uns wieder auf den Weg in die Wirklichkeit machten. Dieser Augenblick war viel zu schnell da. Kaum waren wir in unserem Zimmer, rief Charlotte uns zum gemeinsamen Essen, das sie speziell für Bene zubereitet hatte.

„Ich bin so froh, dass es euch gut geht," meinte Charlotte jetzt schon mindestens zum hundertsten Mal.

Aber auch ich war froh, dass wir alle heil am Tisch saßen und uns von den vergangenen Wochen erzählten. Dad und Charlotte hatten ihre Arbeit wiederaufgenommen und hatten begonnen, eine Stiftung für Kinder in schwierigen Situationen aufzubauen. Diese Stiftung wollten sie im Namen von Mom und Tom errichten. Ich fand diese Idee sehr gut. So hatten Charlotte und Dad etwas zu tun, was hoffentlich auch einen Teil der Leere füllte, die Mom und Tom bei ihnen hinterlassen hatte, bei uns allen. Doch Ben und ich hatten nun unsere Missionen und in unseren Teams so etwas wie eine zweite Familie gefunden.

„Wir sind auch froh, wieder hier zu sein", meinte Ben und schenkte uns ein Lächeln.

„Wir schreiben morgen die restlichen Prüfungen für unseren Schulabschluss", erzählte ich Dad und Charlotte.

„Was, das ist schon morgen?!", murmelte Ben.
„Ja, morgen Nachmittag haben wir unseren offiziellen Schulabschluss, das zweite und dritte Jahr geschafft, und das in nur einem Monat."
„Oje, ich muss noch ein Kapitel durcharbeiten", murmelte Ben und verabschiedete sich.
Ich hatte mir zwischen meiner ersten Mission, der Vorbereitung für die Ausbildung meines Teams und die Planung der zukünftigen Einsätze, immer wieder Zeit genommen, um ein Kapitel zu lesen, und so war ich für morgen bestens vorbereitet. Ich hatte es sogar geschafft, den größten Teil der Bücher meiner Mutter zu lesen, in denen noch mehr Wissen über Zaubertränke, Heilkräuter, Mathe, Sprachen, Kampftechniken und Sprüche zur Vernichtung der Dämonen und anderer Wesen zu finden war.
„Ich bin so stolz auf dich", meinte mein Dad und drückte mich, als ich mich von ihm verabschiedete. Ich hatte mir fest vorgenommen, mich heute noch mit Lea zu versöhnen und danach schlafen zu gehen, um morgen fit zu sein.

„Hallo, Leandra, wie geht es dir?", begrüßte mich Leas Mom, als sie mir die Tür wenig später öffnete. Ich war mit meiner übernatürlichen Geschwindigkeit zu ihr gegangen, zum einen, um einen Teil der Energie loszuwerden, der sich bei mir angestaut hatte, und zum anderen, um mich schnell wieder zu versöhnen, denn ich hasste es, mit Lea zu streiten.
„Hallo, Karin, gut, vielen Dank."
„Komm doch herein, Lea ist in ihrem Zimmer oben."
„Vielen Dank", meinte ich, als ich meine Schuhe auszog und nach oben ging. Ich klopfte an die Zimmertür.
„Mom, du klopfst doch sonst auch nie, komm rein!", schrie Lea von ihnen. Ich musste lächeln und machte die Tür auf.
„Hallo, ich ...", fing ich an, doch Lea unterbrach mich und nahm mich in den Arm.
„Es tut mir soo leid", murmelte sie, mich immer noch fest im Arm.
„Mir tut es leid, ich wollte es dir wirklich sagen, doch ..."
„Ist schon gut, du kannst es mir ja jetzt erzählen."

„Ja", meinte ich und erzählte ihr von der unglaublichen ersten Nacht, natürlich musste ich einige entscheidende Details auslassen, doch ich war froh, dass ich mich mit jemandem austauschen konnte. Auch Lea erzählte mir von ihrem ersten Mal mit Connor, das ungefähr zur gleichen Zeit stattgefunden hatte wie unseres. Am Anfang war ich ein wenig enttäuscht, dass sie mir erst jetzt davon berichtete, doch wie konnte sie auch anders? Wir hatten uns ja selten gesehen, und wenn, waren immer noch andere Leute dabei; und am Telefon? War auch nicht gerade der richtige Ort, um so etwas zu besprechen. Ich war froh, dass ich jemanden hatte, mit dem ich reden konnte. Klar, ich konnte mit Ben und Nick reden, doch das war nicht das Gleiche. Ich brauchte jemand Weibliches. Ich brauchte meine beste Freundin.
„Ach, ich vermisse dich in der Schule", meinte Lea.
„Ich vermisse dich auch, ich würde dir so gerne alles über meine Mission erzählen ..."
„Ich weiß ... Ich habe gehört, ihr habt morgen Abend euren Abschluss in der Tasche?" Ich war froh, dass sie das Thema wechselte.
„Ja, das stimmt, wir haben morgen den ganzen Tag Prüfungen und danach unseren Abschluss."
„Das freut mich so für euch! Ich muss leider noch ein Jahr."
„Das schaffst du schon, du hast ja noch Connor und Mira und die anderen ..."
„Stimmt, apropos die anderen. In drei Wochen beginnen die Sommerferien, und dann verlässt uns Alessia ...", meinte Lea fast ein bisschen traurig.
„Ah, ist das schon in drei Wochen?" Die Zeit verging für mich wie im Flug, ich hatte so viel zu tun, und es musste noch so viel erledigt werden.
„Ja, endlich Ferien."
„Ja, ich habe dann auch zwei Wochen, wobei ich eine davon mit meiner Familie verbringe ..."
„Cool, dann können wir bestimmt in der zweiten Woche etwas gemeinsam machen?"

„Klar, aber zuerst müssen wir die Abschiedsparty vorbereiten", meinte ich.
„Ich dachte schon, du würdest das nie sagen."
„Es wäre eine Schande, keine Party zu machen", meinte ich.
„Das finde ich auch", stimmte Lea mir zu.
„Wir können die Party wieder bei mir machen, dann müssen wir nicht viel organisieren. Lichter, Bar, Discokugel, Bühne und Tanzfläche gibt es ja bereits. Jetzt fehlen nur noch die Gäste und die Getränke."
„Das wäre super. Ich kann mich um die Einladungen für die Gäste kümmern …", kam Lea in Organisationsstimmung.
„Und ich mich um die Getränke."
„Gut, dann frage ich mal in die Runde, ob der Samstag nach der letzten Schulwoche allen passen würde", bot sich Lea an.
„Ich werde den Termin gleich notieren." Ich umarmte Lea voller Vorfreude. Wir unterhielten uns noch ein wenig, bevor ich mich dann wider Willen verabschieden musste, da ich ins Bett sollte.

„Geschafft", murmelte ich, als ich den Stift nach der letzten Prüfung auf den Tisch legte und aufstand. Auch Ben war gerade fertig geworden.
„Wir haben es geschafft", meinte er, und wir fielen uns in die Arme.
„Ich gratuliere euch", meinte Monika, die jetzt die letzte Prüfung einsammelte. „So, wie es jetzt aussieht, habt ihr wie immer mit Bravour bestanden", sagte sie voller Stolz und drückte uns kurz. Sie hatte, während wir die anderen Prüfungen geschrieben hatten, angefangen, die Prüfungen zu korrigieren, die sie bereits von uns bekommen hatte.
„Danke", meinte ich.
„Danke für alles", äußerte auch Ben.
Wir waren froh, dass wir unseren Schulabschluss so machen und nebenbei noch für den Rat arbeiten konnten.
„Hast du Lust, mit mir essen zu gehen?", fragte ich.
„Ja, ich bin am Verhungern. Ich muss nur noch kurz meine Sachen holen, dann können wir los."

„Okay", meinte ich und machte mich auf den Weg in den Trainingsraum, um zu sehen, ob jemand von meinem Team dort sei.
„Hey, Lee", grüßte mich Jassen, einer aus Bens Team.
„Hi, Jays."
„Wie sind die Prüfungen gelaufen?", wollte er wissen.
„Gut, wir sind gerade auf dem Weg, uns etwas zu essen zu besorgen. Hast du Lust mitzukommen?"
„Klar, ich könnte auch etwas zu essen gebrauchen", meinte er.
„Gut, dann treffen wir uns nachher beim Eingang. Ich gehe noch kurz nach meinem Team sehen."
„Alles klar." Er schenkte mir ein Lächeln, bevor er sich davonmachte.
„Und wie ist es gelaufen?", fragte Emilia, kaum hatte ich den Raum betreten.
„Hallo zusammen, sehr gut", meinte ich lächelnd.
Mein ganzes Team hatte sich hier versammelt, um zusammen zu trainieren. Cade versuchte gerade, Valerie die einfachsten Abwehrtechniken beizubringen. Ich hatte nach unserem ersten Einsatz angeordnet, dass alle Mitglieder in Selbstverteidigung unterrichtet werden sollten, da Valerie bei unserer Mission auch mit einem Handlanger/Lakai des Dämons zu tun gehabt hatte. Der Rest meines Teams war der gleichen Meinung, also trainierten wir nun alle zusammen.
„Das freut mich", meinte Valerie.
„Gratuliere", sagte auch Hunter, der inzwischen ein klein wenig aufgetaut war.
„Danke. Habt ihr Lust, mit mir, Ben und Jays etwas essen zu gehen?", wollte ich wissen.
„Klar, ich bin am Verhungern", antworteten Alex und Levi fast gleichzeitig. Auch die anderen nickten zustimmend. Obwohl die Vampire nichts essen würden, kamen sie auch mit. Die Elben und Senjas in meinem Team hatten am Anfang riesigen Respekt und auch ein bisschen Angst vor den Vampiren gehabt, doch nach unserer ersten Mission hatte sich dies schlagartig geändert. Wir waren alle froh, sie im Team zu haben, denn sie waren stark, schnell und kräftig.
„Hey, Darling", meinte Nick hinter mir und küsste mich.

„Hey, auch Lust auf Pizza?", wollte Alex wissen.
„Klar, Alter", meinte Nick und klopfte Alex auf die Schultern. Er hatte gerade eine Nachhilfe-Trainingsstunde hinter sich.
„Na, dann lass uns duschen und gehen", meinte Emilia und zog Valerie mit sich. Auch die anderen machten sich auf den Weg. Ich ging hinüber zu Felix, um ihn zu begrüssen, während die anderen sich fertigmachten.
„Hey."
„Hey, Lia, wie geht es dir?", begrüßte er mich.
„Gut, danke, und dir?"
„Tipptopp. Ich habe gehört, du lässt alle deine Mitglieder in Selbstverteidigung unterrichten."
„Ja, das ist richtig. Ich finde, sie sollten sich verteidigen können", erklärte ich.
„Das finde ich auch. Cade ist ein guter Lehrer, und auch von Hunter könnt ihr viel lernen, wenn du ihn ermutigst."
„Danke, ich werde das versuchen."
„Kein Problem! Wie nimmt dein Team das mit dir und Nick auf?", wollte er weiterwissen.
„Ziemlich gut, denke ich. Sie respektieren jeden von uns, doch ich denke, sie haben schon auch ein bisschen Angst davor. Ich versuche, alle gleich zu behandeln, obwohl das unmöglich ist, da ich nicht alle küssen möchte", meinte ich lächelnd.
„Ja, das hoffe ich. Sonst dreht Nick womöglich noch durch", erwiderte er lachend.
„Oh ja, und wie", erwiderte ich grinsend.
„Hey, Lee, kommst du?", rief Ben von oben, er stand oben auf der Galerie mit meinem und seinem Team.
„Komme", rief ich und verabschiedete mich von Felix.
„Hey, Lauren, Max, Olie", grüßte ich den Rest von Bens Team. Alle diese Männer waren muskulöse Vampire, die bereits mit ihrer Anwesenheit furchteinflößend wirkten. Doch nun in der Gruppe schienen sie locker, aber doch immer auf der Hut.

„Möchtest du wirklich nicht probieren?", spienzelte Emilia Hunter mit ihrer Pizza, die sie sich nun genüsslich in ihren Mund steckte.

„Lieber nicht", murmelte dieser ein bisschen schockiert, dass sie ihn so offensichtlich aufzog.
„Du verpasst einiges", erwiderte Emilia gelassen und mit vollem Mund zurück.
Ich genoss meine Pizza mit viel Käse, Schinken und Salami. Auch die anderen Senjas und Elben am Tisch ließen sich ihre Pizza schmecken. Nick hatte sich auch eine Pizza bestellt und versuchte, sie hinunterzuschlingen wie ein normaler Mensch. Doch wenn man genau hinsah, erkannte man, dass er Mühe hatte. Da er halb Senja, halb Vampir war, hätte es kein Problem für ihn sein sollen, menschliches Essen zu verdrücken, doch für ihn war es trotzdem eine Qual. Gelegentlich schnappte ich mir ein Stück seiner Pizza, da ich sowieso mehr aß. Dafür warf er mir einen dankbaren Blick zu. Ich lächelte ihn an und drückte ihm einen Kuss auf den Mund. Unsere Teams verstanden sich super, und so war es ziemlich laut an unserem Tisch. Wir lachten über Jases und Cades Witze und hatten ein gutes Verhältnis zueinander.

Nun war es endlich so weit: Der erste Weiterbildungskurs stand an. Unsere Teams lernten zum ersten Mal die anderen Teilnehmer unseres Teams kennen. Wir hatten verschiedene Workshops geplant, in denen jeweils eine gemischte Gruppe von Menschen, Elben, Vampiren und Senjas die verschiedenen Workshops durchlief. Dabei sollten sie sich in der Gruppe kennenlernen und gleichzeitig die anderen Spezies besser kennenlernen und verstehen. Ich selber war in einer Gruppe mit Hunter, Emilia und Cat, einer taff aussehenden, großen, schlanken Brünetten, die knallhart werden konnte. Cade, Valerie, Alex und Simon waren eine Gruppe, und Levi, Nick, Emma und Milan bildeten das dritte Team. Emma war ein brillanter Kopf, der sich gut auf die neueste Technik verstand und auch wissenschaftliche Interessen verfolgte. Sie half zum Beispiel mit, eine bessere Weste im Umsatz mit Kugeln zu entwickeln, was uns später sicher auch helfen würde, Waffen gegen Dämonen zu fertigen. Milan hingegen war ein erfolgreicher Ermittler, der bis heute

fast jeden seiner Fälle hatte aufklären können und über ein unglaubliches Fachwissen in verschiedenen Bereichen verfügte. Unsere Gruppe startete beim Posten Senjas. Sobald wir uns um den Tisch gesetzt hatten, fing die Zauberkugel, die in der Mitte stand, an, die Geschichte der Senjas in den wichtigsten Punkten zu erzählen. Die Vergangenheit wurde bis in die Gegenwart an verschiedenen Bildern verdeutlicht, auch auf einen Teil der Geschichte von den Vampiren und Elben wurde vorgegriffen. Sie erzählten von den Urvorfahren auf der Insel Senja, von der Auswanderung in die ganze Welt, von den Kämpfen gegen die Dämonen, von dem Zusammenschluss mit den Demis und den Elben und später auch mit den Vampiren. Aber die Prophezeiung wurde mit keinem Wort erwähnt. Die politische Zusammenstellung des Rates und das Schulsystem wurden kurz erklärt, sodass man das Wichtigste aus der Geschichte kannte. Nun ging es noch darum, etwas mehr zu unseren Fähigkeiten zu erzählen und dazu, wo und wie wir sie einsetzen, was auch die Kugel für mich übernahm. So hatte jeder gleich die ganzen Bilder im Kopf und das benötigte Verständnis für diese Dinge. Hatte jemand eine Frage, wurde diese direkt durch den Zauber, der auf der Kugel lag, beantwortet. Sie war so abgestimmt, dass sie auf die Bedürfnisse der Personen einging, sodass zuletzt jeder alles verstand. Auch wurde hier kurz ein kleiner Einblick in die Jägergemeinde gegeben.
„Wow, das ist beeindruckend", meinte Cat voller Staunen und Bewunderung.
Auch Hunter und Emilia waren überrascht, dass sie noch etwas Neues lernten. Alle waren noch völlig in Gedanken, als wir zu dem Posten der Vampire weitergingen. Für mich war es schwierig, alle Posten vorzubereiten, denn ich konnte schlecht immer die Kugel sprechen lassen. Ich musste es auch so verständlich machen, auch ohne Person, die etwas erklärte. Darum hatte ich mich entschieden, eine Ecke einzurichten mit Märchen- und Faktenkarten. Dabei ging es darum zu entscheiden, ob eine Behauptung der Wahrheit entsprach oder ein Märchen war. Dabei

ging es auch darum, zusammen zu diskutieren und gemeinsam in der Gruppe zu entscheiden.

„So, wie es aussieht, könnt ihr Sonnenlicht ertragen und glitzert auch nicht so wie bei Twilight", stellte Cat fest, als sie die erste Behauptung laut vorlas.

„Sieht so aus", meinte Emilia, und Hunter starrte nur auf die Karte und wunderte sich wohl, wer sich solchen Scheiß ausdachte. Wir diskutierten die verschiedenen Punkte in der Gruppe und kamen so auch auf die richtige Lösung. Cat war ziemlich fasziniert von dem, was sie über Vampire erfahren hatte, und fragte Hunter auch über seine Lieblingsblutgruppe aus. Der Krieger beantwortete jede ihrer Fragen direkt und ohne große Ausschweife, was Cat nicht einzuschüchtern schien. Sie war bloß noch mehr fasziniert. Am Schluss dieses Postens las Hunter noch eine Zusammenfassung seiner Geschichte vor und erzählte uns auch von einigen seiner Erlebnisse, als ich ihn darum bat. Er war bereits über fünfhundert Jahre alt und hatte somit einen großen Teil der Geschichte auch miterlebt. Er sah jedoch keinen Tag älter aus als fünfundzwanzig. Ich war fasziniert von dem, was er zu erzählen hatte, und davon, dass er uns Teile seiner Vergangenheit einfach so anvertraute. Ich war stolz auf ihn, denn es war ein großer Schritt für den sonst so verschlossenen Hunter.

Der Posten der Menschen war unterteilt in Religion, Sprachen, Wirtschaft und Kultur. Anhand eines Fact Sheets und eines kurzen Films erhielten wir einen kleinen Einblick in die verschiedenen Bereiche. Uns wurde klar, dass die Menschen, außer dass sie keinen übernatürlichen Fähigkeiten besaßen, uns ziemlich ähnlich waren. Auch bei ihnen gab es Krieg, verschiedene Kulturen und eigenständige Leute, die etwas bewirken wollten. Emilia fragte auch bei Cat nach, wie sie lebte, welche Religion sie vertrete und wieso und warum sie sich entschlossen haben, das Böse zu bekämpfen. Cat beantwortete ihre Fragen, und es entstanden interessante Diskussionen, an denen auch Hunter und ich teilnahmen, wobei ich mehr sprach als Hunter.

Zum Schluss wechselten wir noch zum Posten der Elben. Hier hatte ich eine gemütliche Sitzecke, die rundherum mit Pflanzen geschmückt war. In der Mitte dieser Kissen lag ein Buch, das sehr alt aussah mit seinem hölzernen Einband, der mit der Zeichnung der Wurzel eines Baumes geschmückt war. Wir setzten uns alle um das Buch, und Emilia nahm es in die Hand und öffnete es. Das Buch enthielt Bilder, die sich bewegten, und auch Texte in einer alten Schnörkelschrift, die auch in den alten Büchern der Elben zu finden war. Auch das Papier war alt und kostbar.
„Wow, das ist wirklich beeindruckend, Lee", meinte sie voller Bewunderung, als sie uns die erste Seite zeigte und uns vorlas. Als Erstes erzählte sie die Geschichte der Elben, die es seit Millionen von Jahren gab und die seit anhin der Geschichte mit der Natur verbunden waren.
Auch Emilia hatte in ihren doch eher jungen achthundert Jahren bereits viel erlebt, von dem sie uns jetzt einen Teil berichtete. Sie erzählte auch, dass sie eher zu den Jüngeren gehöre, denn die Elben könnten keinen natürlichen Tod sterben, sie konnten nur durch die Hand eines anderen umkommen, was in ihrer Geschichte eher selten vorkam, da sie ein sehr friedliches Volk waren. Doch auch bei ihnen gab es Verluste. Die meisten davon gingen auf Dämonenangriffe zurück, weswegen sie sich auch mit den Demis und den Senja zusammengetan hatten und später auch mit den Vampiren.

Nach diesen spannenden Posten saßen wir alle an einem runden Tisch, bei dem es etwas zu essen und zu trinken gab. Für die Vampire unter uns gab es mit Blut angereicherten Wein. In dieser Runde wurden noch ungeklärte Dinge besprochen und die restlichen Mitglieder des Teams besser kennengelernt, dafür hatte jeder von uns eine kleine Präsentation vorbereitet. Ich erzählte anhand eines bewegenden Bilderbuches meine Geschichte und gab so ein bisschen mehr über mich preis. Auch ein Bild des Dämonenangriffes hatte ich in mein Buch aufgenommen. Bei diesem Bild waren alle schockiert, aber wie hätten sie auch anders reagieren können? Ich war froh, dass in ihren Blicken kein Mitleid zu lesen war, sondern Mitgefühl und das Verständnis, dass sie wussten, warum ich das hier machte, und auch Bewunderung, dass ich die Kraft hatte, etwas dagegen zu tun; und ich sah auch Respekt für mich als Führungsperson, und dass, obwohl ich die Jüngste im Team war mit meinen knapp siebzehn Jahren.

Auch die anderen gaben einiges von sich preis, was auch zeigte, dass wir einander jetzt schon vertrauten, was mich sehr stolz auf unser Team machte.

Kapitel 23

„Guten Abend", tönte Monikas Stimme durch den Saal. Plötzlich wurde es still, und alle im Raum nahmen ihre Plätze ein. Ich saß zusammen mit den anderen vom inneren Kreis auf dem Podium ganz vorne. Heute war wieder einmal die monatliche Ratssitzung. Es war berauschend, hier zu sitzen und auf die Menge hinunterzusehen.

„Unser Programm sieht folgendermaßen aus: Zuerst werden wir euch über die Ereignisse der letzten Wochen informieren, und dann erzählen wir euch ein paar Einzelheiten über die Projekte, die in den nächsten paar Monaten und Jahre anstehen", fuhr sie fort.

Nun fasste Felix die Ereignisse der vergangenen Wochen zusammen. Er erzählte, dass die Dämonenangriffe abgenommen hätten, dass wir jedoch dranbleiben würden und auch ein paar erfolgreiche Einsätze durchführen konnten. Nun erzählte Ben noch ein paar Details von seinem Einsatz, bei dem ein ganzer Dämonenunterschlupf habe vernichtet werden können. Jedoch erwähnte er nicht, dass man noch Dokumente gefunden hatte. Danach fuhr ich fort und erzählte von unserem Partnerprojekt mit den Menschen, das nächstes Jahr stattfinden sollte. Ich berichtete von unserem ersten Treffen, das sehr gut verlaufen sei, und auch, dass es nur positives Feedback gegeben habe. Auch berichtete ich von unseren nächsten Plänen. Anfang nächster Woche fand die Schulungswoche statt, und danach konnte das Projekt gestartet werden. Doch zuerst waren noch Ferien. Ich war so stolz auf mich und unser Team. Wir hatten so weit alles vorbereitet. Zwar hatte ich seit dem ersten Treffen noch einiges zu tun, doch dank Simons Hilfe war jetzt alles bereit und so, wie es sein sollte.

Auch Monika erzählte von ihrem neuen Projekt: einer neuen Universität für alle Richtungen, die nach den Prüfungen für alle, die bestanden hätten, offenstünde. Früher hatte es auf der ganzen Welt verschiedene Orte gegeben, wo man sich auf ein

magisches Thema hatte spezialisieren können. Doch nun gab es auch eine Uni, die alle Möglichkeiten anbieten sollte.
Danach berichtete Andrea uns von der neuen Überwachungstechnik, die Anfang des nächsten Jahres in Betrieb genommen werden würde. Sie sollte alle Netzwerke dieser Welt unter gewissen Aspekten durchsuchen und bei einem Treffen ein Team aussenden, das das sofort prüfen sollte. Hier sollte auch die Zusammenarbeit mit den Menschen zum Zug kommen. Diese Informationen hatte ich bereits in der vorgängigen Besprechung des innersten Kreises mitbekommen. Doch es war noch interessant, was die Leute noch für Fragen stellten und was sie noch zusätzlich interessierte.

„Was hast du jetzt noch vor?", wollte Nick nach dem Treffen von mir wissen.
„Ich habe noch eine Telefonsitzung mit Simon wegen der Schulungswoche, die nächste Woche stattfindet. Danach gehen wir doch in den Klub, der vor einer Woche frisch geöffnet hat. Du kommst doch auch. Nicht?", fragte ich zurück.
„Doch, klar, ich wollte dich vorher nur noch ein bisschen für mich haben."
„Das würde ich wirklich gerne, doch ich kann nicht ...", murmelte ich und drückte ihm einen kurzen Kuss auf den Mund.
Er zog mich näher an sich und küsste mich richtig. Schwer atmend, löste ich mich von ihm.
„Ich muss los", meinte ich lächelnd und machte mich auf den Weg in mein Büro. Er sah mir noch lange lachend hinterher.
Die Versammlung hatte sich bereits vor fünf Minuten aufgelöst, doch viele unterhielten sich noch in der Halle oder davor.

Schnell startete ich meinen PC. Ich hatte noch eine Minute, bevor die Sitzung begann.
„Hey, Lee", begrüßte mich Simon fröhlich.
Wir skypten miteinander und sahen uns die jeweiligen Sachen direkt zusammen auf einem PC an, damit wir beide vom Gleichen sprachen. Diese Technik hatten wir in der letzten Woche öfters angewendet, um kurz ein paar Sachen zu besprechen. Obwohl „kurz"

wohl nicht das korrekte Wort war, denn unsere Sitzungen zogen sich immer hin, bis wir endlich alles so hatten, wie wir wollten. Ich war erleichtert, als ich merkte, dass Simon ähnlich tickte wie ich. Er wollte auch immer alles möglichst genau und vollständig geplant haben, sodass keine Überraschungen entstanden. Ich arbeitete gerne mit ihm, auch weil wir den gleichen Geschmack in Bezug auf Design und Auftritt hatten. Auch gab ich viel auf seine Meinung, die er nicht zurückhielt. Er war genauso offen und direkt wie ich, was unsere Zusammenarbeit einfach und effizient machte. Nun begrüßte ich ihn mit einem kleinen Lächeln.
„Möchten wir gleich anfangen?"
„Klar", meinte er und öffnete das Dokument mit der Planung für die Woche. Wir stellten noch einige Punkte um, bis alles perfekt aufeinander abgestimmt war. Als Nächstes wandten wir uns den verschiedenen Aufgaben zu, die wir alle nochmals durchgingen, wobei wir hie und da ein paar Sachen anpassten, wegließen oder hinzufügten.

„Wir haben es geschafft", meinte ich eine Stunde später.
„Ja, nun kann am Montag nichts mehr schiefgehen", meinte er.
„Ja, das hoffe ich", gab ich zurück.
„Das wird schon", tröstete er mich.
„Ja, ich wünsche dir ein schönes Wochenende und bis Montagmorgen", verabschiedete ich mich.
„Danke, wünsche ich dir auch. Bis dann."
Wir verließen Skype, und ich druckte nochmals die finale Version aus, damit ich am Freitag auch wirklich alles hatte. Kaum hatte ich die fertig gedruckten Dokumente in meine Mappe abgelegt, klopfte es an der Tür.
„Hey", begrüßte mich Ben und steckte den Kopf durch die Tür.
„Hey, ich bin soeben fertig geworden", meinte ich und schnappte mir meine Jacke.
„Ich auch."
„Sind wir die Einzigen, die noch hier sind?", wollte ich wissen, als wir den leeren Gang entlangliefen, in dem normalerweise immer etwas passierte.

„Ja, sieht danach aus. Die anderen aus unseren Teams sind bereits vorgegangen, und Lea, Connor, Mia und Alessia sind auch bereits seit zehn Minuten im Klub", meinte Ben.
„Okay, dann lass uns switchen", schlug ich vor.
„Wenn du dir das Bild eingeprägt hast?", zog er mich auf.
„Jain, jedoch kenne ich das Krankenhaus, das drei Minuten entfernt ist, wie meine Westerntasche", meinte ich achselzuckend.
„Haha, ja, musst du wohl."
„‚Müssen' ist übertrieben, ich könnte mich auch einfach von dir nähren", zog ich ihn auf.
„Ja, könntest du", erwiderte er halb ironisch, halb im Ernst.
Ich ignorierte den ernsten Teil und nahm ihn an der Hand. Im nächsten Augenblick landeten wir in einer dunklen Nische neben dem Krankenhaus.
„Sehr schöner Ort hier", brummte Ben, als er sich den Dreck von der Jacke klopfte und davonstampfte. Ich lachte und folgte ihm.
„Schlimm, wie es die heutige Jugend nötig hat", brummte ein Krankenpfleger, als wir auf die Straße gingen.
Der Krankenpfleger hatte wohl schon seit einer Ewigkeit Dienst, so, wie der aussah. Ben und ich lachten uns einen Schaden, als wir die Bemerkung hörten. Der Krankenpfleger hatte für unseren Humor nicht viel übrig und schaute uns nur böse an.

Als wir drei Minuten später beim Klub ankamen, lachten wir uns immer noch einen Schaden. Die anderen Leute starrten uns an, doch wir ignorierten sie. Doch als auch der Türsteher uns ansah, als hätten wir einen Schaden, hörten wir auf zu lachen und stellten uns hinten in der Schlange an.
„Ausweis, bitte", brummte dieser, als wir an der Reihe waren.
Wir reichten ihm das Papier, und als er die Stirn runzelte, dachte ich schon, der Verschleierungszauber funktionierte nicht mehr so, wie er sollte. Dieser Klub war ab zwanzig Jahre, und wir wurden im August erst achtzehn Jahre alt. Doch dann ließ der Türsteher von unserem Ausweis ab und ließ uns herein.
„Puh, war das knapp!", meinte ich, als wir außer Hörweite waren.
„Ja, ich dachte schon, er wäre immun", meinte Bene erleichtert.

Es gab einige wenige Menschen, die immun waren gegen Täuschungszauberei. Man nannte diese Gabe das zweite Gesicht. Dies kam ziemlich selten vor und war auf Senja- oder Demis-Blut in ihrem Stammbaum zurückzuführen.

„Na los, gehen wir die anderen suchen." Ben zog mich an der Hand durch die dicht aneinander tanzenden Leute. Hier im Klub roch es nach Schweiß, Alkohol, und ich konnte auch Verlangen ausmachen, das einigen Leuten deutlich ins Gesicht geschrieben stand. Es lief eine Mischung aus Techno und Hip-Hop, die von einem DJ auf dem erhöhten Podest gespielt wurde. Wir mussten uns zwischen den Körpern hindurchdrücken, dass wir auch nur ein bisschen vorwärtskamen, denn der Klub war ziemlich voll.

„Ich denke, Connor wird an der Bar stehen oder in einer dieser Lounges", tönte seine Stimme in meinem Kopf. Anders hätten wir uns auch trotz unserer Gabe nicht verstanden, denn jedes legale Dezibel wurde hier voll ausgenutzt, und wenn ich raten musste, auch einige illegale Dezibels. Bevor ich diesen Klub betreten hatte, hatte ich noch einen Schonungszauber über meine Ohren gelegt, sodass ich die Hauptgeräusche wie die Musik nicht so laut wahrnahm. So konnte ich die Hintergrundgeräusche besser wahrnehmen und machte meine Ohren auch nicht so kaputt. So hätte ich auch Bens Stimme verstanden, doch in Gedanken zu reden, war angenehmer. Auch Ben wandte diesen Trick an, denn seit er sein neues Einsatzteam leitete, schien er wachsamer und vorsichtiger zu sein als früher. Doch auch ich war vorsichtiger, das lag wahrscheinlich an unserer Ausbildung und an den vergangenen Monaten, die uns sensibilisiert hatten.

„Da ist er ja", meinte ich in Gedanken und zeigte auf Connor, der, wie Bene sagte, an der Bar lehnte, sein Bier trank und Lea und den anderen beim Tanzen zusah. Es war nicht weiter eine Überraschung, ihn an der Bar zu treffen, denn er verabscheute alles, was mit Tanzen oder auch Sport, der nicht am PC gespielt werden konnte, zu tun hatte.

„Hey", schrie Ben Connor an, als wir vor ihm standen. An der Bar hatte es ein bisschen mehr Platz als auf der Tanzfläche.

Connor nickt uns zu und wollte wissen, was wir trinken würden. Ben bestellte sich auch ein Bier, und ich nahm ein Erdbeer-Martini, der seit einer Weile mein Lieblingsgetränk war. Nun hatten die anderen uns auch bemerkt und kamen auf uns zu.
„Hey, schön, dass ihr da seid."
„Hey", meinte ich und nahm Lea in den Arm, und auch Alessia und Mia drückte ich, als ich sie sah. Ich hatte die zwei schon länger nicht mehr gesehen und freute mich, sie nun wiederzusehen.
„Kommt ihr mit auf die Tanzfläche?", wollte Lea wissen, die nun in mein Ohr schrie, da sie nicht wusste, dass ich sie auch so verstehen konnte.
„Später, ich trinke zuerst noch etwas und warte auf Nick", erklärte ich ihr in ihrem Kopf.
„Okay", antwortete sie und ging mit den anderen wieder zurück.
„Hier dein Drink", schrie der Barkeeper und stellte meinen Marini vor mich.
„Danke", schrie ich zurück und bezahlte auch Bens Bier.
„Und ich bekomme nichts?", ertönte plötzlich Nicks Stimme hinter mir. Er hatte seine Hände um meine Teile gelegt und zog mich nun näher.
„Doch, klar, noch ein Bier bitte", sagte ich zum Barkeeper.
„Danke", murmelte Nick in meinem Haar und drehte mich dann zu sich um, um mich zu küssen. „Du bist früh hier", meinte er.
„Wir sind gleich nach der Arbeit los und sind beim Krankenhaus gelandet; und du?"
„Ich war noch kurz zu Hause und bin dann mit den anderen mit dem Bus gefahren."
„Wo sind sie denn?"
„Noch irgendwo in der Menge. Ich sagte, ich gehe schnell dich begrüßen", meinte er.
„Süß."
„So bin ich halt", meinte er und küsste mich nochmals ziemlich intensiv. Ich musste aufpassen, dass keiner rundherum meine Fangzähne bemerkte, die sich nun vor Lust ausgefahren hatten. Auch Nick musste sich beherrschen.
„Hier dein Bier", unterbrach uns der Barkeeper.

„Danke", meinte Nick, ohne den Blick von mir zu lösen.
„Du bist unhöflich", meinte ich.
„Nein, ich bin verrückt nach dir, das ist etwas anderes", meinte er mit seinem Bad-Boy-Grinsen, das mir wie immer weiche Knie bescherte.
Ben war mittlerweile in ein Gespräch mit Connor vertieft, als auch die Restlichen unseres Teams zu uns stießen. Ich begrüßte alle mit einer Umarmung und wurde danach sofort wieder in Nicks Arme gezogen, als könnte er keine Sekunde länger von mir getrennt sein. Ich lächelte ihn an und küsste ihn.
Ben stellte die Neuankömmlinge Connor und den anderen vor, die die Tanzfläche neugierig wieder verlassen hatten, um die Neuankömmlinge kennenzulernen. Emilia, Cade, Levi und Jassen verzogen sich mit Lea, Alessia und Mia wieder auf die Tanzfläche. Hunter stellte sich mit Valerie neben uns und bestellte für sich ein Bier und Valerie eine Cola. Sie hatten sich in den letzten Wochen angefreundet und schienen ein bisschen mehr füreinander zu empfinden als nur Freundschaft. Er kümmerte sich rührend um die scheue und zierliche Valerie. Alex, Lauren, Max und Oli gesellten sich zu Connor und Ben und unterhielten sich über Waffen, während ich meinen Drink schlürfte und mich mit Nick, Hunter und Valerie unterhielt.

Nach einer Weile forderte mich Nick zum Tanzen auf, was ich nicht ablehnen konnte, denn ich vermisste die Bewegungen zur Musik. Ich war in den letzten Wochen kein einziges Mal dazu gekommen, und das, obwohl ich es mir ganz fest vorgenommen hatte. Wir gesellten uns zu den anderen auf der Tanzfläche und bewegten uns zur Musik. Lea und ich blieben auf der Tanzfläche, bis der Klub zumachte und uns alle nach Hause schickte. In der Zwischenzeit waren alle einmal oder sogar mehrere Male auf der Tanzfläche außer Connor, Hunter und Valerie, die sich auch trotz Überredungskünsten meinerseits nicht darauf einließen.
„Boa, das habe ich gebraucht", meinte ich lachend, als wir gemeinsam aus dem Klub gingen.

„Ich auch", erwiderte Lea glücklich an meiner Seite und an Connor gelehnt.
Auch die anderen stimmten mir zu und wirkten glücklich. Ich fand es super, dass sich alle so gut verstanden.
„Hat jemand noch Lust, frühstücken zu gehen?", fragte Oli in die Runde und zog Emilia zu sich, um ihr einen Kuss zu geben. Diese zwei waren sich diese Nacht ein klein wenig nähergekommen, wie man offensichtlich sehen konnte. Sie schienen beide glücklich darüber zu sein, und ich gönnte es ihr, auch weil ich wusste, dass Emilia seit ein paar Jahren Single war und bis vor Kurzem noch an ihrem Ex gehangen hatte. Alle waren begeistert von dem Vorschlag und schlossen sich an, als wir in das Frühstückslokal gegenüber dem Klub gingen.

Kapitel 24

Die warmen Sonnenstrahlen, die auf mein Gesicht schienen, rissen mich aus meinem traumlosen, friedlichen Schlaf. Ich wollte mich nochmals umdrehen, um die Ruhe und den Frieden des Schlafes zu genießen. Doch als mein Blick auf die Uhr fiel, entschied ich mich anders. Es war bereits späterer Nachmittag, und ich sollte mich mal bei meiner Familie blicken lassen. Ich stand auf und zog mir Jeans Hotpants und ein ärmelloses schwarzes Shirt an. Als ich nach unten ging, hörte ich, wie mein Dad gerade mit einem seiner Mitarbeiter telefonierte und sich dabei richtig aufregte, weil dieser, wie es tönte, einen Riesenbock geschossen hatte. Ich drückte meinem Dad einen Kuss auf die Wange und ging in die Küche, um mir ein Glas Wasser zu holen.
„Guten Morgen", begrüßte ich Charlotte, die dabei war, einen Kuchen zu backen.
„Guten Abend, meinst du wohl eher."
„Ja, passt wohl eher", meinte ich schmunzelnd. „Kann ich dir etwas helfen?", wollte ich wissen.
„Du könntest noch kurz einkaufen gehen, damit ich später das Nachtessen zubereiten kann", meinte sie nach kurzem Überlegen.
„Klar, mach ich doch gerne. Brauchen wir sonst noch irgendwas?"
„Nein, das sollte alles sein."
„Gut, dann bis später", meinte ich, drückte ihr einen Kuss auf die Wange und schnappte mir die Einkaufsliste.
Als ich in den Eingangsbereich ging, kam mir Ben entgegen. Er hatte, als ich aufgestanden war, unter der Dusche gestanden und grinste mich jetzt an.
„Was hast du vor?", wollte er wissen und deutete auf den Einkaufkorb in meiner Hand.
„Was denkst du?"
„Okay, ich komme mit, gehe nur kurz die anderen begrüßen."
„In Ordnung, beeil dich aber."
Wenige Minuten später stand er wieder bei mir. Wir machten uns zu Fuß auf den Weg in die Migros, die einige Straßen weiter war.

„Ich hätte heute den ganzen Tag im Bett bleiben können", meinte Ben neben mir.
„Ja, doch dann hätten wir heute nichts getan."
„Nennst du die ganze Nacht tanzen und frühstücken ‚nichts'?"
„Jain, doch wir hätten in dieser Zeit auch den Dämonen einen Schritt näher kommen können", brummte ich.
„Das tun die Computer für uns, und wir haben auch immer ein Einsatzteam vor Ort", meinte Ben.
„Hmm."
Mittlerweile waren wir bei der Migros angekommen und durchstöberten die Regale nach den gewünschten Lebensmitteln. Kurze Zeit später hatten wir alles zusammen und standen an der Kasse an.
Als wir zu Hause ankamen, erwartete uns Charlotte schon ungeduldig.
„Habt ihr alles bekommen?", wollte sie wissen.
„Klar", meinte ich und reichte ihr die Tasche.
Auf dem Weg in die Küche rief sie uns noch zu, dass wir doch noch kurz nach Rom in den Delikatessenladen gehen sollten, um diese spezielle Soße zu machen. Wir machten uns auch sogleich auf den Weg, um zum Abendessen wieder daheim zu sein. Da wir bereits mehrere Male da gewesen waren, war es für uns ein Leichtes, uns die Gasse neben dem Laden vorzustellen und dahin zu switchen. Ich sah mich verwundert um.
„Wonach hältst du Ausschau?"
„Nach den unsichtbaren Jägern, die uns doch einmal beschützen sollten", murmelte ich. Ich merkte erst jetzt, dass sie fort waren, und das nicht erst seit gestern, sondern seit dem Angriff.
„Sie wurden abgezogen, da sie anderswo gebraucht werden und wir ja einen Schutzzauber errichtet haben."
„Okay, und wir haben ja auch eine Jägerausbildung und werden immer besser."
„Das stimmt", meinte Ben zustimmend.

Wir hatten es gerade noch geschafft, bevor der Laden schloss. Nun liefen wir noch ein bisschen durch die Stadt, um einen geeigneten Ort für die Rückreise zu finden, denn in der vorherigen Gasse hatte ein Obdachloser sein Zelt aufgeschlagen. Heute war wirklich ein wunderschöner Tag, die Sonne schien, und es war angenehm warm, nicht zu heiß und nicht zu kalt. Ich beobachtete die Menschen um mich herum. Die einen schienen voll im Stress zu sein, andere wiederum liefen gemütlich durch die Straßen und schauten sich die Schaufenster an oder suchten ein passendes Café, um noch etwas zu trinken.

„Hier sollte uns keiner sehen", meinte Ben, als wir in eine enge, dunkle Gasse einbogen, die zu einem Hinterhof gehörte, der wohl seit einiger Zeit leer stand. Wir konzentrierten uns auf unser Zimmer und fingen an, den Zauber zu sprechen. Doch plötzlich wurden wir ohne Vorwarnung beschossen.

„Geh in Deckung!", rief mir Ben zu und trennte der ersten Gestalt den Kopf ab. Wenige Sekunden danach war diese verschwunden, vollkommen zu Staub zerfallen.

Ich duckte mich schnell hinter eine Mülltonne und murmelte einen Spruch, damit sich die Dämonen, die sie ja offensichtlich waren, in Luft auflösten. Wenige Sekunden später waren sie verschwunden.

„Komm, lass und gehen!", rief Ben und fasste mich an der Hand. Wenige Augenblicke später standen wir wieder vollkommen sicher in unserem Zimmer in Rosewood.

„Geht es dir gut?", wollte ich von Ben wissen.

„Alles okay, ich wurde nicht getroffen, du?"

„Halb so schl...", murmelte ich, bevor mir schwarz vor Augen wurde und ich zusammenbrach. Ich nahm noch knapp wahr, wie Ben mich auffing, doch dann war ich weg.

Mein Körper fühlte sich dumpf an, als ich langsam wieder zu mir kam. Ich öffnete die Augen und sah mich um. Wo war ich? Über mir war eine weiße Decke, und Licht blendete mich, sodass ich mir eine Hand vorhalten musste, um nicht zu erblinden.

„Sie ist wach", rief mein Dad rechts neben mir.

Vorsichtig drehte ich meinen Kopf in die Richtung, aus der seine Stimme kam. „Wo bin ich?"

„Du bist im Behandlungszimmer des Lofts", meinte mein Dad beruhigend.
„Was ist passiert? Warum bin ich hier?"
„Du bist von einem Giftpfeil getroffen worden, als wir in der Gasse waren, und danach bist du zusammengebrochen", meinte Ben. Ich hatte gar nicht bemerkt, dass er auch im Raum war.
„Ich hatte richtig Angst, als Ben mich anrief und mir sagte, dass du hier bist", hörte ich auch Nicks Stimme. Auch ihn hatte ich bis jetzt nicht wahrgenommen. Vorsichtig drehte ich mich auf die andere Seite und sah ihm in die Augen. Er schaute mich besorgt und liebevoll an.
„Was war das für ein Gift?", wollte ich wissen.
„Das wissen wir noch nicht. Es scheint so, als wäre es kein Dämonengift, sondern eines, dass chemisch entwickelt wurde", antworte mir die Ärztin, die soeben den Raum betrat. „Du hattest Glück, dass du nur gestreift wurdest, denn jeder andere wäre wahrscheinlich an diesem Gift gestorben, ob er nun ein Mensch, Vampir, Elbe oder eine Senja war. So, wie es jetzt scheint, wurde das Gift extra für unsere Rasse entwickelt."
„Was bedeutet das?", wollte ich wissen.
„Es scheint so, als wären nicht nur Dämonen hinter uns her, sondern auch Menschen, denn Dämonen könnten das Gift nicht selber herstellen, und wie Ben die Situation beschrieben hatte, waren es wohl wirklich keine Dämonen", meinte die Ärztin weiter.
„Die waren wirklich komisch, doch der eine von ihnen hat sich, nachdem Ben ihm den Kopf abgetrennt hatte, in Luft aufgelöst", widersprach ich.
„Das ist richtig. Wir haben vor zwei Stunden ein Team zum Tatort geschickt, um die Spuren zu sichern. Da haben wir auch einen unbenutzten Giftpfeil und die Überreste des Toten gefunden", antworte Nick.
„Die Überreste des Toten ergaben, dass es eine chemische Reaktion war, die seinen Körper nach seinem Tod in Asche verwandelte", ergänzte Ben.

Das waren viele Informationen auf einmal, die ich zuerst verdauen musste. Ich ließ den Kopf wieder in mein Kissen sinken. Wenn das keine Dämonen waren, hätte es doch auch sein können, dass sie trotzdem etwas mit den Dämonen zu tun hatten. Es könnte ja sein, dass die Dämonen die Menschen benutzten. Diesen Gedanken behielt ich aber erst mal für mich.
Als die Ärzte wieder ging, meinte Dad: „Ich bin froh, dass du weder Senja noch Mensch noch Vampir bist."
Zuerst verstand ich nicht, was er damit sagen wollte, doch dann dämmerte es mir: Wenn ich nicht alle wäre, wäre ich jetzt tot.
„Ich bin auch froh", murmelte ich. „Was, wenn die Dämonen einen Weg gefunden haben, unsere Schutzzauber zu brechen? Sie können die Welt zwar nicht selber betreten, außer in ihren eigenen Verstecken, die irgendwie geschützt sind, doch sie haben sich die Menschen zunutze gemacht ..."
„Das wäre eine sehr schlechte Nachricht", brach Ben das Schweigen, das sich nach meiner Bemerkung ausgebreitet hatte. „Doch es würde das Aussehen dieser Menschen bestätigen, denn sie sahen nicht mehr aus wie Menschen, sondern wie eine Mischung aus Mensch und Dämon", fuhr er fort.
„Wenn auch nur Möglichkeit besteht, dass dieser Verdacht der Wirklichkeit entspricht, dann sollten wir den Rat informieren", meinte Nick.
„Das sollten wir", stimmten Ben und ich zu.
Vorsichtig stand ich auf. Da sich mein Körper sehr schnell erholen konnte, war ich schon wieder fast genauso fit wie vorher, nur mein Kopf fühlte sich noch ein bisschen komisch an.
„Du solltest noch ein bisschen im Bett bleiben", meinte die Ärztin, die schon wieder in meinem Zimmer stand.
„Geht schon wieder", meinte ich und schenke ihr ein Lächeln. Ich überzeugte sie mit meinem „magischen" Überredungskünsten, dass ich in Ordnung sei und mich daher daheim fertig ausruhen könne, wobei ich diese Möglichkeit gar nicht erst in Betracht zog. Sie unterschrieb die Entlassungspapiere und ließ uns gehen.

„Weiß sie es?", wollte ich wissen, als wir die Krankenstation verließen und uns Richtung Büro auf den Weg machten.
„Nein, ich habe diesen Teil aus ihrem Gedächtnis gelöscht", antwortete Ben, der verstand, dass ich von der Tatsache sprach, dass ich auch ein Vampir war.
Apropos Vampir, ich sollte jetzt wohl meinen Bluthaushalt auffüllen, sonst schnappte ich mir womöglich noch den Erstbesten und machte so Bens Bemühungen zunichte. Dad verabschiedete sich von uns und wünschte uns viel Glück. Ich gab ihm einen Kuss und drehte mich dann zu den anderen um. „Ich muss noch kurz ins Krankenhaus, bin gleich wieder zurück." Als ich fertig gesprochen hatte, war ich auch schon im Krankenhaus und bediente mich. Satt stand ich wenige Minuten später wieder im Hauptquartier.
„So, lass uns die schlechten Neuigkeiten überbringen", meinte Nick.
„Die anderen warten im Sitzungsraum", meinte Ben, und wir machten uns auf die Socken.

Als wir den Raum betraten, sah ich die besorgten Blicke, die alle auf mir ruhten. Solche Sachen verbreiteten sich wohl schnell.
„Mir geht es gut, ich hatte Glück gehabt, der Pfeil hat mich nur gestreift", beruhigte ich Andrea, Felix und Monika. Es stimmte nicht ganz, der Pfeil hatte mich voll getroffen, doch diese Nachricht konnte ich nicht weitergeben, sonst würde mein Geheimnis auffliegen.
„Das ist gut", meinte Felix.
Wir setzten uns. Auch Nick war bei diesem Treffen dabei, da sein und Bens Team die Spuren sicherten. Wir erzählten, was passiert war, und von unserer Theorie, dass die Menschen von den Dämonen benutzt wurden.
„Das könnte durchaus möglich sein, und das würde auch ein paar Gewaltaktivitäten in den Laboren der Menschen erklären. Es wurden verschiedene Sachen gestohlen, und die Menschen wurden sehr schwer zugerichtet. Augenzeugen berichteten, dass die Menschen nicht menschlich ausgesehen hätten, was

die restliche Bevölkerung natürlich nicht glaubte, zu unserem Glück", meinte Andrea.
„Hmm, sieht so aus, als würden sie mehr Ressourcen sammeln", meinte Nick.
Nach kurzer Diskussion meinte Felix: „Ich denke, wir sind uns einig, dass es wohl so ist, dass die Dämonen Menschen rekrutieren."
„Wir brauchen ein Sonderteam, das die Proben des Tatortes noch besser untersucht, ein Überwachungsteam, das auf solche komischen Berichte achtet, und ein Einsatzteam, das rund um die Uhr bereit ist", fasste Monika zusammen.
„Mein Team und ich können das übernehmen", meinte Ben.
„Das wäre gut, dann müssten wir die anderen noch nicht miteinbeziehen.", stimmte Felix zu.
„Zudem wäre unser Team nach den Sommerferien bereit, die Aktivitäten auf der Menschenseite zu überwachen", meinte ich.
„Ich habe zwei Mitarbeiter, die ich für die Überwachung der Ungewöhnlichkeiten sensibilisieren kann, und die Labormitarbeiter sind bereits dabei, die Proben zu untersuchen", fügte Andrea an.
Ach Mann, unsere Aufgabe wurde immer komplizierter ...
„Das ist doch mal ein Anfang", meinte Monika. Sie schien genauso beunruhigt wie der Rest von uns. Doch für den Moment konnten wir nichts mehr machen, also standen wir auf und widmeten uns unseren jeweiligen Aufgaben. Ben und ich verabschiedeten uns und machten uns auf den Weg nach Hause. Heute konnten wir hier nichts mehr bewirken, und Charlotte hatte mittlerweile fertig gekocht und wartete immer noch auf die Soße.

„Es war so viel einfacher vorher", murmelte ich auf dem Heimweg zu Ben. Nick hatte sich entschieden, noch ein bisschen zu trainieren.
„Das ist so, aber möchtest du zurück in die Welt, in der wir naiv und unwissend waren?", fragte Ben.
„Nein", antwortete ich ihm, ohne zu zögern. Ich wollte wirklich nicht mehr naiv und unwissend sein. Ich wollte etwas bewirken und mithelfen, die Welt ein bisschen besser zu machen, doch

ich wollte auch, dass nicht alles so schnell ging, dass wir Zeit hatten, einen Gegenanschlag zu planen und durchzuführen.
„Ich auch nicht", meinte Ben. „Wir werden siegen, auch wenn es momentan nicht so aussieht und die Dämonen aufrüsten, denn wir sind die Guten, stimmt's?"
„Stimmt! Das Gute besiegt das Böse", meinte ich bestimmt. Im Inneren zweifelte ich doch ein bisschen, doch ich musste an das Gute glauben, sonst war ich in dieser Welt aufgeschmissen.
Mittlerweile hatten wir das Haus betreten.
„Wie geht es euch?", kam Charlotte uns entgegen und schloss uns in die Arme.
„Gut, danke, und dir?", antwortete ich und ignorierte dabei den Dämonenangriff, der nur wenige Stunden her war.
„Hmm, ich bin froh, dass ihr ausgebildet seid", murmelte sie.
Wir folgten ihr in die Küche und deckten den Tisch. Ich war auch froh darüber, sonst wären wir jetzt womöglich tot. Daran wollte ich gar nicht erst denken.

Kapitel 25

Nach dem Essen sahen wir gemeinsam mit der ganzen Familie einen Film. Es war schön, wieder einmal etwas mit der Familie zu machen, doch in solchen Momenten tat es weh, dass Tom und Mom nicht hier waren und mit uns lachten. Nach dem Film beschlossen wir, ins Bett zu gehen, denn meine Schulungswoche begann bereits morgen, und Ben hatte nun einen neuen Auftrag, und auch Dad und Charlotte waren müde von ihrem Tag.
„Gute Nacht", wünschte ich Ben noch, bevor ich in einen traumlosen Schlaf fiel. Am nächsten Morgen erwachte ich, fünf Minuten bevor der Wecker klingelte. Ich war voller Tatendrang. Ich wollte, dass unser Team so bald wie möglich einsatzbereit wäre und wir damit beginnen könnten, die Dämonen zu vernichten. Also duschte ich mich, zog mich an und ging noch kurz zum „Joggen" in den Wald. Ich musste einen Teil meiner Energie loswerden, damit ich den Tag ohne Aufmerksamkeit überstand.
Als ich eine halbe Stunde früher als abgemacht im Hauptquartier der NSA auftauchte, wartete Simon bereits ungeduldig.
„Hey, bin ich zu spät?", fragte ich und hob eine Augenbraue.
„Hey, nein, du kommst gerade richtig. Jedoch solltest du in Zukunft den Haupteingang und deine Schlüsselkarte benutzen. Sonst fällst du auf", meinte er und lächelte.
„Okay, ich kann nach unten gehen und nochmals kommen", bot ich an. Ich hatte alle Schlüsselkarten bei unserem letzten persönlichen Treffen bekommen und sie dann an mein Team verteilt. Jedoch hatte ich dabei vergessen, dass ich die ab heute wohl brauchen würde.
„Ja, das wäre gut. Sie haben dich wohl noch nicht gesehen", meinte Simon.
Das stimmte, wir standen momentan noch in einem toten Winkel, doch das änderte sich gleich. Ich verschwand und war so nur knapp den Kameras entgangen. Dann überquerte ich eine Straße und lief direkt auf die Eingangstür des Regierungsgebäudes zu. Ich war ein bisschen nervös, ob ich wohl durch die Sicherheitsschleusen kommen

würde. Im Eingangsbereich standen zwei Sicherheitsbeamte und vier Drehkreuze mit anschließenden Metalldetektoren, durch die wir alle mussten. Um diese Zeit war nicht besonders viel los. Ich hielt meine Schlüsselkarte auf das Einlesegerät, das sofort auf Grün schaltete und mich durchließ. Sofort kam mir einer der süßen Sicherheitsbeamten entgegen.
„Guten Tag, Sie müssen sicher Agentin Grey sein? Ich bin Taylor Ground."
„Hallo, ja, die bin ich. Freut mich, Sie kennenzulernen." Es war komisch, wenn die Leute mich mit Agentin Grey anredeten.
„Freut mich auch. Haben Sie irgendwelche metallische Gegenstände bei sich?"
„Nein, nur mein Handy und Papierkram", meinte ich und legte die Sachen auf das Band, damit der andere Beamte sie begutachten konnte.
„Sie ist sauber", brummte dieser.
Ich ging durch den Metalldetektor und verabschiedete mich. Hinter den Sicherheitsmaßnahmen war eine große Rezeption, die so früh aber nicht besetzt war. Rechts davon waren die Fahrstühle, und links ging es einen Gang entlang zu den Büros. Ich stellte mich in den Fahrstuhl und drückte den obersten Knopf. Nun wurde ich aufgefordert, meinen Batch gegen das Eingabefeld zu halten, denn für unsere Abteilung benötigte man die höchste Sicherheitsstufe. Kaum hatte ich den Batch gegen das Eingabefeld gehalten, fuhr der Fahrstuhl nach oben. Oben angekommen, wartete Simon schon ungeduldig auf mich.
„Sorry, auf diese Art dauert es halt ein bisschen länger", meinte ich.
„Das ist so", bestätigte er und führte mich in mein neues Büro, das ich ab heute beziehen würde. Es war ein geräumiges Büro in der hinteren Ecke des Gebäudes. Zu beiden Seiten hatte es eine Fensterfront, sodass ich einen tollen Ausblick auf die Stadt hatte. In der Mitte stand mein Schreibtisch mit Computer, und auf der rechten Seite stand ein Sitzungstisch mit sechs Plätzen. Ich war beeindruckt. Mein Büro im Hauptquartier hingegen war halb so groß und richtig vollgestopft.

„Danke. Ich werde mich später einrichten. Lass uns zuerst das Sitzungszimmer einrichten, damit wir dann gleich starten können."
„Das ist eine gute Idee", meinte er und führte mich weiter.
Neben meinem Büro lag sein Büro, dann gab es eine kleine Küche mit Kaffeemaschine und Mikrowelle, eine Sitzungszentrale für unsere Analytiker mit vielen PCs und Überwachungsgeräten, ein Großraumbüro, wo die Berichte geschrieben wurden, und zuletzt ein großes Sitzungszimmer mit einem großen Touchscreen-PC vor einem riesigen Tisch, wo alle Platz faden.
„Oh mein Gott, ist das kompliziert ...", murmelte Cade, als er das Sitzungszimmer betrat.
„Ja", murmelte Emma hinter ihm.
„Man gewöhnt sich daran", meinte Cat und setzte sich neben Cade. Auch Emma, Milan, Valerie, Nick, Hunter, Levi und Alex nahmen Platz. Nick setzte sich neben mich und gab mir einen Kuss.
„Habt ihr's gut gefunden?", wollte ich wissen.
„Ja, mit der Übermittlungsröhre im Hauptquartier ist das nie ein Problem", kläret Valeri mich auf. Das war so eine Röhre, die alles und jeden an jeden beliebigen Platz der Welt bringen könnte. Ich wusste, dass es so etwas gab für Nicht-Senjas, doch ich hatte es vergessen.
„Das ist gut", meinte ich.
Simon brauchte uns Getränke und begrüßte unser Team. „So, lasst uns mit dem Ablauf beginnen", meinte er, und ich fuhr fort; „Wir starten mit unseren Aufgaben und unserer Zuständigkeit, dann folgen die Regeln, die Arbeitszeiten, der Arbeitsablauf und die Zusammenarbeit mit den anderen Behörden."
Zu Beginn erläuterte Simon unsere Aufgabe, die darin bestand, nach Dämonenaktivitäten Ausschau zu halten, diesen Aktivitäten auf den Grund zu gehen und sie zu beseitigen. „Dies bewerkstelligen wir, indem wir die Computer nach Dämonenaktivität durchsuchen und auf spezielle Gegebenheiten achten wie z. B. die Temperatur, denn gewisse Dämonen haben es lieber wärmer oder kälter. Sobald solche Aktivitäten auftauchen, soll sich unser Team auf den Weg machen und der Sache auf die Spur gehen. Die Anzahl

Agenten hängt dann immer von der Größe des Falles ab. Die restlichen Fakten werden dann später noch mitgeteilt", erklärte uns Simon mehr zu unserer Aufgabe. Das war einer der Punkte, über die wir alle schon Bescheid wussten.

„Unsere Zuständigkeit fängt dann an, wenn sich Dämonen oder Dämonenmenschen einmischen oder sich Hinweise auf sie ergeben. Das wird, wie vorhin erwähnt, von unseren Analytikern bestimmt. Auch wurden alle höheren Tiere darüber informiert, dass sie in gewissen Fällen, ebenjenen, die etwas mit Dämonen oder Dämonenmenschen zu tun haben, sich direkt an uns wenden müssen. Natürlich werden sie nicht über Dämonen informiert, sondern erhalten nur eine Art Beschreibung, wie ihr sie hier auf der PowerPoint-Präsentation sehen könnt", erklärte ich weiter. Ich las einige Punkte dieser Liste vor. Darauf stand zum Beispiel „Pulverrückstände, die aus dreißig Prozent unbestimmter Materie bestehen". Dies stand für die „gestorbenen" Menschendämonen, wie wir sie jetzt nannten.

„Was ist, wenn wir alle bereits einen Auftrag haben und dann noch ein anderer hinzukommt? Wir können ja nicht alles gleichzeitig machen", wollte Cat wissen.

„Das ist eine gute Frage. Da unser Team nur aus zwölf Leuten besteht und die Analytik immer besetzt sein sollte, können wir nicht überall sein. Jedoch sind wir nicht allein. Wir haben immer noch Unterstützung von allen Ermittlern. Wir müssen nicht jede Spur selber sichern, nicht jede Probe selber analysieren und somit auch nicht alles selber machen. Bei kleineren Fällen wie spuren sichern oder Analysen machen, braucht es uns nicht. Dies werden wie immer die normalen Behörden machen. Wir verfolgend die Projekte von hier aus und werden unsere Schlüsse ziehen. Falls wir noch mehr Informationen benötigen, werden wir uns diese holen, entweder indem wir an diesem Fall zusammen mit der zuständigen Behörde arbeiten oder indem wir auf eigene Faust losziehen", endete Simon.

„Die größeren Ermittlungen werden wir zusammen mit den Jägern und Bens Truppe koordinieren, dazu aber später mehr", erklärte ich weiter. Bis zum Mittag erklärten wir dem Team noch weitere Details zu den Aufgaben und unserem Zuständigkeitsbereich.

„So, die ersten zwei Themen für heute haben wir hinter uns. Wir haben im Restaurant um die Ecke einen Tisch reserviert", meinte Simon, und wir machten uns alle zusammen auf den Weg. Aus dem Gebäude zu kommen, war viel einfacher, als in selbiges hineinzugelangen. Wir mussten nur durch ein Drehkreuz und waren draußen.
„Du hast das toll gemacht", meinte Nick, als er neben mir herlief.
„Danke, ich hoffe, wir haben nicht allzu viel wiederholt, was ihr schon wusstet", erwiderte ich.
„Es ging, es war gut, das nochmals zu hören", meinte Cade, der sich uns anschloss.
„Ja, stimmt", meinte Nick.
„Weißt du, was es zu essen gibt?", wollte Cade wissen.
„Nein, sorry, die Bestellung hatte Simon übernommen", antwortete ich entschuldigend. Ich war auch schon sehr gespannt auf das Essen, da ich heute noch nicht viel gegessen hatte. Denn ich hatte immer noch einen Schock wegen des Angriffs gestern. Ich war froh, dass Nick unser Team gestern noch auf den neuesten Stand gebracht hatte, sodass ich das nicht auch noch tun musste. Da wir noch nicht besonders viel wussten, außer dass das Pulver aus dreißig Prozent – keine Ahnung, was – bestand, konnten wir hier auch noch nicht viel sagen. Das würde sich jedoch hoffentlich diese Woche noch ändern.

„Ich bin so satt", ließ Cade nach dem Essen verlauten. Ihm hatte der Burger wohl geschmeckt, wie es schien.
Auch ich war satt und bereit, den Nachmittag in Angriff zu nehmen. Als Erstes starteten wir mir den Regeln. Da es die normalen Regeln waren, die auch im Polizeihandbuch zu finden waren, und wir alle diese eh in unserer Ausbildung schon bestens kannten, wiederholten wir nur die wichtigsten und gaben dazu noch das Polizeihandbuch ab, das noch als Repetition zu lesen war.

„So nun kommen wir zu dem für euch wohl spannendsten Thema, den Arbeitszeiten. Alle von euch, die sich gefreut haben, auch am Wochenende zu arbeiten, muss ich wohl enttäuschen. Es gelten grundsätzlich die ‚normalen' Arbeitszeiten von Montag bis Freitag, dabei wird die Arbeitszeit nach Einsatz geleistet. Das bedeutet, es kann sein, dass ihr einmal bereits um sieben Uhr beginnen oder die ganze Nacht arbeiten müsst. Jedoch wird diese Zeit später wieder kompensiert", erklärte ich. „Die Aufgaben und Einsätze werden jeweils am Montagmorgen um sieben Uhr dreißig vergeben. Wer nicht bereits an einem Einsatz ist oder Ferien hat, muss dort sein. Wir besprechen, was in der letzten Woche vorgefallen ist, bringen die anderen auf den neuesten Stand und vergeben die Einsätze. Es kann durchaus sein, dass man einmal über das Wochenende arbeiten muss, wie zum Beispiel damals, als das kleine Mädchen von einem Dämon angegriffen wurde. Diese Zeit wird jedoch anschließend kompensiert, wenn es möglich ist", fuhr ich fort.
„Wie sieht es mit den gemeinsamen Trainings aus?", wollte Valerie wissen.
„Wir versuchen, diese in der Wochenplanung einzubeziehen. Es kann jedoch sein, dass es zwei Trainingseinheiten gibt oder dass nur manche von euch eingeteilt sind", beantwortete Simon die Frage.
„Warum sollen nur manche eingeteilt sein?", wollte Hunter wissen.
„Weil das Analytikteam nicht mehr jede Woche trainieren muss. Jedoch kann es dies freiwillig tun, doch es wird viele Schulungsprojekte geben, bei denen sie ihr Wissen weitergeben sollen, wobei sie nicht immer Zeit haben werden", antwortete ich.
Zum Arbeitsablauf konnten wir nur sagen, dass die Projekte vergeben wurden, wenn sie kamen, und dass man sich bei den Ermittlungen an das Gesetz der Menschen halten musste, wenn man mit ihnen zusammenarbeitete. Ansonsten galt es einfach, keine Aufmerksamkeit zu erregen, keine Verletzungen zu riskieren und gute Arbeit zu machen, was uns allen bereits klar war, da wir zuvor schon in diesem Bereich gearbeitet hatten.

„Nun kommen wir noch zu unserem letzten Punkt der Zusammenarbeit mir den Behörden. Wie bereits erwähnt, werden wir uns nur in gewissen Fällen in die Arbeit einmischen. Falls das der Fall sein sollte, werdet ihr unter einem Vorwand in dieses Team integriert. Ihr bekommt einen Auftrag und versucht, diesen gemeinsam mit dem Team vor Ort zu erfüllen. Natürlich dürfen nur gewisse Informationen weitergegeben werden, und es wird schwierig sein, das Vertrauen der anderen zu gewinnen. Doch wir müssen das Beste daraus machen und sehen, wie es kommt, und dann auch daraus lernen", erläuterte ich den letzten Punkt. Simon zeigte danach noch an einem Fallbeispiel, wie so eine Zusammenarbeit funktionieren könnte. Doch da es erst nach den Sommerferien zum ersten Mal getestet werden konnte, war alles nur Theorie. Der Rest der Woche würde dazu genutzt werden, die Mitglieder des Teams auf die Ermittlungstechniken der Menschen vorzubereiten. Auch würden sie drei Tage ein Team begleiten und auf Streife gehen, um die alltäglichen Probleme der Menschen zu sehen und auch zu verstehen. In dieser Zeit durften die Menschen in die Jägerteams hineinschauen, sodass hoffentlich alle den gleichen Stand haben würden.

„So, was habt ihr heute noch so vor?", wollte Alex nach der Schulung wissen.
„Ich wollte mit Emma und Valerie noch shoppen gehen", meinte Emilia.
„Hmm, okay, wollt ihr anderen noch mit in die Bar?", schlug Milan vor, der sich hier bestens auskannte.
„Klar", stimmten alle zu.
„Ich kann leider nicht, ich gehe heute noch mit Lea essen. Wir müssen noch die Party für Samstag vorbereiten. Ihr kommt doch auch?", lehnte ich als Einzige ab. Dies war unser monatliches Treffen, und ich wollte es nicht verschieben.
„Klar kommen wir", stimmten wieder alle zu.
Es freute mich sehr, dass ich in meinem Team so treue Freunde gefunden hatte. Ich verabschiedete mich und machte mich auf den Weg in mein Büro.

„Hey, begleitest du mich noch kurz?", wollte ich von Nick wissen.
„Sicher." Ich hatte wieder einmal keine Zeit für meinen Freund, was mich doch ein bisschen stresste. „Was machst du für ein Gesicht?", wollte Nick wissen, der meine Stimmungen wieder mal richtig aufgenommen hatte.
„Mir ist nur aufgefallen, dass ich schon wieder keine Zeit für dich habe", murrte ich.
„Du hast ja jetzt kurz Zeit für mich und kannst später bei mir übernachten, dann haben wir die Nacht und den Morgen bis zu unserem Kennenlerneinsatz bei den Menschen."
„Du bist der Beste", meinte ich und küsste ihn.
„Nicht so stürmisch", sagte Nick lächelnd und zog mich noch näher. Er küsste mich intensiv, bevor er mich wieder losließ.
Ich murrte, ich wollte ihn nicht schon wieder loslassen. Wir hatten doch gerade mal diese zwei Minuten. Doch ich konnte mich auf den Abend freuen: noch mehr Nicktime.
„Glaub ja nicht, ich wolle dich schon wieder loslassen", meinte Nick.
„Ich weiß", erwiderte ich lachend, stellte mich auf die Zehenspitze und gab ihm noch einen Kuss. „Bis später!", rief ich im Gehen.
„Bis dann!", rief Nick, der mir mit seinem unwiderstehlichen Lachen nachsah.
Ich ging lächelnd in mein neues Büro und setzte mich an meinen PC. Denn ich musste noch die Mails von heute durchgehen und noch einen weiteren Lehrplan für das Projekt „Gemeinsame Klassen" durchlesen. Als ich die Hälfte der Mails beantwortet hatte, kam Simon in mein Büro.
„Tolle Arbeit heute", lobte er mich.
„Gleichfalls. Ich glaube, wir konnten heute noch ein paar theoretische Sachen klären und sind somit wieder einen kleinen Schritt weiter", lobte auch ich ihn.
„Ja, das sind wir. Hast du gesehen, wie sie sich gefreut haben, als wir ihnen die Ermittler zugeteilt hatten?"
„Ja, ich selber freue mich auch schon wahnsinnig darauf."
„Ich auch", meinte Simon mit diesem Leuchten in den Augen. Er würde diese drei Tage mit Ben und seinem Team verbringen und am Dämonenmensch-Projekt arbeiten.

„Gehst du nachher auch noch in die Bar, wo der Rest vom Team sein wird?", wollte ich wissen.
„Nein leider nicht. Ich habe ein Date", erzählte er.
„Wow, das ist toll. Viele Vergnügen", wünschte ich ihm. Er hatte mir schon länger erzählt, dass er eine Frau vom Ermittlungsteam im zweiten Stock toll finde und sich jetzt nun endlich mit ihr treffe. Ich freute mich für sie. Simon war ein toller, netter Kerl.
„Danke, ich sollte dann mal los, wollte nur noch kurz tschüss sagen."
„Gut, schönen Abend und bis Freitag an der Schlussbesprechung."
„Danke, tschüss."
Am Freitag wollten wir von unseren Einsätzen und Eindrücken erzählen und so einen tollen Wochenabschluss gestalten. Ich machte mich an die restlichen Mails, die ich schnell beantwortet hatte, da es sich meistens nur um Informationen aus dem Rat oder der menschlichen Behörde handelte. Auch den Lehrplan hatte ich schnell gelesen, da alle Änderungen bereits umgesetzt worden waren und dies die finale Version darstellte. Ich schrieb Monika, dass alles okay sei, und verließ dann das Gebäude.

„Hey, Lee", begrüßte mich Lea, als ich mich vis-à-vis von ihr hinsetzte.
„Hey, wie war die Schule?", wollte ich wissen.
„Gut, wir machen nicht mehr viel, ist ja unsere letzte Woche."
„Stimmt, für mich auch, danach habe ich zwei Wochen Ferien, und dann geht's direkt mit meinem neuen Projekt los", erzählte ich.
„Stimmt, du hast ja nur zwei Wochen."
„Ja, leider. Doch ich freue mich jetzt schon, wenn alles beginnt und ich etwas bewirken kann", meinte ich.
„Ja, das wirst du", bestätigte Lea, wie immer die beste Freundin, die man haben konnte.
„Wohin geht ihr in die Ferien?", wollte ich wissen. „Wir fliegen am Sonntagnachmittag auf Ibiza und machen Badeferien", schwärmte sie und erzählte mir alles, was sie bereits geplant hatten. Sie und Connor würden dort ihre ersten gemeinsamen Ferien machen und viel Zeit miteinander verbringen.

Auch ich hatte meine Ferien bereits verplant. Die erste Woche würde ich, wie geplant, mit meiner Familie verbringen, und in der zweiten würde ich mit Lea, Bene, Nick und Connor für vier Tage in unsere Ferienhütte in Italien fahren. Auch hatte ich vor, mich mit meiner Brieffreundin Elinea zu treffen. Wir würden zwei Tage in Athen verbringen, wo sie mir die Stadt zeigen würde.

Lea und ich quatschten den ganzen Abend über unsere geplanten Ferien und über die Party, die am Samstag steigen würde. Zum Schein hatten wir Alessia zu einer langweiligen Pyjamaparty bei mir eingeladen, sodass sie sicher nichts von der eigentlichen Party mitbekäme, die wir für sie planten. Wir hatten bereits alles organisiert, und alle würden da sein. Schon jetzt waren wir sehr nervös und hofften, dass sie ihr gefallen würde.

„Los, lass uns noch in diese Bar gehen", meinte Lea, nachdem wir gezahlt hatten.

„Meinst du wirklich? Es ist schon sehr spät", wand ich ein.

„Na los, komm schon."

„Also gut", gab ich nach.

„Hallo, Ladys, was möchtet ihr trinken?", wollte der Barkeeper wissen.

„Für mich ein Mojito, bitte", bestellte Lea.

„Nur 'ne Cola, bitte", gab ich meine Bestellung ab.

„Kommt sofort", meinte der Barkeeper und machte sich an die Arbeit.

Wie anzunehmen war, war hier nicht sehr viel los, nur die üblichen Stammgäste und noch ein paar Studenten, die die letzte Woche schwänzten.

„Hier, meine Hübschen, geht aufs Haus", flirtete der Barkeeper und gab uns unsere Getränke.

„Danke", meinte ich und zog Lea in eine Lounge. „Der war irgendwie komisch", bemerkte ich.

„Findest du? Der war doch nur nett", erwiderte sie.

Ich zuckte nur die Schultern, wollte nur meine Cola trinken und dann zu Nick. Auch Lea schien plötzlich doch nicht mehr in Partylaune, und so verzogen wir uns nach dem Drink.

„Tschüss, schlaf gut", verabschiedete ich mich vor Leas Tür von ihr. Ich brachte sie noch nach Hause, da es sowieso auf dem Weg lag. „Tschüss, schlaf gut, und bis Samstag", meinte sie, und wir drückten uns zum Abschied.

Nachdem sie die Tür geschlossen hatte, flitze ich zu Nick. Denn ich konnte es kaum erwarten, ihn wiederzusehen. Ich klingelte, und er öffnete noch in der gleichen Sekunde. Mir blieb keine Zeit, etwas zu sagen, denn genauso schnell lag ich küssend in seinen Armen. Er schloss die Tür und trug mich küssend ins Schlafzimmer. Zwischen den Küssen murmelte er, wie sehr er mich vermisst habe. Ach, ich hatte ihn auch vermisst, und erst diese Küsse! An die weichen Knie konnte ich mich zwar immer noch nicht gewöhnen, doch wenn er mich trug wie jetzt, störte mich das auch kein bisschen. Im Schlafzimmer angekommen, legte er mich sachte aufs Bett und fing dann an, sich mit Küssen an meinem Nacken hinunterzuarbeiten. Er neckte mich abwechselnd mit seinen Fängen und mit seinen unglaublich weichen Lippen. Ich wollte auch solche Lippen, dachte ich. Dann vergrub ich meine Hände in seinen Haaren und genoss dieses Gefühl, das leichte Kribbeln, das mir Gänsehaut bescherte und mich ziemlich glücklich machte. Langsam zog ich ihm das Shirt über den Kopf, ich konnte nicht mehr länger warten, ich wollte meine Hände auf seinen heißen, muskulösen Oberkörper legen, was ich Hundertstelsekunden später auch tat. „Sorry", murmelte ich zwischen zwei Küssen. Doch er lachte nur dieses verführerische, kehlige, männliche Lachen, was mich um den Verstand brachte. Ich hatte sein Shirt nicht einfach abgezogen. Nein! Ich hatte es in der Mitte zerrissen, denn mal ehrlich: ging ja so viel schneller. Er hingegen zog mir das Shirt vorsichtig über den Kopf, um ja nichts kaputt zu machen. Ich musste lächeln, manchmal waren wir echt ziemlich verschieden. Seine Hände wanderten von meinem Nacken zu meinen entblößten Brüsten und liebkosten diese. Auch meine Hände hatten den Weg nach unten gefunden. Ich öffnete seine Hose, diesmal wesentlich vorsichtiger, und fand seinen erregten Penis. Ich glitt mit meiner Hand an seiner Eichel auf und ab. Nick stöhnte. Es war eines

dieser Geräusche, die man einfach liebte und mehr davon haben wollte, und ich wusste auch schon, wie. Ich drehte Nick auf den Rücken und suchte mir mit Küssen einen Weg nach unten. Mit Küssen neckte ich ihn vom Hals über sein Schlüsselbein zu seinem Bauch über seine Taille zu seinem Penis. Vorsichtig leckte ich den Lusttropfen von seiner Eichel, wobei ich seinen Penis mit der Hand weiterbearbeitete. Ich nahm sein steifes Glied vorsichtig in den Mund, wobei wieder dieses unglaublich heiße Geräusch ertönte. Dann schloss ich meinen Mund um seinen ganzen Penis und fing, an meinen Mund im gleichen Rhythmus wie vorhin auf- und ab zubewegen. Meine Hände fanden derweil den Weg zu seinen Hoden, die ich vorsichtig knetete. Nick stöhnte.
„Du solltest jetzt aufhören", murmelte er.
Wollte ich das wirklich? Nein, nicht wirklich, und so fing ich an, ihn zu necken, ich verlangsamte mein Tempo und saugte nun genüsslich an seinem besten Stück. Nick fing an, seine Hüften meinem Tempo anzupassen, doch ich hatte andere Pläne; ich beschleunigte mein Tempo wieder und saugte einmal langsam, einmal ein bisschen schneller, einmal ein bisschen fester und dann wieder, fast ohne ihn zu berühren. Nick schien es gleichzeitig zu genießen und mehr zu wollen. Das konnte er haben. Also nahm ich wieder das Tempo vom Anfang an. Ich spürte, wie sein Penis immer fester wurde, und beschleunigte noch ein bisschen, bis er kam. Er kam ziemlich heftig und atmete ziemlich schwer.
„Du bist der Wahnsinn", meinte Nick, als er mich in seine Arme zog und küsste.
Ich war erleichtert, dass es ihm so gefallen hatte. Doch das war noch nicht alles. Nick drehte mich auf den Rücken, sodass ich nun unter ihm lag. Er fing wieder an, meine Brüste zu kneten und mich zu küssen. Dann küsste er meinen Nacken hinunter zu meinen Brüsten. Er nahm meinen linken Nippel in den Mund und saugte daran, während er gleichzeitig meine Brüste massierte. Ich kam sofort, und eine Woge des Glückes durchströmte mich. Nick lächelte mich an und fuhr mit seiner Zunge an meinem rechten Nippel fort, dort neckte er mich eine Weile, bis ich fast wieder kam, doch er fuhr seinen Weg fort, nach unten zu meinem

Bauch. Er küsste und leckte jeden Zentimeter, bevor er sich weiter zwischen meine Beine machte. Langsam glitt seine Zunge in meine Spalte, und ich musste ein Stöhnen unterdrücken. Was für ein unglaubliches Gefühl! Doch das war nichts im Vergleich mit dem, was noch kommen sollte. Er bewegte seine Zunge an meinem Kitzler auf und ab und brachte mich so mit jeder Sekunde näher an einen unglaublichen Orgasmus, der auch nach wenigen Sekunden einsetzte und eine halbe Ewigkeit dauerte. Oh mein Gott, war das der Wahnsinn! Ich atmete ziemlich heftig, während er nur sein Bad-Boy-Grinsen aufgesetzt hatte.
„Ich glaube, jetzt bin ich dran, dir zu sagen, dass du der Wahnsinn bist", meinte ich, als sich Nick neben mich gelegt hatte.
„Ja, das solltest du wohl", erwiderte er und küsste mich.
Wir bekamen in dieser Nacht nicht allzu viel Schlaf, doch wer brauchte schon Schlaf, wenn er Nick hatte?

Kapitel 26

„Hallo zusammen! Ich hoffe, ihr seid alle fit, diese Woche wird für euch nämlich kein Kinderspiel", begrüßte uns Captain Montgomery von der Mordkommission.
Ich würde die nächsten drei Tage hier verbringen. Nachdem ich heute Morgen neben Nick erwacht war, hatte ich einen riesigen Stress gehabt, mich für den Tag fertig zu machen, er hatte den Wecker natürlich für eine Frau viel zu knapp gestellt. Doch ich hatte es geschafft, obwohl ich fand, dass ich recht verschlafen aussah.
„Ich möchte euch Agentin Grey vorstellen, die die nächsten drei Tage ein Teil dieses Teams sein wird. Sie wird mit Agent Foster zusammenarbeiten und euch unterstützen", meinte er weiter, bevor wir uns an die Arbeit machten.
„Herzlich willkommen in unserem Team!", begrüßte mich auch Foster, wie ihn hier alle nannten.
„Vielen Dank."
„Du kannst dich hier gleich mal in den Fall einlesen, damit du auf dem neuesten Stand bist", meinte er und drückte mir eine zwei Zentimeter dicke Akte in die Hand.
Ich setzte mich an den Tisch und fing an zu lesen. Eine Frau mittleres Alter war letzte Woche von ihrem Ex-Mann tot in ihrer Wohnung aufgefunden worden. Dieser hatte die Kinder nach dem verlängerten Wochenende zurückbringen wollen. Die Frau war mit einem Kuchenmesser in der linken Lunge verletzt worden und war laut Gerichtsmediziner innert kürzester Zeit tot gewesen. Weiter schrieb die Gerichtsmedizin, dass die Tat wohl mit der linken Hand begangen worden sei und dass der/die Täter/-in ca. einen Meter siebzig groß sein müsse. Weitere Hinweise konnte uns der Forensiker leider nicht geben, da keine Partikel oder Fingerabdrücke gefunden wurden. Die Polizei hatte bereits die gesamte Nachbarschaft befragt, doch niemand hatte etwas gehört, und sie hatte gemäß diesen Informationen keine Feinde oder Streitigkeiten.

„Wollen Sie dabei zusehen, wie wir ihren Bruder befragen, den wir nun endlich gefunden haben?", fragte Foster.
„Ja, sicher", meinte ich und stellte mich zu einem anderen Ermittler hinter die Scheibe.
Der Bruder hatte bis jetzt nicht gefunden werden können, da er die Woche in Amsterdam verbracht hatte. Das Verhör verlief so, wie man sich das in jeder CSA-Serie ansehen konnte. Sie spielten „guter Bulle, böser Bulle", wobei am Schluss doch nichts herauskam, nur dass er weg gewesen war und auch nichts wusste. An diesem Tag gingen wir noch verschiedenen Hinweisen aus der Bevölkerung nach, die, wie nicht anders erwartet, auch nichts Neues ergaben.

Mein zweiter Tag verlief genau gleich ereignislos wie der erste und auch der dritte, und mein letzter Tag fing so an.
„Morgen, Grey. Bereit, noch ein paar weitere ‚Zeugen' zu befragen?", wollte Foster am Donnerstagmorgen wissen.
„Klar, lass uns beginnen", meinte ich. Ich wollte mir meinen letzten Tag nicht verderben und entschied mich, ihn zu genießen und noch so viel wie möglich zu lernen. Wir trafen uns mit einer vielversprechenden Zeugin im gut besuchten Park in der Nähe einer Schule. Als wir Punkt zehn Uhr im Park ankamen, saß die Frau bereits auf der Bank und las Zeitung. Bei genauerer Betrachtung fiel mir jedoch auf, dass sie sich alle dreißig Sekunden nervös umschaute, als hätte sie Angst vor irgendetwas. Ich machte Forster auf dieses Detail aufmerksam, bevor wir uns, wie abgemacht, plaudernd näherten und uns neben sie setzten. Wir sollten so tun, als würden wir nur miteinander sprechen, während die Frau Zeitung las. Als wir über den neuesten Artikel von heute Morgen diskutierten, wie wir es tun sollten, schaltete sich die Frau plötzlich ein. Leise erzählt sie uns, dass sie ein paar Gesprächsfetzen der Unterhaltung ihres Nachbars mitbekommen habe. Laut der Frau philosophierte er mit seiner Freundin über die Umstände des Todes der Frau. Dabei habe die Freundin erwähnt, dass sie froh sei über den Tod, denn nachdem, was sie bei ihrem Gespräch im Café mitbekommen hätten, habe sie es

verdient. Ihr Nachbar antwortete darauf: „Wenn sie zu so was Grauenvollem in der Lage ist, würde ich sie sogar eigenhändig umbringen. So wäre die Welt ein kleines bisschen besser." Als die Informantin fertig erzählt hatte, verschwand sie ohne ein weiteres Wort.

Agent Forster und ich waren ratlos. Was sollten wir mit dieser Geschichte anfangen? Und was hatten der Nachbar und seine Freundin so Schreckliches gehört, dass sogar sie töten würden?

„Wir müssen herausfinden, was die Frau in deren Augen zu so einem schlechten Menschen macht", meinte ich nach einer Weile des Nachdenkens.

„Da stimme ich Ihnen zu. Lassen Sie uns ins Revier fahren und schauen, ob wir in den Beweismitteln irgendwelche Hinweise finden."

„Guten Morgen, Sonnenschein", weckte mich Ben.

„Hey, wann bist du gestern nach Hause gekommen? Ich habe dich nicht kommen hören."

„Kurz nach halb vier, aber so, wie du aussiehst, warst du auch nicht viel eher hier", erwiderte er gähnend, bevor er sich ins Bad verzog.

Es stimmte: Ich war erst um drei Uhr zu Hause gewesen. Wir hatten den Fall endlich lösen können, worüber ich unglaublich froh war, dann hatte ich später bei unserem Treffen etwas zu erzählen. Langsam stand ich auf und zog mich an. Aus der Küche hörte ich bereits die Stimmen von Charlotte und Dad, die sich wieder mal um den neuen Ämtliplan stritten. Da mein Vater länger arbeiten musste, konnte er nicht einkaufen gehen, und da er das erst jetzt sagte, drehte Charlotte ziemlich durch.

„Guten Morgen, ihr beiden", meinte ich gut gelaunt und drückte meinem Dad einen Kuss auf die Stirn.

„Guten Morgen, Schatz."

„Wenn ihr mir die Liste gebt, kann ich später einkaufen gehen, ich brauche eh noch etwas für die Party am Samstag", bot ich an und hoffte, damit den Streit zu beenden, was auch klappte.

„Danke, Lee, du bist echt ein Schatz", meinte Charlotte und drückte mir eine DIN-A4-Seite in die Hand.

Oje, wie sollte ich das bloß alles in einen Einkaufswagen bringen? Und das, ohne zu schummeln?
„Das sieht richtig fies aus", meinte Ben, der stumm hinter mir aufgetaucht war und nun gemeinsam mit mir die Liste studierte. In letzter Zeit schlich er sich immer so an alle ran, ohne es selber zu merken. Ich war froh, dass ich ihm heute keins übergebraten hatte wie gestern, als er mich so richtig erschreckt hatte.
„Du kannst ja mitkommen, anstatt immer nur zu meckern", murmelte ich ohne Hoffnung, dass er mir wirklich helfen würde.
„Klar, die Mission heute sollte bis Mittag erledigt sein, dann noch den Bericht schreiben, und dann hätte ich Zeit."
„Tönt gut. Ich schreibe dir, wenn ich mit meinem letzten Kurstag durch bin."
„Mach das." Er zwinkerte mir zu, nahm sich ein Stück Toast, das ich übrigens gerade bestrichen hatte und selber essen wollte, und verschwand durch die Tür.
Ich schüttelte den Kopf und bestrich meinen nächsten Toast. Nachdem ich fertig gegessen hatte, musste ich wieder einmal ziemlich pressieren, um noch vor den anderen das Sitzungszimmer einzurichten. Ich verabschiedete mich von Charlotte und von Dad und switchte mich an meinen üblichen Platz nicht weit vom Eingang des Regierungsgebäudes. Heute herrschte richtig viel Betrieb, und ich hatte schon Angst, nie durch die Sicherheitskontrolle zu kommen, was ich dann nach einer gefühlten Ewigkeit doch noch schaffte. Ich gesellte mich mit anderen Agenten, also ich nahm an, dass es welche seien, in den Aufzug und fuhr in den obersten Stock.
„Hey, Lee", begrüßte mich Simon mit einem Grinsen, das andeutete, dass er genau wusste, dass ich zu spät war.
„Sorry, hatte das mit der Sicherheitskontrolle nicht eingeplant", meinte ich entschuldigend und nahm meine Unterlagen hervor. Natürlich war das Sitzungszimmer bereits eingerichtet und bereit.
„Kein Problem. Hattest du eine schöne Zeit?"
„Also die ersten zwei Tage waren ziemlich langweiliger Polizeikram, den man in den Filmen nie zu Gesicht bekommt, aber dann

wurde es interessant", versucht ich, geheimnisvoll zu klingen, was so halbwegs klappte, den Simon grinste nur. „Wie war es mit Ben?", wollte ich im Gegenzug wissen.
„Wirst du nachher erfahren", meinte er ebenso geheimnisvoll, wobei er es wesentlich besser konnte als ich.
Nun ärgerte ich mich ein bisschen darüber, dass ich keine Zeit hatte, mich mit Ben zu unterhalten, um auf den neuesten Stand zu kommen. Als alle da waren, berichtete Cade, Hunter, Alex und Nick von ihrer Woche beim FBI-Ermittlungsteam in Florida, die es mit einem entführten Jungen zu tun hatten, der von einem Mafiaboss entführt worden war, um die Mutter dazu zu bringen, das Geld, das sie ihm für die Drogen geschuldet hatte, zu begleichen. Valerie, Emilia und Levi hatten die letzten Tage in einem Analytikteam verbracht, das den Schwerpunkt auf die Sondereinsätze im Irak gelegt hatte. Emma hatte ins Wissenschaftsteam der Senja hineinsehen dürfen, und Cat, Milan und Simon hatten Ben und sein Team begleiten dürfen, die einen weiteren Standort der Dämonen gefunden hatten, wobei es sich mehr um ein Labor handelte, wo die Dämonenmenschen das Serum herstellten, das für uns alle tödlich war. Das Labor sollte heute von Ben und seinem Team gestürmt werden. Es musste einfach gut gehen, sagte ich mir selber und versuchte, mich wieder auf ihre Geschichten zu konzentrieren.
„So, Lee, jetzt bist du dran", meinte Simon und übergab mir das Wort.
Ich erzählte ihnen die Kurzfassung, dass eine Frau ermordet worden war, es fast keine Hinweise gab, wir die ersten zwei Tage nur Leute befragt und nichts herausgefunden haben, bis diese komische Frau auf der Bank uns von ihrem Nachbarn Müller und dessen Freundin erzählt hatte. Wir hatten herausgefunden, dass die Ermordete Drogen in Süßigkeitenpackungen schmuggelte, was schon einige Kinder und Jugendliche das Leben gekostet hatte, da sie und ihre Kollegen die Drogen zu entfernen vergessen hatten. Die Nachbarn der Informantin hatten sie bei einem Telefonat belauscht, das die Frau vor der Toilette eines Nachtklubs

geführt hatte. Leider hatte sie nicht bemerkt, dass Herr Müller und seine Freundin ihr Liebesspiel gerade beendet hatten und sie nun belauschen konnten. Herr Müller konnte die Geschichte nicht vergessen und plante das perfekte Verbrechen, denn wer kam schon auf die Idee, dass es ein Fremder gewesen sei? Leider hatte er die Rechnung ohne seine Nachbarin gemacht, die ihn schon länger kannte und darum auch zu ahnen schien, wie die Frau ums Leben kam. So hatten wir die wenigen Beweise gegen ihn einsetzen und ihn verhaften können. Nach einer endlosen Nacht hatte er dann schließlich seine Tat gestanden. Nachdem ich fertig erzählt hatte, waren einige ein bisschen schockiert über die Taten der ermordeten Frau und des Mörders, was ich sehr gut verstehen konnte.

Als wir schließlich alle Geschichten gehört hatten, war bereits Mittag. Da wir unser Tagesziel erreicht hatten und nun alle auf dem gleichen Stand sein sollten, gönnten wir uns einen freien Nachmittag.

„Kommt ihr mit zu ‚Pits Steakhaus'?", fragte Alex, nachdem wir alle unsere Sachen gepackt hatten. Die meisten stimmten zu, darunter auch Nick.

„Sorry, ich kann leider nicht", meinte ich entschuldigend und ging in mein Büro. Ich konnte nicht mehr länger still sitzen, weil ich mir Sorgen um Ben machte. Ich machte mir zudem Vorwürfe, weil ich mir seinen Bericht nicht online angesehen hatte und mich daher nicht auf dem neuesten Stand befand. Wir hatten eine neue Plattform eingerichtet, auf der jeweils die jüngsten Berichte über die jeweiligen Projekte und Aktionen ersichtlich waren. Dies sollte dazu dienen, dass jeder aktuell informiert war. Diese Plattform bot auch die Möglichkeit, Ideen und Informationen zu teilen. Jeder hatte jedoch nur eine gewisse Berechtigung, sodass nur die Mitglieder des innersten Kreises alle Infos hatten.

„Hey, warte kurz", rief Nick mir hinterher. „Was ist los?", wollte er von mir wissen, als er mich erreicht hatte.

„Ich mache mir Sorgen um Ben", murmelte ich.

„Soll ich auf dich warten, während du telefonierst?" Nick verstand mich, und darüber war ich froh. Er musste auch keine Fragen stellen, denn er verstand es auch so.
„Nein, geh mit den anderen. Ich muss hier eh noch was fertig machen, und danach habe ich versprochen, einkaufen zu gehen."
„Gut, kann ich am Abend noch vorbeikommen?"
„Sicher, schreibe dir, wenn ich wieder zu Hause bin", meinte ich und drückte ihm einen Kuss auf den Mund.
Als ich mein Büro erreichte, hatte ich die Nummer bereits gewählt. „Piep-piep", klang es, und mit jedem Piep wurde ich nervöser. Kurz bevor der Telefonbeantworter ansprang, meldete sich Ben. „Hey, Lia."
„Endlich", murmelte ich halb verzweifelt, halb erleichtert.
„Was ist denn los?", fragte Ben, plötzlich hellwach.
„Was los ist? Du hast mir nicht gesagt, dass du heute sterben könntest!", antwortete ich wütend.
„Beruhig dich, mir geht es gut", versuchte Ben, mich am anderen Ende zu besänftigen.
Aber ich konnte mich nicht beruhigen. Plötzlich war Ben da, nicht wirklich da, aber in meinem Kopf, oder besser gesagt: ich in seinem. Er zeigte mir die Erinnerung an die Mission, wie er das Team aufgeteilt hatte und alle ihrem Teil des Planes nachgekommen waren. Sie hatten von allen Seiten angegriffen und die Dämonenmenschen töten können, bevor diese hätten reagieren können. Danach hatte ein Team von Wissenschaftlern in Schutzanzügen die Giftspritzen gesichert. Ben ging es gut, ihm war nichts passiert. Ich wiederholte diesen Satz in meinem Kopf immer und immer wieder, bis ich es glaubte.
„Wie konntest du mir die Mission verheimlichen?", schrie ich wütend ins Telefon. Ich hatte mir für einen kurzen Augenblick vorgestellt, wie es wäre, ohne ihn zu leben, ohne ihn zu sein. Dies machte mich so wütend und traurig, dass ich wirklich nur noch schreien konnte.
„Hey, es ist alles gut, ich bin ja da", hörte ich Ben neben mir, als er mich in den Arm nahm und mir meine Tränen von den Wangen wischte.

Ich schluchzte an seiner Brust und konnte mich einfach nicht mehr beruhigen. Wie konnte er mir das antun?
Ben nahm mir das Handy aus der Hand und zog mich fester an sich. Ohne ein weiteres Wort hatte er mich mit auf den Steg am kleinen Teich mitgenommen, wo ich immer noch weinte. Als ich mich ein kleines bisschen beruhigt hatte, fiel mir auf, dass unsere Gedanken verbunden waren und dass er dieselbe Angst, die ich hatte, um mich verspürte. Nun sah ich auch, wieso er mir heute Morgen nichts erzählt hatte: Er wollte nicht, dass ich mir Sorgen machte, denn genau, wie ich wusste, dass er sich um mich Sorgen machte, wenn ich im Einsatz war, wusste er, dass es bei mir das Gleiche war. Ich klammerte mich immer noch ziemlich stark an Bene. „Sorry", murmelte ich, als es mir auffiel.
Ben setzte sich und zog mich mit sich. Nun stand ich zwar nicht mehr in seinen Armen, sondern saß zwischen seinen Beinen in seinen Armen, was, technisch gesehen, nicht viel besser war, doch nun konnte ich sitzen, und ich konnte und wollte ihn nicht loslassen. Ich musste fühlen, dass es ihm gut ging und er noch da war. Für eine Weile hingen wir beide unseren Gedanken nach. Ich dachte, ohne wirklich zu denken, meine Gedanken kamen und gingen, ohne dass ich bewusst mitbekäme, was ich dachte oder was Ben dachte.
„War das gerade eine Erinnerung von Mom und Dad in deinen Gedanken?", hörte ich Ben in meinem Kopf fragen.
Ich versuchte, mich bewusst an das zu erinnern, was ich gerade gedacht hatte, und tatsächlich: Ich sah Tom aus den Augen meiner Mutter, wie er sie im Arm hielt und sie sich gegenseitig trösteten wie Bene und ich gerade.
„Wow, das ist echt die Erinnerung deiner Mom!"
„Ja, manchmal kann ich mich an Dinge erinnern, die ich unmöglich wissen kann, oder habe ein Déjà-vu von einer Situation, in der ich nie war."
„Kannst du mir noch ein paar Erinnerungen an meinen Dad zeigen? Ich ..."
Er musste es nicht zu Ende denken; ich wusste auch so, dass er ihn vermisste und gern noch mehr über ihn erfahren würde. Also versuchte ich, mir eine Erinnerung herbeizuwünschen,

die etwas mit Tom zu tun hatte. Ich versuchte angestrengt, mich zu konzentrieren, doch sosehr ich es auch versuchte, es wollte nicht klappen, und als ich schon aufhören wollte, hörte ich meine Mutter.
„Du musst loslassen", meinte sie mit ihrer sanften, ruhigen Stimme.
Ich ließ los, ließ mich von meinen Gedanken treiben, ich dachte an Tom, wie ich ihn kannte, immer freundlich, lustig und zuvorkommend, aber auch ernst und bereit, alles für seine Familie zu tun. Ich sah seine ernste Seite an ihm, die ich nie zu Gesicht bekommen hatte, sah seine Gabe zur Ruhe in den gefährlichsten Situationen, sein Talent zur Planung und Umsetzung von Missionen, was mich plötzlich an Ben denken ließ. Ich musste an den Plan denken, der er mir gezeigt hatte, als sie Dokumente gefunden hatten, dachte an die Mission von heute, wie er sie mit der nötigen Ruhe und mit Respekt vor dem, was kommen könnte, durchzog. Als ich den Gedanken fertig gedacht hatte, ging es mir besser, weil ich wusste, er würde kein Risiko eingehen, um sein oder das Leben seines Teams oder der Zivilisation auf Spiel zu setzen. Er würde eine Lösung suchen, die den Erfolg möglich machte. Es beruhigte mich. „Danke."
„Du weißt, dass du jederzeit willkommen bist, du kannst dir all meine Erinnerungen ansehen und auch jederzeit zu mir kommen." Plötzlich lachte er.
„Was ist?", fragte ich laut und drehte mich um. Doch bevor ich die Frage zu Ende gestellt hatte, wusste ich bereits, dass er lachte, weil das Gleiche für mich galt. Ich konnte in seinen Kopf, wann immer ich wollte und musste nicht zuerst anrufen und fragen, wie es ihm gehe. Ich konnte einfach in seinen Kopf und es selber miterleben und sehen. Ich war so doof. Wie konnte ich das vergessen? Ich stieg in sein Lachen ein, und wir konnten uns beinahe nicht mehr einkriegen.
„Wir sollten gehen, sonst werden wir noch weiter durchnässt", meinte Bene in meinem Kopf.

Mir war gar nicht aufgefallen, dass ein Sommergewitter losgebrochen war und wir bereits klitschnass waren. „Meinst du, es lohnt sich noch?", fragte ich und zog ihn auf die Beine. „Nein aber wir müssen die Einkaufsliste noch abarbeiten, bis die Läden schließen", erwiderte er, und wir gingen gemeinsam zurück.

Kapitel 27

„Da seid ihr ja endlich!", rief mein Dad von der Küche aus, als wir mit Hunderten von Einkaufstüten und bis auf die Knochen nass und durchgefroren durch die Tür kamen.
„Ja, hat eine Ewigkeit gedauert, all diese Sachen zu besorgen", murmelte Ben. Ich nickte zustimmend und schleppte die Tüten in die Küche.
„Wofür brauchen wir so viel Essen?", wollte ich von Charlotte wissen.
„Habt ihr vergessen, dass heute das zweite Schuljahr endet?", meinte sie mit einem kleinen Lächeln.
„Nein", antwortete Ben für mich.
Wir waren beide ziemlich verwirrt. Was wollte sie damit sagen?
„Und was machen wir, wenn ein Schuljahr endet?", fiel mein Dad dazwischen.
„Feiern", antwortete ich leicht verwirrt. Es war so eine Familientradition, dass wir das Ende eines Schuljahres mit einem kleinen Familien- und Freundesessen feierten.
„Ja, aber wir haben die Schule bereits früher beendet, und Dad und Vivi können nicht hier sein", fügte Ben hinzu.
„Das stimmt leider. Aber wisst ihr noch, was sie zu sagen pflegten?", widersprach Charlotte.
„Verpasse nie eine Gelegenheit, mit deiner Familie und deinen Freunden zu feiern, denn es könnte jederzeit die letzte gewesen sein!", riefen wir alle gemeinsam. An dieses Motto hatte ich schon seit einer Ewigkeit nicht mehr denken müssen. Doch es stimmte, man sollte Gelegenheiten nutzen, wenn sie sich boten. Ich musste lächeln.
„Dann lass uns feiern!", rief Ben.
„Aber zuerst wird gekocht!", rief Charlotte dazwischen.

Eine mühsame Stunde später hatten wir gemeinsam alle Einkäufe zu einem wundervollen Essen verarbeitet und den Tisch gedeckt. Jetzt fehlten nur noch die Gäste, die auch nicht auf sich warten ließen. Sobald ich den Gedanken zu Ende gedacht hatte, klingelte es bereits an der Tür. „Ich gehe schon", rief ich und öffnete Lea, ihren Eltern, Connor und seinen Eltern.

„Hey", begrüßte mich Lea und drückte mich.

„Hallo zusammen", begrüßte ich den Rest und ließ sie hinein. Kurze Zeit später klingelte es erneut. Das musste Nick sein. „Hey", begrüßte ich ihn, bevor er mich zu einem Kuss in seine Arme zog. Wie immer wollte ich gar nicht aufhören, ihn zu küssen. Es war diese Art von Kuss, die man einfach nicht beenden wollte. Nick küsste mich so zart und sanft und doch voller Leidenschaft.

„Hmmm", räusperte sich jemand hinter Nick.

Ach Mann, musste das sein? Bestimmt Ben. Nick löste sich vorsichtig von mir. Als ich die Augen öffnete, starrte und ich starrte wirklich in das Gesicht einer wunderschönen, lächelnden Frau.

„Das ist meine Mutter Sonja", stellte Nick sie mir vor.

„Hallo, Lia, es freut mich, dich kennenzulernen", meinte sie mit einem freundlichen Lächeln.

Ich hatte immer noch ganz wackelige Beine und war zu verwirrt zum Sprechen. So nickte ich nur und machte ihr Platz zum Eintreten. Oh mein Gott, war das peinlich! Ich schämte mich, wie konnte ich sie nicht sehen?

„Hallo, Lia, lässt du mich auch rein?", fragte mich da Felix.

Oh mein Gott, konnte es noch schlimmer kommen? „Klar", meinte ich und trat noch einen Schritt zur Seite. Ich wünschte, Ben würde mich aus dieser Situation befreien.

„Kann ich euch etwas abnehmen?", klang da die freundliche Stimme Bens.

„Danke, du bist mein Held", meinte ich in Gedanken. Er lächelte mich nur an und nahm unseren Gästen die leichten Jacken ab.

„Du hast mir gar nicht gesagt, dass sie auch kommen", murmelte ich Nick zu, als wir ins Wohnzimmer kamen.

„Du hast ja nicht mal gewusst, dass ich hier bin", meinte er grinsend zurück. Einen Punkt für ihn; ich hatte wirklich erst nach dem Einkaufen gewusst, dass er hier sein würde.

„Aber du hättest mich warnen können, bevor wir uns so innig geküsst hatten", meinte ich vorwurfsvoll.

„Nee, ich wollte dich küssen", meinte er schamlos und zog mich in seine Arme, um den Kuss von vorhin fortzusetzen.
„Ach, jetzt kommt schon, setzt euch an den Tisch, bevor das Essen kalt wird", unterbrach dieses Mal Dad unseren Kuss.
Lachend machte ich mich von Nick los und ließ mich auf meinen üblichen Platz neben Bene fallen.

„Das war ein sehr schönes Essen, das unsere Eltern organisiert hatten", murmelte ich bereits im Halbschlaf zu Ben.
„Ja, das war eine gelungene Überraschung nach all den anstrengenden Wochen", kam eine genauso schläfrige Antwort zurück. Es war wirklich ein gelungener Abend gewesen. Wir hatten coole Gespräche ohne die Themen Tod, Dämonen, Schattenwesen und Schule geführt, was mir sehr geholfen hatte, mich zu entspannen. Ich hatte Sonja besser kennenlernen können und hatte es cool gefunden zu hören, dass sie einmal Cheerleaderin gewesen war, was ich ihr nicht zugetraut hätte. Sie sah zwar ziemlich gut aus und musste früher eine richtige Schönheit gewesen sein, doch sie machte eher den Eindruck, als hätte sie viel Zeit in einem Labor oder hinter Büchern verbracht. Ich kam gar nicht dazu, den Abend komplett Revue passieren zu lassen, denn schon bald fiel ich ins Land der Träume.

Kapitel 28

Der Tag der Abschlussparty für Alessia war gekommen, dachte ich, als ich es endlich schaffte, aufzustehen. „Ist das bereits ein Jahr her, als wir Alessia das erste Mal getroffen haben?"
„Ja, scheint so", meinte Ben, der sich auch aus seinem Bett quälte. Hatte ich das gerade laut gesagt? War ja auch egal.
„Nein, hast du nicht, doch du bist in meinem Kopf", murmelte Ben dieses Mal laut.
„Bin ich." Erst da merkte ich, dass es stimmte. Ich hatte meine Gedanken immer noch mit denen von Ben verbunden.
„Ja, schon seit gestern, als wir bei dem kleinen Steg waren."
„Oje, warum hast du unsere Gedanken nicht getrennt?", murmelte ich, als mir klar wurde, dass er all meine kitschigen Gedanken bezüglich Nick mitbekommen hatte, was mir jetzt irgendwie peinlich war. Nicht, weil er nicht wissen sollte, dass ich so dachte, sondern weil ich nicht wollte, dass er sich deswegen schlecht fühlte. „Es tut mir leid", meinte ich.
„Hey, es muss dir nicht leidtun, auch wenn du glücklich bist, und ich habe unsere Gedanken nicht getrennt, weil ich glücklich bin, wenn du glücklich bist", meinte er und kam auf mich zu.
„Danke", meinte ich und erwiderte seine Umarmung.
„Und ja, das war kein Zufall", meinte Ben, der schon wieder meinem Gedankengang gefolgt war.
„Das erklärt so einiges", sagte ich und lachte. Beim Gespräch gestern hatte ich Bens Gedanken gehört, jedoch angenommen, dass er es wirklich laut gesagt hatte. Somit hatte ich zu wirklich komischen Themen gelacht und war schräg angeschaut worden.
„Ich wusste ja nicht, dass du es nicht mitbekommen hast", meinte er auf meine nächste Überlegung, warum er mich nicht informiert habe.
„Oje, ich muss mich wohl besser konzentrieren", erwiderte ich.
„Ja, solltest du", meinte Ben. Wir waren mittlerweile auf dem Weg in die Küche, um wieder zu essen.

„Stört es dich, wenn die Verbindung bestehen bleibt?", fragte ich Bene in Gedanken, als ich mich in den Keller begab, um wieder mal meine Vampirseite zu befriedigen, also Blut zu trinken.
„Nein, ich fühl mich auch wohler, wenn ich weiß, was du gerade tust", las er wieder mal meine Gedanken, was nicht schwierig war, da er ein Teil davon war.
„Um Gottes willen, hör auf, so zu denken! Du weißt ja, dass man den anderen auch ausblenden kann, also gib mir ein Zeichen, wenn es dazu kommt", nahm er mir schon wieder die Worte aus dem Mund.
Ich musste gerade daran denken, ob ich dann sozusagen einen gedanklichen Dreier hätte, wenn Bene in meinen Gedanken wäre und ich mit Nick schlief. „Schon gut, ich schicke dir ein Teufelchen-Smiley", meinte ich, während ich mir einen Beutel A negativ gönnte.
„Ist auch besser so", meinte Bene. Fand ich auch.
„Ich will auch darüber informiert werden, wenn du ..."
„Klar, bekommst auch ein Teufelchen." Das war das Gute an dieser Verbindung: Man musste nicht alles fertig denken, denn es war klar.

Um drei Uhr hatten wir alles für die Party eingerichtet, und Lea und ich machten uns daran, den Tisch zu decken und den Teig zu belegen, den Charlotte extra für uns gemacht hatte.
„Freust du dich auf nächste Woche?", wollte Lea wissen.
„Ja und nein. Es wird bestimmt schön, Zeit mit der Familie zu verbringen und all diese Plätze zu besuchen, doch es wird auch traurig", antwortete ich ihr wahrheitsgemäß. Ich hatte bis jetzt nicht die Zeit gefunden, mich mit unserer Reise auseinanderzusetzen, und um ehrlich zu sein, wollte ich das jetzt auch noch nicht. Ich wollte diesen Abend genießen und erst morgen über morgen und die kommende Woche nachdenken.
„Hmm, kann ich verstehen, aber ich denke, es wird dir guttun, Zeit für dich zu haben und dich mit ihrem Tod auseinandersetzen zu können", meinte sie.

„Danke." Ich war wirklich dankbar, dass sie mich unterstützte, auch wenn sie nicht alles wusste. Wie auch jetzt: Sie verstand mich, ohne dass ich es ihr erklären musste.
„Danke dir", meinte sie und drückte mich.
„Ich geh schon", sagte Bene und öffnete die Tür, als es klingelte. Bei uns kamen in letzter Zeit ziemlich viele Menschen zu Besuch, was ich toll fand. Alessia, Connor und Nick standen vor der Tür. Was für ein Zufall, dass sie alle gleichzeitig da waren! Wir begrüßten uns alle herzlich und setzten uns dann auf die Couch, um den Apéro mit Hugo und Chips zu verputzen. Sogar Bene, Connor und Nick tranken einen Schluck mit, obwohl sie Bier normalerweise bevorzugten.
Bibbib. „Das ist mein Zeichen", meinte ich und stand auf, um die Pizza zu holen.
„Ich helfe dir", bot sich Nick an und folgte mir in die Küche.
Es war wie eine Art Déjà-vu. Doch das letzte Mal waren wir noch nicht zusammen gewesen, ich hatte ihn „gehasst", und er hatte nicht gewusst, wieso. Ich musste lachen.
„Was ist so lustig?", fragte Nick als er die Pizza aus dem Ofen nahm.
„Nichts, ich dachte nur gerade an das letzte Mal, als wir zusammen Eistee holen waren", antwortete ich.
„Das war gar nicht lustig", meinte er.
Ich fand es auch nicht wirklich lustig, aber doch irgendwie ironisch, wie jetzt alles anders war. Ein paar Sachen waren besser, andere nicht, und wieder andere waren einfach anders.

Danksagung

Gerne möchte ich dir, liebe Leserin, lieber Leser, danken, dass du mein Buch hoffentlich bis zum Ende gelesen hast. Das bedeutet mir sehr viel, also danke dafür.

Auch möchte ich meiner Familie und meinen Freunden danken für die große Unterstützung, die ich immer erhalte, egal was ich mir schon wieder ausgedacht habe. Insbesondere möchte ich meiner Mutter Danke sagen. Du bist die Beste, und ich weiß nicht, was ich ohne dich machen würde. Ein spezieller Dank geht auch an meinen schönen Freund (dies ist ein Insider; lange Geschichte). Du bist das Ying zu meinem Yang. Danke, dass du mich immer auf den Boden der Tatsachen zurückholst, wenn ich mal wieder völlig abhebe.

Und zum Schluss möchte ich auch dem Novum-Verlags-Team danken. Danke für eure Unterstützung beim Erstellen dieses Buches und der Verwirklichung meines Traumes. Ohne Euch wäre dies nicht möglich gewesen. Herzlichen Dank.

Bewerten
Sie dieses Buch
auf unserer
Homepage!

www.novumverlag.com

Die Autorin

Désirée Riedel ist 28 Jahre jung und lebt mit ihrem Freund in einer schönen Dachwohnung in der Zentralschweiz. Sie hat eine Ausbildung als kaufmännische Angestellte abgeschlossen und sich dann im Bereich Treuhand weitergebildet, wo sie auch den Fachausweis Treuhand erlangt hat. In ihrer Freizeit liest und schreibt sie sehr gerne Romane und Fantasybücher. Sie trifft sich gerne mit ihren Freunden und ihrer Familie zum gemütlichen Beisammensein, Wandern, Snowboarden oder Schwimmen.

novum VERLAG FÜR NEUAUTOREN

Der Verlag

*Wer aufhört
besser zu werden,
hat aufgehört
gut zu sein!*

Basierend auf diesem Motto ist es dem novum Verlag ein Anliegen, neue Manuskripte aufzuspüren, zu veröffentlichen und deren Autoren langfristig zu fördern. Mittlerweile gilt der 1997 gegründete und mehrfach prämierte Verlag als Spezialist für Neuautoren in Deutschland, Österreich und der Schweiz.

Für jedes neue Manuskript wird innerhalb weniger Wochen eine kostenfreie, unverbindliche Lektorats-Prüfung erstellt.

Weitere Informationen zum Verlag und
seinen Büchern finden Sie im Internet unter:

w w w . n o v u m v e r l a g . c o m